公元787年，唐封疆大吏马总集诸子精华，编著成《意林》一书6卷，流传至今
意林：始于公元787年，距今1200余年

意林®

一则故事　改变一生

—○ **意林家教馆**

孩子，在父母眼里你最棒

意林原创编辑部　编

吉林摄影出版社
·长春·

图书在版编目（CIP）数据

孩子，在父母眼里你最棒 / 意林原创编辑部编. ——长春：吉林摄影出版社, 2013.12
（意林家教馆系列）

ISBN 978-7-5498-1878-5

Ⅰ.①孩… Ⅱ.①意… Ⅲ.①故事－作品集－世界Ⅳ.①I14

中国版本图书馆CIP数据核字(2013)第257771号

《意林》家教馆系列丛书·孩子，在父母眼里你最棒

YILIN JIAJIAOGUAN XILIE CONGSHU HAIZI ,ZAI FUMU YAN LI NI ZUI BANG

出 版 人	孙洪军
总 策 划	杜 务
主 编	孙洪军 顾 平
责任编辑	施 岚 胡晓路
丛书统筹	蔡 燕
策划编辑	蔡春霞
执行编辑	许树平
封面设计	李 倩
美术编辑	李 倩
开 本	710mm×1000mm 1/16
字 数	180千字
印 张	16
印 数	1~20000册
版 次	2013年12月第1版
印 次	2013年12月第1次印刷

出 版	吉林摄影出版社
发 行	吉林摄影出版社
地 址	长春市泰来街1825号
	邮编：130062
电 话	总编办：0431-86012616
	发行科：0431-86012602
网 址	www.jlsycbs.com
经 销	全国各地新华书店
印 刷	北京天宇万达印刷有限公司

书 号	ISBN 978-7-5498-1878-5	定 价：	25.90元

启 事

　　本书编选时参阅了部分报刊和著作，我们未能与部分作品的文字作者、漫画作者以及插画作者取得联系，在此深表歉意。请各位作者见到本书后及时与我们联系，以便按国家相关规定支付稿酬及赠送样书。

　　地址：北京市朝阳区南磨房路37号华腾北搪商务大厦1501室《意林》原创编辑部

　　（100022）

　　电话：010-51908602

目录

第一辑：人贵有信

第二辑：疏而不漏

目录

孩子，在父母眼里你最棒

第三辑：且行且歌

第六辑："逆"者生存

［人贵有信］

　　牛津大学首任校长罗伯特·格罗斯泰特曾说过：
权威是个坎。很多人在权威面前显得非常渺小，最大
的原因，是他们对于自己的不肯定。只要你相信自己
的思想，相信你内心深处认为是正确的，那就坚持你
的自信，因为事实最能说明一切。

自信的女孩有好运

吕保军

16岁的英国少女潘妮萨，和妈妈一起去美国佛罗里达州度假，母女俩在尽情畅游山水之后，确实累坏了。傍晚时分回到旅店，潘妮萨随手打开房间里的电视，正在直播的恰是一档选美比赛的节目。这是当地举办的一项"美国完美青少年"选美活动，这档节目一直是美国电视节目的收视冠军。另外，它的奖项非常丰厚，这项比赛的最终赢家，将获得的奖品名单长达两页纸，包括一份模特儿合约、两千美元奖金及一万八千美元奖学金，以帮助获得者赴美修读广播学。当然，还少不了后冠和冠军肩带等。

潘妮萨看得心潮澎湃、热血翻涌。她一时兴起，提出也要参加其中的一项"完美少女"的比赛。妈妈阻拦说："孩子，你怎么冒出如此唐突的念头呢？咱们是来放松心情的，去参赛势必搞得紧张兮兮的，何必呢？"潘妮萨一本正经地反驳说："有什么不可以吗？难得一遇的比赛，难得一见的奖项，傻瓜才会白白错过呢！"原来，让潘妮萨动心的，是赛后那些诱人的奖品。听她的口气，得奖竟如探囊取物一般，似乎只要去参赛就能稳夺冠军。妈妈见女儿一副胸有成竹的样子，担心她输了比赛会受不了，笑着泼冷水道："你咋知道自己一定能得奖？这可是在美国，本地美少女也多得很哩。"潘妮萨不服气地说："那我也要试一试，才不会后悔。"

难怪潘妮萨不服气，在十五岁之前，她原本住在英国韦尔斯市的一个偏僻小村庄里，那里落后闭塞得让人压抑。后来由于生意关系，她们一家搬迁到了市里，潘妮萨也跟随着父母走了出来，就读于市内一家私立学校。这一下让她眼界大开，增长了不少见识，学到了许多东西。潘妮萨又是个活泼热情、愿意主动去尝试新鲜事物的女孩儿，此前她曾在英国参加过几个小型的选美比赛，积累了一些比赛经验，后来又参加了数次相关赛事，并且第一次在伯明翰参加猫步比赛时就赢得冠军。这让她对自己的实力有了无比的自信。所以此次一见有比赛，她非常珍惜这次机会，不愿意轻易错过。妈妈见女儿主意已定，也没有再反对，抱着让她受挫一下、长长见识也好的心

态，勉强同意了。

出乎意料的是，潘妮萨竟然一路过关斩将，冲进了决赛。有个裁判形容她身上有自然的美，如"一股清新空气"。这让潘妮萨很是得意，庆幸自己一时冲动毅然决定参赛是做对了，她很满意自己能取得如此好的成绩。走到这一步，无论结果如何都已经不重要了，因为自己的身份毕竟是一位英国游客，能获得名次奖就已经很不错了。

谁知幸运女神偏偏又一次眷顾于她。接下来的数场角逐竞争，经过一轮轮裁判投票，潘妮萨最终打败所有参赛的众多美国少女，一举夺得冠军，荣膺"美国完美少女"头衔！除了丰厚的奖金，潘妮萨还将有机会在本年度以"美国完美青少年"的身份拥有一档属于自己的电视节目。想想看，一个前来度假的英国少女，一时兴起参赛，竟摘得了轰动全美的"完美少女"桂冠，这太不可思议了！

孰料潘妮萨的夺冠，竟惹来了一场不大不小的风波。比赛结果刚一公布，就遭到不少美国人的质疑。一些美国参赛者的家人对赛事结果气愤难平，向主办方齐声抗议，不满比赛冷落了一众美国本土女孩。而赛事主办者加朗先生则强调，潘妮萨的国籍没有与任何比赛规则抵触，可谓实至名归。选美比赛的创始人葛兰斯也承认，美国选美的冠军被英国人夺走，确实让许多美国观众感到愤怒。但他同时表示，赛事结果符合比赛规则，因为众多评审一致认为，潘妮萨赢在气质清新，她就像一股清清的溪流般，给人与众不同的感觉。尤其是她在舞台上表现出来的那股神态自若的信心，是任何一位参赛者都不具备的。

面对美国家长们的反对浪潮，潘妮萨显得颇不以为然。面对媒体采访，她信心十足地回击称，那些人只是"酸葡萄心理"，我不否认自己的英国身份会引起反感，但他们发出不满之声，是"因为那些人自己输了，才会这样说"。经过此次事件，潘妮萨无论在美国还是英国，都获取了很高的关注度，成了一个炙手可热的名人。

目前，潘妮萨已返回英国准备高校考试。她希望及早实现在美国修读广播学的愿望，然后可以留在当地成为电视新闻主播。当有记者问她，你取得如此的成功，靠的是什么？她连想都没有想一下，立刻回答："自信，当然是自信！刚参赛时，还不敢相信天上会掉馅饼，但一场场比赛下来，我对自己的表现越来越充满自信，内心深处隐隐地冒出来一个美妙的预感：奇迹，它随时都有可能发生！"

自信，是这位青春少女最好的本钱，让她无论走到哪里，都有好运相伴！

比专业我比不上，那我就比自信

苗向东

唐嫣如今是国内新"四小花旦"之一，成为国际影坛备受瞩目的新星。你要问她成功的秘诀是什么，她会微笑着说："自信！"

唐嫣最初的梦想是当空姐，所以她高中是在空姐学院就读。空姐学校培训最重要的一点就是培养未来的空姐有自豪感，有自信心。老师经常强调女生最重要的是自信，无论穿得怎么样或者打扮怎么样，只要自信就会给人舒服的感觉。自信的人举止会更优雅自然，遇事会沉着冷静。

2000年唐嫣读高二的暑假，为了丰富暑期生活她去参加"舒蕾之星"选拔赛，她当时是1号，虽然她什么也不会，可是她骄傲自信，那种精气神儿让人顿觉神清气爽。在整个比赛过程中她表现得非常镇定，很优雅，结果拿了全国总冠军。

这次的成功让她感觉到自信是一个"法宝"，只要你相信自己能行，就真的能行。高三时突然有人对她说："你这么好的条件，怎么不考中戏、北电呢？你应该去当演员啊。"

这一说，她更是感觉到自己确实不一般啊，于是又开始蠢蠢欲动。可她完全是一张白纸，根本不知道什么是表演。唐嫣信心满满地说："比专业我比不上，那我就比自信。"在美女如云的考生中，与别的人不自信、怕失败相比，她在台上感觉非常自信。

在面试时她始终开朗、笑容甜美，她身上有一种初生牛犊不怕虎的气质，丝毫不怯场地上阵，因为自信而美丽的她，果然脱颖而出，赢得了老师们的肯定。因为当时她的身上有一种别人没有的闪光点，所以真的就把她招进来了。

这种自信一直伴随着她。2004年张艺谋选"奥运宝贝"，那是她大二暑假，很多人都参加选拔，有中戏、北戏、北影、舞蹈学院的……虽然在中戏刚读大二，没有任何表演经验，也没接过一部戏。但她还是自信地报了名。让唐嫣始料不及的是，评审们几乎没有问她们问题，只是仔细观察她们的形体和气质，就选中了她，她也就成为最后14个入选者中的幸运儿。

　　她要表演的是拉二胡，其实之前她根本不会拉。在两个月里，她每天起早摸黑练二胡，居然也成功了。雅典奥运会"中国8分钟"的表演让唐嫣更是自信满满。"我连那么大的舞台都登上过，还有什么好怕的？"

　　唐嫣后来进入了影视圈，有一位演员对她说，演员应该有自信。此后在和郭富城与郑伊健等大牌演员搭戏时，她一点儿也不紧张，挥洒自如。就这样，她火了。

　　她坦言女人由内而外散发出的自信才是最美的，只要你自信，没有什么不可以！

韩红：自信是成功之母

杨兴文

　　韩红6岁那年父亲就去世了，忙于演出和工作的母亲再嫁后，9岁时韩红离开出生地西藏昌都，家乡留给她的，并不是童年的无忧无虑，而是痛苦、灰色暗淡的记忆。韩红被送到北京，与奶奶相依为命，是奶奶卖冰棍把她带大的，她最感激的人就是奶奶。

　　上小学的时候，只要临近韩红中午放学，奶奶就把卖冰棍的车推到她的学校门口，在一个盛冰棍的保温瓶里，装着韩红的午饭，她呼噜呼噜地把饭吃完，随后趴在冰棍车角落做作业，奶奶则不停地叫卖着冰棍。卖完冰棍，做完作业，韩红坐在冰棍车上，奶奶推着车和她一起回家。当时韩红与奶奶在一起的日子，基本上就是这样周而复始。

　　奶奶对自己性格形成的影响，让韩红十分满意。奶奶性格非常坚韧，而且为人特别耿直，在她30岁时爷爷就去世了，她带着韩红的爸爸、两个叔叔和一个姑姑生活。奶奶既在服装店当裁缝，又抽时间在街上卖冰棍，一个人辛苦地养着4个孩子。奶奶用她的坚强不屈引导韩红，无论面对什么困难，都不要畏惧，而要做强者。

　　韩红的母亲雍西是藏族著名歌唱家，曾因创作和演唱《北京的金山上》而闻名遐迩，父亲也是文艺工作者，在这样的家庭中，耳濡目染总会受到影响。可惜，从小就梦想成为歌手的韩红，因为外形条件不优越，所以有着比常人更多的坎坷经历。

　　为了通过比赛赢得一席之地，韩红骑着自行车匆匆奔走于各个赛场，参加各种歌唱比赛，结果屡屡受挫。只要她张口唱一句，评委看了她一眼，就用不耐烦的语气喊停："好了，可以了。"喊停，不是觉得她唱得很差，而是认为她的形象不好。他们的意思是：不用唱了，你天生不是唱歌的料。结果除了得到大奖赛专业户的绰号外，她一无所得。

　　身材几乎是韩红的致命伤，由于这个原因，她曾经多次考团，却被拒绝说："你要是李娜或那英都行，在家等着我们去抬你，你还是回去先减肥吧！"幸好韩红是属

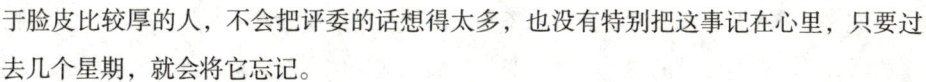

于脸皮比较厚的人，不会把评委的话想得太多，也没有特别把这事记在心里，只要过去几个星期，就会将它忘记。

尽管自己有实力却得不到承认，然而韩红的心情并不压抑，对生活没有这样那样的抱怨，她不相信怀才不遇，仅仅觉得是怀才待遇。只要有展示的舞台，她就能把好歌唱出来。

经历种种磨难后，机会悄悄光临痴迷音乐的韩红。在平时唱歌的那家酒吧里，相貌平平，个子不高，胖乎乎的韩红竟然与张越邂逅。当时胖胖的、其貌不扬的张越在中央电视台主持《半边天》节目。

那天韩红告诉张越，她遇到的评委不让她唱歌，嫌她长得不好，不给她拍MTV，他们说怎么拍啊？把你的脸遮上了你身体胖，把你的身体遮上了你脸上胖。

听完韩红的唠叨，张越似乎想说什么，却没有急着开口。她拿起韩红放在桌子上的随身听，随意按下播放键，于是听到韩红的原创歌曲《雪域光芒》，听完后深受宛若天籁的声线震撼。"人家不让你上电视，你上我的节目行吗？"张越对韩红说，"我请你上。"

那时候韩红很少看电视，大部分时间都在进行音乐创作，以前没有见过也不认识张越，因此她问道："你？你是干什么的？"

"我是中央电视台《半边天》节目的主持人。"张越自我介绍。"这个节目有人看吗？"面对韩红的疑问，张越真诚地说："有人看，可能看的人不是很多。"分别时她给韩红留下手机号码，还对她说："你要是不嫌弃，想上我的节目就联系我。"

"我已经向别人打听了，知道你是一个特别棒的主持人。"在回家的路上，张越接到韩红打来的电话。因而，韩红第一次到中央电视台做了节目，这是她在歌唱道路上多年的量变以后，迎来的第一次质变。

尤其是在春晚上唱了《天路》之后，韩红马上成为中国家喻户晓的人物。在韩红演唱之前，这首歌已经有4位歌手唱过：西藏军区歌舞团的巴桑唱过，总政歌舞团的索朗旺姆，以及其他两个藏族歌手唱过，都没有唱火。

韩红是第五个唱《天路》的人，在唱这首歌的时候，她是以朝圣的心情去唱的，这是奶奶在世的时候最喜欢的歌，她每次唱都想着是在唱给天上的奶奶，所以她相信没有人唱《天路》能唱过她，因为他们不会有这样的感情在里面。

即使遭遇无数不幸与挫折，韩红依然倔强地演绎着她的花样年华，终于从丑小鸭变成白天鹅。对于自己的音乐，韩红非常自信，这自信不仅来源于天生的好嗓子，更源于她对音乐的忠诚和热爱，凭着这样的热爱，她才能创造出奇迹。她说："人是必须要有信仰的，如果心里没有信念的话，什么事都做不好。"

 # 让一朵朵散落各地的蒲公英自信地飞扬

段奇清

不要说蒲公英有多香，只要给它风，它就能自信地飞扬。美国就有这样的风，那是一个叫作"女童子军"的组织。

有这样一个女孩，在上小学前就加入了幼女童子军，她组织队友们玩游戏、参加运动和狂欢节。12岁时，她已是一名中级女童子军了，她和队友们更为成熟地走入社会，她们举办了一场街区模拟奥运会，这一次让她们筹集到了一纸袋善款，这件事还被地方报纸《帕克里奇倡导报》报道过。

每年4月是"饼干义卖期"，她和队友们总会亲手烤制印有童子军标志的饼干，然后拿到超市、教堂、电影院、戏院、体育馆等门口去卖。她记得自己第一次去销售饼干时，哪怕见到熟人也害羞得不敢说话。有一位认识她的阿姨看见了她，对她说："你在这里做什么，是在卖饼干吗？我可以买几包吗？"大人们的热情，让她卖饼干时不再怯生生的，不仅能大声吆喝，而且能挨家挨户地敲门推销。

她就是希拉里，即美国当时的国务卿希拉里·克林顿。由于表现突出，希拉里当年曾被选中参加7月4日的国庆游行，并赢得过一条缀满勋章的绶带。希拉里由衷地说："诸多机会和荣誉，让一个女孩越来越自信。"后来，她的女儿切尔西·克林顿在5岁时也加入了女童子军。

说起自信，必须得说到另一位女子。

她叫朱丽叶·洛，1860年出生在美国乔治亚州。小时候，她有很多爱好，也有很多新鲜的想法，人们给她起了一个外号——"风帆鼓鼓的小船"，在英文中即表示精力充沛的意思。

26岁时，朱丽叶·洛嫁给了英国一位棉花商人。只因她就像一朵蒲公英一样，喜欢四处旅游，还因为一只耳朵曾受到感染导致失聪，丈夫不断地提出离婚，她开始并没有放在心上。31岁那年，一次旅游回家时，她看到一个陌生的女人正舒服地坐在她家的沙发上。自强的她受不了这种侮辱，决定离婚。但离婚程序还没走完，丈夫就因

病去世，丈夫将所有的钱和企业都留给了那个女子，她却成了一朵无所寄托的漂泊的蒲公英。可她并不向命运屈服，而是依靠律师和亲人的帮助艰难地打官司，终于争取到了自己应有的财产份额。

在那个年代，由于妇女在美国社会没有地位，她们往往将幸福寄托在婚姻家庭上，可婚姻并不能真正给她们带来幸福。朱丽叶·洛从自己不幸的婚姻中，想到了更多的女性。是的，她要做一阵风，让各个地位低微的女子——那些散落在各地的"蒲公英"自信地飞扬起自己的人生。

1912年，朱丽叶·洛在乔治亚州创办了一个组织，这个组织当时虽然只有18名女孩，第一名会员还是她的侄女，但她还是很兴奋，给亲友打电话："我为全州、全美国甚至全世界的女孩办了一件大好事！我们今晚就要准备活动了。"她亲自对这些女孩进行训练，并鼓励她们："女人应该具有独立精神，不能一辈子闷在家里做糕点或洗衣服，你们要成为职业女性，在艺术、科学、商业等各个领域拥有一技之长。"不错，她创办的这个组织就是"女童子军"。

在朱丽叶·洛的精心管理下，很快女童子军就有了自己的制服、书本，各大高校还纷纷为她们提供工艺课程和奖学金。自此，女童子军就一直活跃在时代的潮头。20世纪30年代，美国经济大萧条，女童子军参加了很多救济活动，如收集衣服、食物和玩具，到医院和社区的罐头厂工作。1927年，到朱丽叶·洛去世时，她的女童子军已经拥有16万名成员。

如今，美国女童子军的总部设在纽约，有300多个分会，约有370万名5岁~18岁的女孩会员和90万名18岁以上的女性和男性组成的成人会员。美国女童子军已成为女孩子的社会大课堂。

今年9岁的萨拉就是一名女童子军，早在5岁时，她就加入了这支队伍。萨拉有时让妈妈很"头疼"：看到晚餐有猪排，她就跳起来叫道："天哪！吃点绿色叶子不是更好吗？我刚为队里画了保护动物的宣传画！"冲马桶时，她在一旁监视，"只能冲一次水，我们队下期环保活动的主题就是'节水'！"萨拉所说的"队"，正是女童子军中每10人~15人为一组的小队。"长大一些，我们不单像现在学习各种生活常识，做些手工艺品，我们还会学数码电影制作和网站设计。"萨拉充满了期待，"我希望我的设计能拿到勋章。"萨拉之所以这样说，是因为女童子军只要学会一种技能或完成一项任务就发一枚徽章。

如今的萨拉也非常热衷于卖饼干，因为从女童子军创立以来，卖饼干就是其经费的重要来源，每年大约能带来7亿美元的收入，所以它也是女童子军们"挣"徽章的王牌活动。萨拉已得了不少徽章，但也有比她更为出色的。

美国密歇根州迪尔伯恩市一名女孩到2011年已卖掉饼干1.7万盒，15岁的她创了个人饼干销售纪录，除了得到大量徽章外，她还得到欧洲冬季十日游的奖励。由于她能向顾客介绍饼干的品种，自己算账，登记大家购买的数量，进货、送货、收款，她说，这为将来自己创业打下了好的基础。

还有许多成功女性都是从女童子军走出的，最为灿烂的除了希拉里·克林顿外，还有前总统夫人劳拉·布什等。

一个好的组织就是一片明朗的天。"我们快乐地飘扬，向天空，向田野，向那未知的世界；飞扬，飞扬，那上面有我们的方向，有我们美丽的梦。""女童子军"这百年的风，让散落在各地的蒲公英自信地飞扬，飞扬起了每一个女孩子的梦，同时也装点了世界……

自信锻造美丽人生

张忠辉

1981年，她出生在以色列一个普通的农村家庭，父母常年在外打工。从小她便随年迈的奶奶一起生活，家境的贫寒锻造了她懂事的品质，她没跟奶奶要过一件漂亮的新衣服，没戴过一件美丽的装饰品。

她从小很孤僻，在外不愿抬头看周围的人，她总感觉别人的目光中充满着敌意，这导致她遭受更多的嘲笑，小伙伴在背地给她起了个"低头翁"的绰号，由此她小小的心里充满了对世人的仇视和不屑。

虽然她性格上有些孤僻，但她的学习成绩一直很好，从小学一年级到五年级她的成绩一直名列前茅，这让她的家人心里有了些许的欣慰。可自从升入初中之后，她来到另外一所学校，这所学校的学生大多都是来自富贵人家，他们的阔绰让她更加感到自己的卑微，她不敢面对周围人的视线，头似乎也垂得更低了，她上课经常走神，导致学习成绩直线下滑。

凯瑟琳老师也发现这个总爱低着头的小女孩，她想，应该跟她谈一下，了解她的内心世界。下课后，凯瑟琳来到她的身边，亲切地问："孩子，你为什么总是低着头呢？"她委屈的泪水在眼眶里打转："因为我一直觉得自己长得不够漂亮，我是个没有人喜欢的孩子。"小女孩哽咽地说。

看着孩子迷茫的眼神，凯瑟琳加强了语气："孩子，你发现了吗，我们学校旁边的那个养牛场，里面那么多头奶牛，它们中有漂亮的也有丑陋的，但不管它是一头花色健硕的牛还是黑色瘦小的牛，重要的是它们挤出来的牛奶一样是白色的。"

"孩子，你要记住：昂起头来才会自信，人生才会美丽。"凯瑟琳的话有如春风化雨般流进她干涸已久的心田，她看了看老师期盼的眼神，懂事地点了点头。

一天，她路过一家饰品店，她大胆地朝里面望过去，在这之前，这种地方她总是避得远远的。她的目光最终盯住了一枚镶嵌了绿色宝石的蝴蝶结发卡，店主将发卡戴在了她的头上，并不断赞美她戴上这枚发卡是多么漂亮，可她还是有些不太相信，但

是内心听到别人的夸奖却是挺高兴，不由得昂起了头。由于紧张，她出门时与人撞了一下都没在意。

她走进教室，迎面碰上了凯瑟琳老师。"你昂起头来真美！"老师爱抚地拍拍她的肩说。

"是啊，你的眼睛真漂亮，闪烁着耀眼的光芒。"那一天，她得到许多人的赞美。她想，一定是蝴蝶结发卡的功劳，可她回到家往镜子前一照，头上根本就没有发卡，这时她才想起来，一定是出饰品店时与人碰掉了。

自信原本就是一种美丽！从那时起，这个美好的信念就开始根植在她的心灵里。

后来她开始涉足影坛，并全心投入表演，直到被大导演吕克·贝松选中饰演玛蒂尔德一角并一炮走红。因为她的自信，她扮演的不同角色个性突出，她的影坛生涯也变得越加美丽。

她就是第83届奥斯卡金像奖"影后"——娜塔丽·波特曼。

在一次访谈中，波特曼说："自信锻造了我的人生，自信让我更加努力。" 是啊，拥有自信的人生才最美！

撑起自信的支柱

张达明

　　1706年，克里斯托·莱伊恩从英国牛津大学建筑工程系毕业，他从报纸上看到一则消息：英国温泽市政府决定新建一座市政大厅，欢迎建筑师前来竞标。莱伊恩信心十足地参加竞标并脱颖而出，他兴奋异常，运用工程力学的原理，经过十几个不眠之夜，精心设计好了图纸，很快开始施工。一年半后，大厅工程顺利完工。看着自己精心设计建造的第一个作品，莱伊恩非常满意，兴致勃勃地通知权威人士前来验收。

　　莱伊恩满以为自己的独特设计，会赢得权威们的肯定和赞许，但迎面泼来的冷水却让他不寒而栗。验收者毫不客气地指责他："简直是胡闹，偌大面积的天花板，竟只用了一根柱子，这在世界建筑史上绝无仅有，也是万分危险的！必须再加几根柱子，否则，将以危害公共安全罪把你送上法庭！"

　　莱伊恩耐心向验收者解释，说那根柱子非常坚固，足以保证大厅的安全，并把自己计算的详细数据和相关实例对验收者予以说明，但仍遭到了粗暴拒绝，他们更严厉地命令莱伊恩，必须按照他们的要求去做，在最短时间内再加几根柱子上去，不然就有他好看的。

　　这样的结果，让莱伊恩十分痛苦，如不接受他们的建议，自己就会有牢狱之灾，若接受他们的建议，可自己明明正确，怎么办？苦思冥想后，莱伊恩想出了一个两全其美的办法：既坚持了自己设计的正确性，又不至于得罪那些刚愎自用的"权威"们。

　　于是，莱伊恩表面上很痛快地接受了权威们的要求，乖顺地在原来只有一根柱子的基础上，又增加了4根柱子，完工后，又邀请权威们做了验收，他们一致表示满意，并对莱伊恩的"虚心"大加赞赏。

　　之后，市府官员虽换了一茬又一茬，市政大厅却依然坚固如磐。转眼到了21世纪初，新任市府首脑决定对大厅进行一次彻底修缮，以彰显新班子上任的新气象。

　　工程开始后，修缮人员发现了一个惊天的秘密：当年，莱伊恩虽然增加了4根柱

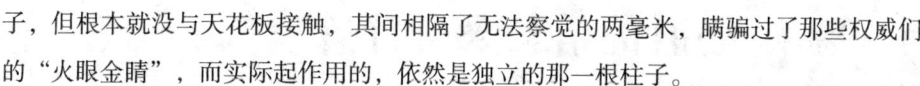

子，但根本就没与天花板接触，其间相隔了无法察觉的两毫米，瞒骗过了那些权威们的"火眼金睛"，而实际起作用的，依然是独立的那一根柱子。

同时，修缮人员还惊愕地发现，在大厅中央圆柱的顶端，有莱伊恩亲手镌刻的一行字：自信和真理只需要一根支柱！

消息传出，世界舆论一片哗然，许多国家的建筑师顿时云集于温泽市政大厅，观赏那根支撑着大厅的神奇柱子，以及默默甘做"绿叶"的4根柱子。英国皇家建筑学院还在一则资料中查到了莱伊恩当年留下的一封信："我是按他们的要求做了，但我却作了假，虽然这有悖于我的做人原则，但我问心无愧。我依然很自信，至少100年后，当世人面对这根柱子时，只能哑口无言，甚至瞠目结舌。我更要说明的是，人们看到的并不是什么奇迹，而是我对自信的一点儿坚持。"

名不见经传的克里斯托·莱伊恩，一直都在嘲笑那些自以为是的权威们，他以自信的支点，撑起了自信的支柱！

牛津大学首任校长罗伯特·格罗斯泰特曾说过：权威是个坎。很多人在权威面前显得非常渺小，最大的原因，是他们对于自己的不肯定。只要你相信自己的思想，相信你内心深处认为是正确的，那就坚持你的自信，因为事实最能说明一切。

必胜的信念来自自信

孙君飞

世界杯上，一个叫"保罗"的章鱼大出风头，因为对比赛结果屡"测"屡胜，准确率达到惊人的百分之百，人们惊叹它为"章鱼帝"和"神算子"。

保罗在"预测"南非世界杯每一场足球比赛的结果，同时人们也在猜测这个另类章鱼何以具备如此令人吃惊甚至恐慌的"神力"，争议的结果并没有达成一致，但有些说法值得一听，让人颇受启迪。

在众多说辞中，我比较相信一些心理学家认为这是"罗森塔尔效应"的说法。著名学者方舟子撰文解释了这种效应，他介绍说美国心理学家罗森塔尔曾经做过一个很有名的实验：有一次，罗森塔尔到一所中学考察，在学生名单中随意圈了几个名字，然后告诉他们的老师说这几个学生的智商很高。老师信以为真，这些学生也深信不疑。在这种心理暗示下，师生之间达成了一种默契，彼此比往常更加努力地教和学，自信给了他们前所未有的动力。过了一段时间，罗森塔尔再次来到这所学校，见证了一种奇迹的发生，这几个学生真的变成了班级里的佼佼者。这时罗森塔尔才说出真相，原来这几个学生他根本不了解，他只是靠着自己的权威身份毫无选择地说出了他们的名字，而且提前下了他们智商很高、很有前途的判断，奇迹的出现不在于他，而在于这些学生本身，因为自信，所以焕然一新，而且最终成为佼佼者。

这种效应就是"罗森塔尔效应"，这个实验也充分证明自信对一个人的重要性。虽然自信并不一定带来成功，但自信一定会带来必胜的信念，那些脱颖而出的成功者们也一定是自信的人。

同样道理，章鱼保罗起初"预测"得准确无误也许具有一定的偶然性，可是随着它越"说"越灵，所有的人都不会再小觑它，甚至有人开始相信它真的具有不可思议的"神力"：球队可以出错，但"章鱼帝"一定不会出错，这时候他们的思维、情绪和意志就有可能被章鱼保罗牵着鼻子走，也就是说它具备了其他章鱼，甚至其他预言者都很难拥有的权威性，这种"权威性"越强大，带给人的心理暗示也就越强大。当这种"权威性"和心理暗示施加给被章鱼保罗选中的那支球队时，必然会带来不同程度的正面影响，现场的众多观众也会翘首期待，甚至带有一定的倾向性，置身如此微妙的现场，那支"倒霉"的对手如果不是异常强大自信，他们的积极性就会受到动摇和挫伤，也许比赛中的任何一个小小的失误都会让他们紧张起来，让观众的反应也越来越具有选择性，从而小失误造成大失误，出现无法收拾的局面，以失败告终。表面上看，这是章鱼保罗"一语成谶"，其实是失败者自信心丢失的结果。

从"罗森塔尔实验"到"章鱼帝"传奇般的"预测"，我们最应该关注的实际上应该是人本身，只要我们自信起来，就会带来积极的连锁反应，越努力越成功，越成功越强大，甚至创造出人生的奇迹，让自信的旗帜永远飘扬在生命的大风之中。

自信是自己的伯乐

张振旭

他是一个不幸的少年，因为小时候患了一场病，落下了智障，加上身材矮小，在人们忽视的目光下静静成长。上学的时候，他的各门功课都亮红灯，考试分数是全班最后一名的防护栏。他勉强读到初一，在老师摇头哀叹声和朽木不可雕的断言中，他被赶出学校，被迫辍学。那年他19岁。他和众多贫穷孩子一样，跟着村庄上的人到城市里去打工，在环保站找到一份卑微的工作。他每天都浸泡在臭气熏天的环境中，做着又脏又累的掏下水道的活。即便如此，他每月还上交给包工头不菲的提留金，所剩的薪水自然就微乎其微。

一次，他偶然看到这样的宣传语："知识改变命运，技能成就未来"。他看后怦然心动，他想，仅靠出卖体力去挣钱，不但挣钱辛苦，而且挣钱少得可怜。而就在那种惨淡的境况下，他发奋从头学起知识技能。他买来字典和词典以及学习参考书，在业余时间里就一门心思钻进书本里。寒来暑往，花开花落。他一边打着工，一边自学。他学会了电脑一般操作技能，学会了撰写诗歌、散文、随笔、小说等稿件。他的稿件在众多的杂志和报纸副刊上发表。

2008年，一家大型合资公司的内刊招聘编辑，他毛遂自荐，胸有成竹地前去应聘。在人才济济的当今社会中，他连初中都没有毕业，就自不量力去寻找属于他的梦想乐园。别人都递交一沓沓象征着自己文凭的含量和阅历丰富的求职信。而他却握紧那些印着他名字的铅字稿件，在人潮拥挤里奋力竞争。自然，他的长相以及他手里那些轻飘飘的稿件，不会吸引应聘主考官的注意。他满心欢喜而来，垂头丧气而归。他没有就此气馁放弃，他天天都到那里去应聘。尽管主考官对他冷嘲热讽，他依然厚颜而来，没有退场。由于他锲而不舍的纠缠，主考官无奈，让他把他发表的稿件留下来。他欣然留下了属于他生命含量的稿件。

意想不到的是，翌日，那位一向蛮横的主考官主动打来电话，让他前去笔试。原来，他的稿件被副经理不经意看见了，饶有兴趣阅读起来，对他的才华褒奖有加，副经理就打电话给主考官，让他前来笔试。由于他日积月累，厚积薄发，在别人蹙眉思索的时候，他的一篇洋洋洒洒的稿件已经落笔，很快就呈递上去。三个主考官看过他的文章，皆啧啧赞叹不已，为他饱含情感和飞扬的文思所倾倒。他是幸运儿，唯一没有大学本科学历而被破格录用者。后来，一位曾经是他的主考官问他："在众多应聘者中，你没有文凭和学历，竟敢赤手空拳来应聘，够牛的！"他微笑着回答："当别人拿着文凭和学历挡箭牌前去应聘的时候，他们往往空腹而来；我只能拿着勇气前去冲锋陷阵，赤身裸体地迎接无情的挑战，我是腹中有货而至。当一个人被别人忽视的时候，自己千万别忽视自己——自信就是自己的伯乐！"我们常常羡慕别人的成功，而忽略了自己努力；常常喟叹命运的不公，而很少做到自己去发现自己。

当命运的天空笼罩阴霾，那个他心中却依然撒满灿烂的阳光，他把自己勇敢地推向生命的前沿，迎接成功的喜悦。自信是自己的伯乐，这是支撑一个人走向成功的信念，也是勇敢和韧性迸发的力量。

一个人，不在于有青春靓丽的外表，而在于自己是否拥有积极向上不屈不挠的心灵。自卑和畏缩只能换来别人的怜悯和同情，而大胆地推销自己；却会迎来真心的喝彩和响亮的掌声。假若命运把你挤压到狭窄的角落，那么，你不妨冲破重重障碍阻挠，试着把自己推向前台，站在别人的目光里，站在耀眼的聚光灯下，你同样可以展现你的风采，绽放你的魅力，袒露你的自信，张扬你的个性。请你谨记——自信就是自己的伯乐，我就是独特的自己！

人的进步是一辈子的事情

俞敏洪

非常高兴许校长给我这么崇高的荣誉，谈一谈我在北大的体会。

可以说，北大是改变了我一生的地方，是提升了我自己的地方，使我从一个农村孩子走向了世界的地方。毫不夸张地说，没有北大，肯定就没有我的今天。北大给我留下了一连串美好的回忆，大概也留下了一连串的痛苦。正是在美好和痛苦中间，在挫折、挣扎和进步中间，最后找到了自我，开始为自己、为家庭、为社会做一点儿事情。

学生生活是非常美好的，有很多美好的回忆。我还记得我们班有一个男生，每天都在女生的宿舍楼下拉小提琴，希望能够引起女生的注意，结果后来被女生扔了水瓶子。我还记得我自己为了吸引女生的注意，每到寒假和暑假都帮着女生扛包。后来我发现那个女生有男朋友，我就问她为什么还要让我扛包，她说为了让男朋友休息一下。我也记得刚进北大的时候我不会讲普通话，全班同学第一次开班会的时候互相介绍，我站起来自我介绍了一番，结果我们的班长站起来跟我说："俞敏洪你能不能不讲日语？"我后来用了整整一年时间，拿着收音机在北大的树林中模仿广播台的播音，但是到今天普通话还依然讲得不好。

人的进步可能是一辈子的事情。在北大是我们生活的一个开始，而不是结束。有很多事情特别让人感动。在朱光潜教授最后的日子里，我们班的同学每天轮流推着轮椅在北大陪他一起散步。每当我推着轮椅的时候，我心中就充满了对朱光潜教授的崇拜，一种神圣感油然而生。所以，我在大学看书最多的领域是美学。因为他写了一本《西方美学史》，是我进大学以后读的第二本书。

为什么是第二本呢？因为第一本是这样来的，我进北大以后走进宿舍，我有个同学已经在宿舍。那个同学躺在床上看一本书，书名叫作《第三帝国的兴亡》。所以我就问了他一句话，我说："在大学还要读这种书吗？"他把书从眼睛上移开，看了我一眼，没理我，继续读他的书。这一眼一直留在我心中。我知道进了北大不仅仅是来

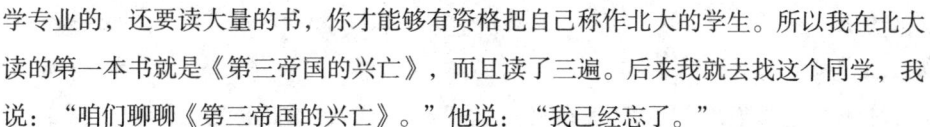

学专业的，还要读大量的书，你才能够有资格把自己称作北大的学生。所以我在北大读的第一本书就是《第三帝国的兴亡》，而且读了三遍。后来我就去找这个同学，我说："咱们聊聊《第三帝国的兴亡》。"他说："我已经忘了。"

我也记得我的导师李赋宁教授，原来是北大英语系的主任，他给我们上《新概念英语》第四册的时候，每次都把板书写得非常完整，非常美丽。永远都是从黑板的左上角写起，等到下课铃响起的时候，刚好写到右下角结束。我还记得我的英国文学史老师罗经国教授，我在北大最后一年由于心情不好，导致考试不及格。我找到罗教授说："这门课如果我不及格就毕不了业。"罗教授说："我可以给你一个及格的分数，但是请你记住，未来你一定要做出值得我给你分数的事业。"所以，北大老师的宽容、学识、奔放、自由，让我们真正能够成为北大的学生，真正能够得到北大的精神。当我听说许智宏校长对学生唱《隐形的翅膀》的时候，我打开视频，感动得热泪盈眶。因为我觉得北大的校长就应该是这样的。

我记得自己在北大的时候有很多的苦闷。一是普通话不好，二是，英语一塌糊涂。尽管我高考经过三年的努力考到了北大——因为我落榜了两次，最后一次很意外地考进了北大。我从来没有想过北大是我能够上学的地方，她是我心中一块圣地，觉得永远够不着。但是那一年，第三年考试时我的高考分数超过了北大录取分数线七分，我终于下定决心咬牙切齿填了"北京大学"四个字。我知道一定会有很多人比我分数高，我认为自己是不会被录取的。没想到北大的招生老师非常有眼光，料到了三十年后我的今天。但是实际上我的英语水平很差，在农村既不会听也不会说，只会背语法和单词。我们班分班的时候，五十个同学分成三个班，因为我的英语考试分数不错，就被分到了A班，但是一个月以后，我就被调到了C班。C班叫作"语音语调及听力障碍班"。

我也记得自己进北大以前连《红楼梦》都没有读过，所以看到同学们一本一本书在读，我拼命地追赶。结果我在大学读了八百多本书，用了五年时间。但是依然没有赶超我那些同学。我记得我的班长王强是一个书痴，现在他也在新东方，是新东方教育研究院的院长。他每次买书我就跟着他去，当时北大给我们每个月发二十多块钱生活费，王强有个癖好就是把生活费一分为二，一半用来买书，一半用来买饭菜票。买书的钱绝不动用来买饭菜票。如果他没有饭菜票就到处借，借不到就到处偷。后来我发现他这个习惯很好，我也把我的生活费一分为二，一半用来买书，一半用来买饭菜票，饭菜票吃完了我就偷他的。

毫不夸张地说，我们班当时在北大，真是属于读书最多的班之一。而且我们班当时非常活跃，光诗人就出了好几个。后来挺有名的一个诗人叫西川，真名叫刘军，就是我们班的。我还记得我们班开风气之先，当时是北大的优秀集体，但是有一个晚上大家玩得高兴了，结果跳起了贴面舞，第二个礼拜被教育部通报批评。那个时候跳舞是必须跳得很正规的，男女生稍微靠近一点儿就认为违反风纪。所以你们现在比我们当初要更加幸福一点儿。不光可以跳舞，而且可以手拉手地在校园里面走，我们如果当时男女生手拉手在校园里面走，一定会被扔到海里，所以一般都是晚上十二点以后在校园里面走。

我也记得我们班五十个同学，刚好是二十五个男生二十五个女生，我听到这个比例以后当时就非常兴奋，我觉得大家就应该是一个配一个。没想到女生们都看上了那些外表英俊潇洒、风流倜傥的男生。像我这样外表不怎么样，内心充满丰富感情、未来有巨大发展潜力的，女生一般看不上。

我记得我奋斗了整整两年希望能在成绩上赶上我的同学，但是就像刚才吕植老师说的，你尽管在中学高考可能考得很好，是第一名，但是北大精英人才太多了，你的前后左右可能都是智商极高的同学，也是各个省份的状元或者说第二名。所以，在北大追赶同学是一个非常艰苦的过程，尽管我每天几乎都要比别的同学多学一两个小时，但是到了大学二年级结束的时候我的成绩依然排在班内最后几名，非常勤奋又非常郁闷，也没有女生来爱我安慰我。

这导致的结果是，我在大学三年级的时候得了一场重病，这个病叫作传染性侵润肺结核。当时我就晕了，因为当时我正在读《红楼梦》，正好读到林黛玉因为肺结核吐血而亡的那一章，我还以为我的生命从此结束，后来北大医院的医生告诉我现在这种病能够治好，但是需要在医院里住一年。

我在医院里住了一年，苦闷了一年，读了很多书，也写了六百多首诗歌，可惜一首都没有发表过。从此以后我就跟写诗结上了缘，但是我这个人有丰富的情感，却没有优美的文笔，所以最终也没有成为诗人。后来我感到非常庆幸，因为我发现真正成为诗人的人后来都出事了。我们跟当时还不太出名的诗人海子在一起写过诗。后来他

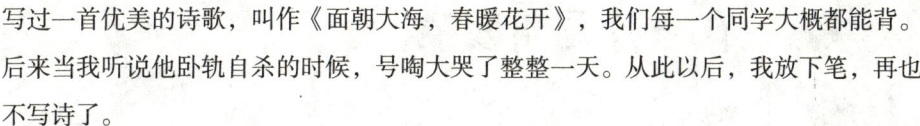

写过一首优美的诗歌，叫作《面朝大海，春暖花开》，我们每一个同学大概都能背。后来当我听说他卧轨自杀的时候，号啕大哭了整整一天。从此以后，我放下笔，再也不写诗了。

记得我在北大的时候，到大学四年级毕业时，我的成绩依然排在全班最后几名。但是，当时我已经有了一个良好的心态。我知道我在聪明上比不过我的同学，但是我有一种能力，就是持续不断地努力。

所以在我们班的毕业典礼上我说了这么一段话，到现在我的同学还能记得，我说："大家都获得了优异的成绩，我是我们班的落后同学。但是我想让同学们放心，我绝不放弃。你们五年干成的事情我干十年，你们十年干成的我干二十年，你们二十年干成的我干四十年。"

我对他们说："如果实在不行，我会保持心情愉快、身体健康，到八十岁以后把你们送走了我再走。"

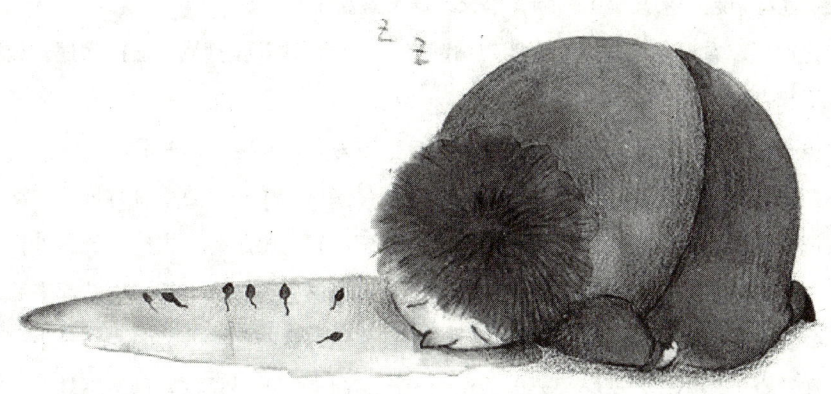

有一种爱叫残酷

邵火焰

　　中央电视台《动物世界》栏目曾播出过一期"长颈鹿产子"的节目，长颈鹿母亲那狠心踢子的画面，深深震撼了我。

　　非洲草原上，一群长颈鹿正在行进。突然有一只长颈鹿的脚步明显慢了下来，最后停止了前进。主持人的画外音响起："这只长颈鹿马上就要分娩了。让我们跟随摄像师的镜头，看一看它产子的过程吧。"

　　长颈鹿胎儿从母亲的子宫里出来后掉在了地上，是后背着地的，几秒钟后，小长颈鹿翻过身，四肢蜷缩匍匐在地。长颈鹿母亲低下头，看了一眼地上的新生命后，抬起长长的腿，踢向了它的孩子。

　　小长颈鹿被踢得翻了一个跟头，蜷缩在一起的四肢摊开了。小长颈鹿在地上扭动着身体，长颈鹿母亲重复刚才的动作，又踢了小长颈鹿一脚。小长颈鹿翻滚了一圈后，似乎感觉到母亲还会踢它，它摇摇晃晃地想站起来，但努力了两次没有成功，这时长颈鹿母亲赶上来又踢了一脚，小长颈鹿又翻滚了一圈。

　　这次可以看出它在拼命努力地想站起来，小长颈鹿双腿打战，摇摇摆摆，最后终于站了起来。

　　电视机前的我终于松了一口气，情不自禁地为小长颈鹿鼓起了掌。

　　然而，在我的掌声还没有停止时，长颈鹿母亲做出了一个更不合常理的举动。它再次把小长颈鹿踢倒在地。当我还瞪着一双疑惑不解的眼睛时，主持人的画外音又响了起来："观众朋友们看到这里，也许觉得不可思议，为什么小长颈鹿站起来后，母亲还要将它踢倒呢？原来母亲是想让它记住自己是怎么站起来的。因为这是生存的需要。在荒野中，小长颈鹿必须要以最快的速度站起来，如果长颈鹿母亲不教会它的孩子尽快站起来，与鹿群大部队保持一致，那么小长颈鹿就会成为狮子、野狼和土狗们的猎物。"

　　站起来了的小长颈鹿跟随母亲赶上了鹿群……

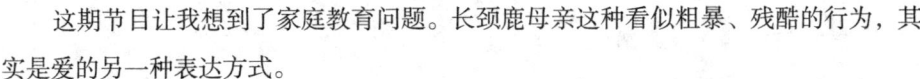

　　这期节目让我想到了家庭教育问题。长颈鹿母亲这种看似粗暴、残酷的行为，其实是爱的另一种表达方式。

　　它告诉我们，爱，还要会爱。爱是一种表现，我们需要了解爱的形式；爱是一门学问，爱更是一种自信，我们需要掌握爱的方式；爱是一种智慧，我们需要把握爱的尺度。

　　不管怎样，别忘了，世上还有一种爱，叫作残酷。

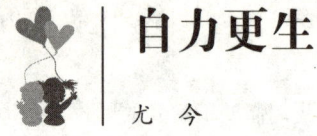

自力更生

尤 今

从来不让孩子有娇生惯养的机会。

自小，便训练他们起床后自己弄床铺；一入学，便要他们自个儿洗刷校鞋。闲空时，得为我洗车，个子够高了，便去厨房学煎蛋做早餐。

这一切，都是为了他们将来的自力更生做好准备工作。

常常为了自己的"明智"而沾沾自喜，可是，最近读了於梨华的新作《美国的来信》一书，才知道我在孩子身上所从事的"训练工作"，根本是微不足道的。

於梨华在该书里谈及美国孩子"自力更生"的问题时，举了个典型的例子。

有个生长在良好家庭的孩子，才十岁，便向父母主动要求早上外出当报童以赚取自己的零用钱，开始送报的第一天，他到街角去取报纸，掮起沉甸甸的报袋，骑上他的小自行车，东歪西扭地前行；母亲站在窗前，在微亮的曙光里，目送她的儿子跨出自力更生的第一步。

文中有一段文字让我读了热泪盈眶：

"冬天来了，落了雪，车不能骑了，得走路送报，得更早起。天地一片黑，开灯穿衣，套头厚毛衣，连帽的风雪外套，手套，长筒靴，臃肿得寸步难移。门外，是零下二三十摄氏度滴水成冰的严寒，一只手电，一袋晨报，在一大片深深的白雪中，一个十岁不到的报童，蹒跚前行。不是为了生活，更不是由于父母，而是自愿去锻炼自立的精神以及体会赚钱的不易。"

这一段文字里，有两个字闪着晶晶的亮光。

自愿。

这名十岁的孩子，是自愿的。正因为他是自愿的，所以他任劳任怨。他做了整整三年，把赚来的钱大部分存进银行里，作为将来进大学的补贴；小部分留在手里，买自己最喜欢的用品。他尝到赚钱的辛苦，也尝到自食其力的乐趣。

拿这位报童和我家里的小毛头一比，后者立刻成了温室里的花朵。糟糕的是，他

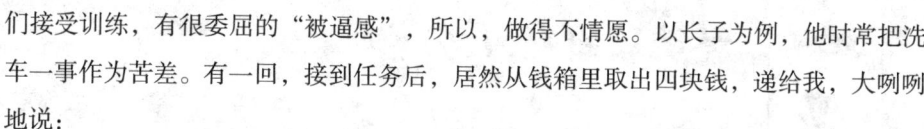

们接受训练，有很委屈的"被逼感"，所以，做得不情愿。以长子为例，他时常把洗车一事作为苦差。有一回，接到任务后，居然从钱箱里取出四块钱，递给我，大咧咧地说：

"喏，这钱，给你。等一下你把车子驾去汽油站的自动洗车处洗吧！"

我训练孩子做事而未能让他们了解我背后的苦心，实在是我行事的失败；然而，读了於梨华的新著以后，我才了解：我真正的失败是，我未能训练他们培养起自动自发的精神。

以后，我会朝这目标努力的。

一条玫红色五分裤

梅　寒

　　天渐渐热起来了，与去年相比，她又长高、长胖了许多，去年夏天的衣服都小了。周末回家，看她还穿着厚厚的校服，我方才想起，该去给她置备一些夏天的衣服了。想带她去吧，可她说："没时间，你们看着买好了。"

　　我心里想：也好，周三去学校看你时，就给你捎上。

　　送她回学校之后的那个周末晚上，我和她爸爸去逛商场。今年夏天流行铅笔裤，大大小小的商铺里挂满了细瘦瘦的裤子，而她最讨厌那些紧绷绷的裤子了。逛了几家后，我才给她挑了一款玫红色的五分裤，是那种相对宽松的休闲款式，面料也柔软舒适。在挑颜色的时候，我稍稍犹豫了一下，那种款式只有三个颜色：黑色、玫红、蓝色。我觉得，黑色和蓝色太沉重了，不适合花季般的女孩子穿。相比之下，玫红色尚可，但我担心她会说太艳。最终，还是售货员给了我们底气与决心："女孩子夏天时就该穿得鲜亮一点儿，上面配一件白色的T恤，很漂亮的。就拿这条吧。"

　　"好，就拿了那条吧。"我在心里又对自己说了一遍，像是确定一遍，又像是给自己鼓气，"回头再给她挑一款白色的T恤就行了。"回家，过水洗，晾干，叠好。一切准备就绪，只等着周三拿给她了。

　　每个周三上午，是我最忙碌的时刻。她喜欢喝汤，极喜欢喝清淡的汤。早早地我就去菜场，选了新鲜的牛肉、金针菇、番茄。这道汤是她最喜欢的，味道极鲜却不腻。小火煲上汤，我就开始着手包饺子了，和面，剁馅儿，做着她最爱吃的香菇猪肉饺子。饺子做好了，我再去给她洗水果，开始打包……

　　忙起来的时候，时间过得就是快。等我把手上这一切都忙完，墙上的时钟刚好指向十二点。她一定早就站在阳台上等我了吧！我们才走到她的宿舍楼下，就看见她张着双臂向我们飞过来，满脸的开心。和每次一样，见了面就先去接我们手上的包："妈妈，你这回怎么带这么多的东西啊？"

　　"是啊，给你买的新衣服带来了，你可以换上。"我伸手就将包里那条玫红色

的五分裤拿出来了。

"啊？这种颜色？你打算让我怎么穿？当睡衣穿？"她满脸的喜悦在那一刻冻住了，手也僵在半空，不去接。

"挺好的啊，小女孩穿这种颜色很漂亮的……"果然不出我所料，她对我们给她选的衣服极不满意。接下来的十几分钟里，她便没有了笑容。她爸爸给她倒了一碗汤端到她手上，我在忙着给她往外掏水饺儿。在家算计好的时间，都是不凉不热，刚刚好的温度。她浅浅地喝了两口汤，水饺儿却是半个也没吃。

"饱了。"面对我举到她面前的水饺儿，她把头扭到一边。

我的手也僵在了半空。

此时，我心里也气极了，伤心极了。我辛辛苦苦在家忙碌一上午，又驱车半个小时给她送来，她竟然以那样的态度对我，就因为那条不合她心意的裤子。若是按照我以往的脾气，铁定压不住火，一定当场就要对她进行教育，什么要懂得父母心，要知道感恩，要学会尊重别人等。事实上，那些话，在我沉默着的时候，我全在心里跟她说了一遍，我还在心里将自己狠狠批评了一通——因自己在教育上的失败。她不晓得体谅我们，一定是我们在某个环节上出了问题。但我太清楚在那会儿出声的后果——她流泪，我们带着恨铁不成钢的坏情绪离开学校，然后再一路上后悔、心疼……

我到底还是没出声，脸上一直挂着平和的笑："好，不喜欢吃就不吃吧，我带回去和爸爸吃。"

转移了话题，我问了一下他们学校里的事，她的话才渐渐多起来，脸上也渐渐有了一点儿笑的模样。跟我们分手后，她直接去了教室。

"等周末回来，我们得找个机会跟她好好谈一下。这样子怎么行？"在回程的车上，她爸爸郑重其事地说，"我忍了再忍，真想训她一顿，小孩子不懂事！"

"以后再说吧。"我劝她爸爸。

周末很快就到了。她爸爸去接她，我照例在家忙碌。

"妈，我回来啦……"

当门外响起她欢快的声音时，桌上已摆好了四个热气腾腾的菜。

拉开门，她背着书包站在门外，白色的棉T恤、玫红色的五分裤、乳白色的凉鞋，清清爽爽，又不失热情活泼。

　　"妈，给我拿浴巾来……"她在洗澡间洗澡，一边洗一边兀自唱着我们听不清的歌，洗完了冲着我大叫。

　　"爸爸，我来给你揉揉肩膀……"她爸爸坐在书桌前忙碌，她主动靠上去，给他揉肩捶背。

　　她又同往常一样，从这间屋跑到那间屋，在我们耳朵边喋喋不休地絮叨着，老师们的事，同学们的事，宿舍里的事……

　　"还要跟她谈吗？"我偷偷地与她爸爸对视一下。

　　"谈什么？不用谈了，她自己都懂。"

　　是的。那些为人处世的道理，我们同她谈得越来越少了。我们只是默默地做着，她全看在眼里。她需要的，是我们像朋友一样处在一个水平面上的对话。偶尔，她也会闹情绪，在大人的眼里就是有些"不懂事"，我们能给予她的就是包容，就是耐心等待。

　　因为我们相信，有了平日里的那些身教，再给她足够的时间，她会进行自我教育。既而说服自己，让自己自信起来，慢慢修正自己的方向。

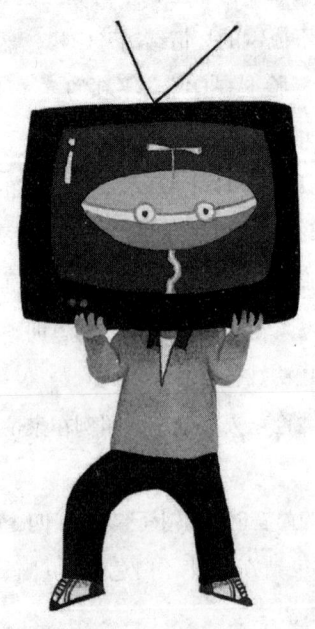

权威迷信

尹玉生

1938年9月21日，一场凶猛异常的狂暴飓风袭击了美国的东部海岸。美国著名历史学家威廉·曼彻斯特在他的名作《光荣与梦想》中记载并描述了这场罕见的风暴。书中写道："下午两点三十分，海水骤然变成了一堵高大的水墙，以迅猛之势，向巴比伦和帕楚格小镇（位于纽约长岛）之间的区域劈头压来。第一波海浪的威力如此之大，以至于阿拉斯加州的汐地卡的一台地震仪上都记录下了它的影响。在袭击的同时，飓风挟带着巨浪以每小时超过100英里的速度向北挺进，这时，水墙已经达到近40英尺高，长岛的一些居民手忙脚乱地跳进他们的轿车，疯狂地向内陆驶去，没有人能精确地知道，有多少人在这场生死赛跑中，因为输掉了比赛而失去了生命。幸存者后来回忆道，一路上，人们都将轿车保持在每小时50英里以上。"

对于这场飓风，当地的气象学家们早已预测到了它的规模和行期，因为一些原因，气象局并没有向公众发出警告。事实上，绝大多数的居民通过家中的仪器或者通过其他渠道都获知了飓风即将莅临的信息，但由于作为权威部门的气象局并没有发出任何预报，居民们都出人意料地对即将到来的大灾难漠然视之。如果说预报员这次变成了瞎子，那么全体居民也都跟着啥也看不见了。"

后来，许多令人吃惊的故事显露出来，"曼彻斯特写道，"这里有一个长岛居民的经历。早在飓风到来前几天，他就到纽约的一家大商店订购了一个崭新的气压计。

9月21日早晨，新气压计邮寄了过来。令他恼怒的是，指针指向低于29的位置，刻度盘上显示：'飓风和龙卷风'。他用力摇了摇气压计，并在墙上猛撞了几下，指针也丝毫没有移动。气愤至极的他，立即将气压计重新打包，驾车赶到了邮局，将气压计又邮寄了回去。当他返回家中的时候，他的房子已经被飓风吹得无影无踪了。"这就是绝大多数当地居民采取的方式。当他们的仪器指示的结果没有得到权威部门的印证时，他们宁愿诅咒气压计，或者忽略它，或者干脆扔掉它！

杂货店里的老师

珍妮·克莱门特 译/费方利

去肉店买肉，到药房买阿司匹林，到杂货店买食品，这都是稀松平常的事情。但是，在纽约沃里克，年少时跟祖母待在一起的那个夏天，却令我难忘。

一天，祖母给了我一个购物清单，打发我去购物。我哪能指望在乱七八糟、塞得满满的货架上找到要买的商品呢？

我走到柜台前，柜台后面是一位女士，她的鼻尖上架着一副仿珠宝眼镜，头上堆满灰发。

"打搅您了。"我说。她抬起头来。

"你是克莱门特家的小孩儿吗？我是蜜蜂小姐。靠近些，让我好好看看你。"她把眼镜推到鼻梁上，"我要先看清楚你的模样，万一店里丢了东西，我好向警长报告。"

"我不是小偷！"我太震惊了。那时我才7岁，这么小的孩子怎么会被别人当成贼呢？

"虽说你这模样看不出什么，可是我可以告诉你，你有这个潜力。"说完她就低头继续看报纸。

"我要买这些东西。"我说道，手里拿着我的清单。

"那又怎样呢？你自己去拿啊！"蜜蜂小姐指着纱门上的一个指示牌。"这里除了你和我，没有别的人。我可不是你的用人，所以我建议你自己找个购物篮，然后把要买的东西往篮子里放。你要是不够走运的话，也许太阳下山才能回到家。"

离太阳下山还有5个小时，我不太确定能否在天黑之前买好东西回家。

购物清单上的第一行是猪肉和豆子。我在离我最近的货架上扫视着，来回找了三遍，最终在麦片和牛奶箱之间找到一罐豆子。接下来要找的是卫生纸，居然藏在玩具下面！

创可贴——我是不是在哪儿看到了？噢，是的，是在面霜旁边。这家杂货店就

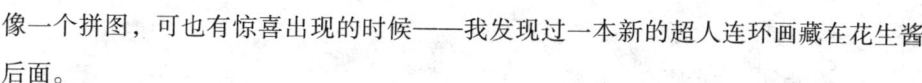

像一个拼图，可也有惊喜出现的时候——我发现过一本新的超人连环画藏在花生酱后面。

那年夏天，我一个星期要光顾蜜蜂小姐的杂货店好几次。有时，她少找给我钱了，有时，她多收了我的钱，或者把旧报纸充当新报纸卖给我。去她家买东西简直就像上战场。我从祖母家带着购物清单离开，心里默念着清单内容，然后像巴顿将军上战场一样向蜜蜂小姐的杂货店挺进。

"那罐豆子只要29美分！"有一天下午我纠正她。我很仔细地看过收银机上跳动的数字，但蜜蜂小姐加上去的是35美分。她似乎一点儿也不因我发现她多收了钱而尴尬。她还面不改色地透过眼镜看着我，然后若无其事地调整价格。

她从不让我有获胜的机会。一整个夏天，她变着法子戏弄我。我刚刚学会小苏打的发音，且记住它在货架上的位置，蜜蜂小姐就重新调整货架，害我一通好找。到暑期结束时，我的购物时间从最初的1个小时缩减到15分钟，效率大大提升。离开祖母家的那天上午，我在杂货店停下来买一包口香糖。

"好了，潜能小姐！"她说，"这个夏天你学到什么了？""我知道你这个人很卑鄙！"说完我就紧闭双唇。我没料到，蜜蜂小姐竟然还笑得出来。

"我知道你怎么看我。"她说，"嗯，跟你说吧，我并不在乎！我们每个人活在世上总有他的缘由。我想我的角色就是帮助每个孩子学会十条生活教训。潜能小姐，你愿意怎么想就怎么想吧，但是等你长大后，你会很高兴遇到了我！"

为认识蜜蜂小姐而高兴？哈！这话说得也太荒谬了……

直到多年之后的一天，女儿拿着数学题来到我跟前。"太难了，"她说，"你能帮我做完数学题吗？"

"如果我帮你做，那你自己怎么能学会呢？"我回答。突然，我想起当年在杂货店的情形：我费力地核对着收款机上的款项。打那以后，有人多收我钱吗？

女儿继续做作业时，我突然想到，蜜蜂小姐真的教会了我些什么！我拿出一些草稿纸，开始列清单。很显然，我学到了十条有益的生活教训：

1. 好好倾听。

2. 永远不要想当然——事情时刻都在变化。

3. 生活充满了各种惊奇。

4. 大声讲话，勇敢提问。

5. 困境中，别指望有人来援救。

6. 不是每个人都像你那么诚实。

7. 论断他人不宜太快。

8. 尽力而为，哪怕事情在自己的能力范围之外。

9. 任何事情都要反复审核。

10. 最好的老师可能在学校之外。

我是如何戒掉iPhone瘾的

［美］艾米·格林　译/庞启帆

我叫艾米，是一个iPhone迷。其实，我原本不是一个瘾君子。这么多年来我一直告诉自己不要去买那些花哨又奢华的手机，它们的功能太多，太分散人的注意力。我十分满足于自己的古董手机，虽然简单了点，但我想，在短期内我是不会改变主意的。

然而，大约一年前，我发现自己开始妒忌那些拥有iPhone的人，羡慕他们向朋友炫耀新手机时脸上露出骄傲的表情。我开始偷听关于iPhone的应用程序的谈话，但是很遗憾，我感觉自己就像一个游客在听一种我不会说的语言。

最终，我无法再无视自己拥有一个iPhone的欲望。我以最快的速度到苹果专卖店买了一个最新版的iPhone，并且，我立刻爱上了这个精致的小玩意儿。我把它称为我的小可爱。

好几个月过去了，我与我的小可爱建立了新的生活，这样的生活让我觉得很开心。然而有一天，当我使用"Google在线地图"进行搜索回家的路线的时候，发现自己竟然就站在家门外。我意识到自己有问题了。

仔细回想过去的几个月的生活，我简直不敢相信自己居然没看出这个问题其实早已存在。所有的警告迹象都早已显示出来。每晚，iPhone都睡在我身旁，每天早上醒来的第一件事就是拿起它。我一天查看邮箱20次。当我去健身房做运动，把它放在更衣室的衣物柜与它暂别时，我会感到相当焦虑。它是否在呼叫我，是否需要我的回应？或者，更糟糕的是，会不会有某个粗心的家伙撞到我的衣物柜，把它从衣物柜里震出来，摔破了屏幕？哦，我简直不敢相信自己居然会变成这样！

显然，我已经沉迷于我的iPhone。

不过，开始意识到自己的问题后，事情就开始改变了。我开始憎恨自己不带上小可爱就没法离开家门的行为，我甚至想把它扔到墙上。

我决定要做点事情了。但我很快就意识到，iPhone就像香烟一样，并不是那么容易戒掉的。

一天，坐公交车去上班时，我像往常一样把iPhone拿在手上，不停地查看邮箱。慢慢地，我开始感觉到它发烧了（奇怪，以前我怎么没这种感觉）。我做出了一个强大的决定，立刻把它丢进了包里。我以前竟没有去理解过"过热"和"断电"这些词语。在接下来的一段路程，我强忍着内心的焦虑，没有再次把手伸进包里。直到下车时，我才再次拿起它。这时，它已经退烧了。当我终于到达办公室的时候，我发现自己一路上居然没有使用"Google地图"。此刻，我才知道在过去的几个月自己过的是怎样一种病态的日子。我是一个病态的iPhone孩子。

当我试图解决问题而毫无办法时，我的头脑会因为恐慌而发昏。但是，这一次，我没有打电话给任何人寻求建议，我也没有在Google上搜索是否其他的iPhone迷也出现过这种情况。

慢慢地，我发现即使我的小可爱暂时离开了我的身边，我也没那么恐惧了。当我完成工作时（在工作的几个小时里，我没有收发信息，没有查看邮箱，甚至连碰都没有碰它），我觉得内心非常平静。再几个小时后，我感觉自己已经像一个全新的女人。哦，以前的那些所谓必需的行为是多么愚蠢。等等，我以前称呼我的iPhone什么来着？呵呵，过了这么长时间，我几乎不记得了。

那天晚上，我关掉iPhone并把它留在了客厅的茶几上。没有了我的电子床伴，我享受了一次几个月以来都没有享受过的好睡眠。第二天早上，我从报纸上看新闻，而不是在iPhone上。我甚至看到了樱花盛开。

上帝，我已经错过了什么？

那天去上班时，我坐在公交车上突然想起了加拿大摇滚女歌手艾拉妮丝·莫莉塞的一首歌："我一只手插在口袋里，另一只手死死握着一个iPhone……"

我自信地把iPhone放回包里。我决定好好欣赏沿途的风景。

强壮的矮子

陈 明

如果你在街上见到我，相信你是不会朝我多看两眼的。我是一个极普通的人，身高只有5英尺9英寸（约1.75米），重约76千克。但我力气很大、非常大。我可以仅凭双手就把钢钎扳弯，把铁锅像揉软糖似的在手里拧成麻花状。我可以双手把一本厚重的纽约市电话号码本撕成两半。这些年来，我常被邀请上电视台做现场表演。人们叫我"丹尼斯·罗杰斯——世界上最强壮的人"。

多年来，不少运动医学专家对我的身体进行研究。他们化验我的血液，分析我的肌肉。但没有一个专家能解释我这个小个子为什么会有如此大的力量。他们觉得这真是不可思议。对此，我只是报以一笑。我知道，这里并无什么神秘可言。

我上高中时，只有4英尺11英寸的身高，约36千克的体重，是一个地道的"矮子"。我的脊柱有些弯曲，整个上身看上去弯成一个问号的样子，那也是我面向自己将来人生的疑问。

我是谁？我将来能干什么？我不知道。唯一知道的是，我是一个矮子，我的身高连普通标准都达不到。

由于我身材矮小，势单力薄，学校体育队的队员们老叫我"侏儒"。他们常取笑我。知道我打不过他们，便常来欺负我，故意绊倒我，抢我手里的书。我经常生活在被恐吓的阴影之中。而且，学校里每一个人都可能是潜在的恐吓者。体育课是我最难受的一门课，有竞赛的项目，哪一方都不愿要我，我常像皮球一样被踢来踢去。

一天，老师把我叫到一边："丹尼斯，我们决定替你转一个班，从现在起，你到特殊教育班去上课吧！"

"特教班！可那是为残疾学生开的班呀！"

"我很抱歉，"他拍拍我的肩膀说，"但我们是为你着想。"

放学了，我回到家，"砰"的一声关上房门，在镜子前仔细端详自己：弯腰驼背，手臂细得像牙签。我失望地倒在床上。为什么？为什么我会长成这样？我站起身来，望着父亲在院子里干活的身影发呆。他虽然也是小个子，却曾在海军里服过役，人虽矮小，但身上肌肉发达，没人敢欺负他。我暗自下了决心。

父亲帮助我自制了一个举重用的杠铃。每天晚上，我都到楼下的储藏室去练习举重。一次次地，我逐渐能举起杠铃了。我又不时往上加重量，往往一次加上5磅，我必须拼足全部力气才能举起来。对我来说，这不仅仅是举杠铃，这是向自我挑战。我要改变自己弱不禁风的形象。但不管我能举多重，我总觉得自己仍然不行，因为我的个子太小。怎么办？

我狂吞富含蛋白质的牛奶、鸡蛋等营养品，在各种健美杂志上寻求帮助。6个月后，在我17岁生日的这一天，我仍然只有5英尺高，体重88磅。

父亲替人做船上用的帆布帐篷，我常帮父亲干活。一天，他叫我和他一起把一卷帆布从汽车里搬到山坡上的工场去。这卷帆布大概有6英尺长，180磅重。我站在一头，把它扛上肩，往前迈了一步。哟！真重！但是，我不能扔下我这一头呀！我跟跟跄跄地爬上山坡，累得满头大汗。到山顶时，我往后瞥了一眼，父亲没在我后边！那就是说，我一个人把这卷帆布扛上了山坡！我惊讶不已。我是怎么扛上来的？我简直不敢相信我的锻炼已经初见成效！我便做了一个实验：在杠铃上放上迄今为止能举起的重量，然后再加上额外的50磅。"不要去想你的个子，"我告诉自己，"举就是了，你能行！"我举了，我居然举起来了！我知道我为什么能举起这么重的东西了。过去，我总认为自己的个子小，越是这样，就越是限制了自己潜能的挖掘，更谈不上发挥了。我总认为：自己矮小，所以我不会有那么强壮。错！

从此，我开始正规地学习举重，每天都去体育馆训练。我的肌肉增加了，力气增大了，微驼的脊背伸直了。有不少在这里锻炼的人都爱掰手腕，我也加入进去。最初，当我在他们面前坐下的时候，他们都以嘲笑的眼光看着我，我不理这些，我把他们一个一个都打败了。但是，我输给了一个叫鲍勃的人。他6英尺高，大概有240磅的体重。80磅的杠铃，他能一下子就给弄弯了，好像它是塑料玩具似的。

一天，我在健美杂志上看见一则东海岸将举行掰手腕比赛的广告，欢迎各路精英参加。我告诉鲍勃，我也想去参加比赛。

"想都别想，"他说，"那都是一些专业人士，他们一年到头都在训练。弄不好，你还会受伤的。"

这可不像鲍勃说的话，他在考验我的决心吗？

"我真的相信我会取胜的。"我说。

鲍勃笑了，挽起袖子，伸出手臂来。

"我得告诉你，"他说，"要想赢那些家伙，你得先赢了我才行。""好，来吧！"

我们把手握在一起，"三，二，一，开始！"我使出了吃奶的劲，眼前金星直冒。坚持了约20秒钟，我才被鲍勃打败。

"看见了吧？"他说，"你还不行。"

那天晚上，我躺在床上，想了很多。内心深处，我知道自己能打败鲍勃，他也知道这一点。但是我又为什么没能打败他呢？还是那个老问题：我的个子不如他。但转念一想：是的，我的个子是不如他，但这并不意味着我就一定是一个弱者，绝不！

第二天上午，我又在体育馆找到鲍勃。

"再比最后一次。"我说。我们抓住对方的手。我坚持着，坚持着，我的太阳穴嘣嘣直跳，就像要炸裂开似的。我一定要赢！我越使劲儿，越有更多的力气聚集起来。身体内似乎挖掘出了一口力量的深井，这是我以前从未经历过的。鲍勃的手臂慢慢地低了下去，直到被我按到桌子上。

我走进了东海岸掰手腕比赛的现场。我遇到了同样轻视嘲笑的目光，然而，我打败了所有的对手。那天结束的时候，我成了比赛的冠军，一个真正的强者。我终于明白了"强壮"的真正含义。它与身材是否高大没有多大的关系，关键是建立起自信心。

那些在12岁时"另玩一套"的人

陆 地

这个男孩讨厌数学，其他课程的成绩也很糟糕。他很贪玩，特别是玩具火车，一玩就是几个小时。有一天，他用父亲的摄像机拍下了玩具火车相撞的场景，觉得很刺激，于是他爱上了这台摄像机。之后，他用摄像机拍家里的狗，拍天空中的星星。父母觉得孩子能爱上摄像也不错。12岁那年，他用自己的零花钱和那台摄像机拍出一部"电影"，他是这部"电影"的编剧、摄像、导演。

这个12岁就能拍出"电影"的男孩叫史蒂文·斯皮尔伯格，他就是后来美国著名的导演，《辛德勒名单》《拯救大兵瑞恩》均出自他的手。

这个男孩是庄园主的儿子，按现在的说法他是一位"富二代"。但他从小关心天下大事，他不明白父亲为什么不善待雇农，经常会与父亲辩论。他当时想搞清楚自己的国家为什么那么穷，而有的国家那么富。12岁那年，他给时任美国总统的富兰克林·罗斯福写了一封信："敬爱的总统，我的英文不是很好，只够写封信给您。我从广播里听到您还将继续当几年美国总统。因此我写信给您，向您借一张10美元的钞票。尽管我从没见过，但我想拥有一张这样的钞票。"

这封信至今仍然保存在华盛顿国家档案馆里。写信的男孩叫菲德尔·卡斯特罗，他是古巴前领导人。

这个男孩别人都说他"笨"。老师就对他的母亲说，男孩的智力可能有问题，他不能消化学校里的知识。但男孩的母亲不这样认为。男孩仍然有大量的玩耍时间，男孩的母亲认为，只要男孩觉得快乐就可以了。男孩12岁那年，他在铁路边玩，看到铁轨上有一个小男孩，前面有一列火车轰隆隆而来。他扑上前去，把小男孩从铁轨上拉了出来，这个小男孩是火车站站长的儿子。

站长非常感激他，为他报了电报学的学习课程，并付了学费。男孩从此爱上了电报，爱上了发明。这个男孩就是美国大发明家爱迪生。

还有一个男孩，亲生父母是在校生，养父母学历很低，甚至没有读完高中。男孩

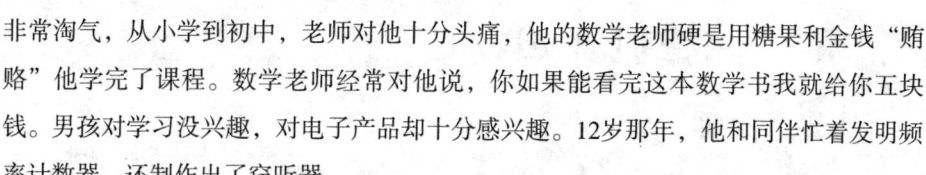

非常淘气，从小学到初中，老师对他十分头痛，他的数学老师硬是用糖果和金钱"贿赂"他学完了课程。数学老师经常对他说，你如果能看完这本数学书我就给你五块钱。男孩对学习没兴趣，对电子产品却十分感兴趣。12岁那年，他和同伴忙着发明频率计数器，还制作出了窃听器。

这个男孩叫史蒂夫·乔布斯，他发明并革新的苹果产品风靡全球。

12岁，在中国，正是读五六年级的年纪。

我家的这个马上就要12岁的男孩，每天清晨6点出门，晚上6点才能回家，晚餐后有做不完的作业，背不完的课文。我们深深知道，马上就要"小升初"了，那是他的人生第一考，考得好不好将决定他的将来。我们不会允许他拿着摄像机去拍"电影"；我们规定他每天看电视的时间，我们觉得他不用知道这个世界是怎么样的，他也不知如何向美国总统写信；我们绝对不允许他在外面玩耍，不要说在铁路边玩了，连在小区里玩一会儿也不行；我们绝对不会对他的学习听之任之，怎么可能发生用糖果和金钱去刺激学习的事情，怎么可能允许他去搞什么莫名其妙的"发明"？

这是因为，会拍电影，会给美国总统写信，或是到铁路边去救人，或是发明什么窃听器，都不会让孩子进入好的学校。没有好成绩，孩子就得不到优质的教育，没有优质的教育，就会被边缘化。

我们这些做父母的"傻"吗？难道我们会承认分数就是孩子的将来吗？不，我们都不"傻"，只是无奈。我们的教育体制为所有的孩子制定了一个"游戏规则"，你必须与它玩，你说不想玩这个游戏，想自己"另玩一套"，你敢吗？

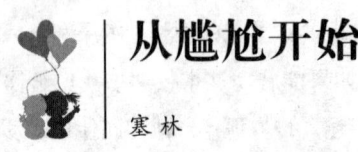

从尴尬开始

塞林

他貌不惊人，毕业于一所名不见经传的大专，可是在满满一屋子来自各名牌大学，有着硕士博士头衔的应聘者中，他的表现却让人以为他是个哈佛留学生。

尽管他很自信，可是面试官还是很快掂出了他的分量：他在专业能力方面并不能胜任这个职位。他的求职申请被拒绝了。

这位应聘者在得知自己已被淘汰出局后，脸上露出了一点儿失望、尴尬的神情。可是他并没有马上离开，而是起身对面试官说："请问你能否给我一张名片？虽然我无法成为贵公司的员工，但我们也许能够成为朋友。"他坚持着。

面试官看了他一会儿，掏出了名片。我就是那个面试官，朋友们都很忙，我确实经常为找不到伴儿打球而烦恼。后来我俩也就成了朋友。

有一次我问他："你不觉得你当时所提的要求有点儿过分吗？要知道，你只是一个来找工作的人，你凭什么？"他说："我什么也不凭，我只知道一点，人与人之间是平等的。什么地位、财富、学历、家世对我来说都没有意义。"我笑了，笑他的迂腐，笑正是这种迂腐给了他勇气。我说："如果我根本不理会你，那你怎么下台？"

"其实人最怕的不是失败本身，而是失败以后的尴尬。很多人不敢去做一些本来也许可以做成的事，就是害怕丢脸。"

他接着说："大学时候我曾经非常喜欢一个女孩儿，可是几年时间里我只敢远远地看着她。我怕被拒绝。我担心如果向她表明心迹，她会用一种冷冷的眼光看着我说：'你也配这么想？'如果这样我会无地自容。就这样，我被自己的想象吓住了。后来我偶然得知，她以前一直对我很有好感。我错过了本来属于我的幸福……

"从那以后，每当怯懦、退缩的念头冒出来时，我都会拿这件事来告诫自己，不要怕可能会出现的任何尴尬。否则，我还是会一次次地错过。

"你相信吗？我现在已经敢于迎接一切了，不管前面是一个吸引我的女孩儿还是某个万人大会的讲台，我都会迎上去，虽然我知道自己可能还不够资格。"

[疏而不漏]

　　如果没有小沙粒，就不会有大山。小东西蕴含着大力量。一句鼓励，虽然简单，但它传达了一个关于爱的重要的信息，将对被鼓励的人产生深远的影响，这种影响甚至可以持续一生。

 # 爱在细微处

庞启帆

我一边洗碗，一边跟着收音机哼唱。我的孙子停下手中的画笔，看着我说："奶奶，你正在做一件我不太喜欢的事。"我早料到他会这么说，但我还是故意问道："什么？我唱得太大声了吗？"

"不，"他回答道，"不是你唱得太大声，而是你唱得太难听了。"

孙子的话让我再次知道了，上帝没有给我一副好嗓子。

我曾经希望我是一个出色的歌手，这样的话，成千上万疯狂的歌迷就会拥挤在体育馆听我演唱，然而事实上，我的歌声甚至不能取悦一个6岁的小孩子。

我也曾希望我是一个伟大的演说家。我一直都很崇拜那些能言善辩的人。我曾为无法向一个学龄前儿童清楚地解释一个句子而无地自容。

但我始终相信这一点：我可能没拥有与生俱来的天资，但我仍然有能力去改变世界。不要怀疑，你也能做到。

改变世界不一定需要财富、天资，或者投入大量的时间，现在，你（是的，就是你），以你现在的能力，就可以给他人带来巨大的影响。

不相信我吗？你曾经有过做什么事都不顺心的一天吗？当你的心情极度糟糕的时候，是否有人给你安慰或帮助你走出低谷？你是否还记得他们是怎样温暖你的心，怎样使你的精神振作起来的吗？一些小小的爱的行动就可以使一个人得到很大的改变。每个人都渴望被关注，被赞赏。这就是当我们收获一个小小的关怀的时候就会产生深深的感动的原因。这小小的爱的行动解决了我们的问题。

失意的人到处都有。他们需要你。不要忽视那些可以改变一个人的人生的机会。一个微笑，一张字条，或者一个电话，不会花费你太多时间和精力，但他们可以让一个人一天的心情轻松起来。你的爱心不仅可以温暖他人，也可以使你的人生更加有意义。

许多人说："我只是一个人，我不可能改变世界。"如果你在一个人需要的时候

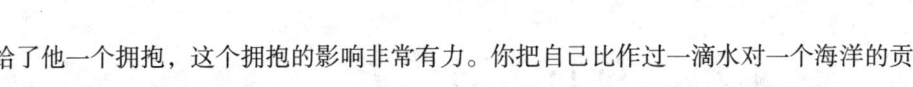

给了他一个拥抱，这个拥抱的影响非常有力。你把自己比作过一滴水对一个海洋的贡献吗？伟大的德蕾莎修女说过，如果没有那一滴水，海洋的浩瀚就会减少一分。

如果没有小沙粒，就不会有大山。小东西蕴含着大力量。一句鼓励，虽然简单，但它传达了一个关于爱的重要的信息，将对被鼓励的人产生深远的影响，这种影响甚至可以持续一生。你的小小的付出，就可以减轻一个人的精神负担，使他的人生旅程走得更轻松。

我们可能没有比利·格雷厄姆说得那么精彩，或者没有弗兰克·辛纳屈唱得那么动听，但我们每个人都有自己独特的风格。这种风格正是我们身边的人所需要的。你想过你也许就是有人一直祈盼的那个人吗？

打开你的心扉，献出你的关怀，与别人一起分享那些细微的爱吧。

班·符特生的故事

鲁先圣

班·符特生是谁？他是美国乔治亚州现任秘书长。他不是一个身体健康的人，在他24岁那年，一次事故使他永远失去了双腿，从此只能靠轮椅行走。

他靠自己的意志战胜厄运、自强不息的故事，在美国几乎家喻户晓。但是，即使在美国也很少有人知道，正是这个人，给了成功学大师卡耐基巨大的人生启迪。

一个周末，卡耐基到乔治亚州的一所大学去演讲。在他结束演讲回到旅馆的时候，在电梯里碰到一个残疾人。在卡耐基踏入电梯的时候，他注意到这个看上去非常开心的人两条腿都没有了，坐在一辆放在电梯角落里的轮椅上。当电梯停在他要去的那一层楼时，他很开心地问卡耐基是否可以往旁边让一下，让他转动他的椅子。"真对不起，"他说，"这样麻烦你。"卡耐基看到，这个残疾人在说这句话的时候，脸上透露着一种非常自信而温暖的微笑。

当卡耐基离开电梯回到房间之后，这个残疾人脸上的那种自信的微笑一直在他的眼前挥之不去。卡耐基相信，这种自信的后面一定有一个不平凡的故事，就决定去找他。

"事情发生在我24岁的时候，"他微笑着告诉卡耐基，"有一次，我砍了一大堆核桃木的枝干，准备做我的菜园里豆子的撑架。我把那些核桃木装上车开车回家，突然间，一根树枝滑到车上，卡在引擎里，恰好是在车子急转弯的时候。车子冲出路外，撞在树上。

"我的脊椎受了伤，两条腿都麻木了。那年我才24岁，双腿被截肢了，从那以后就再也没有走过一步路。"

他才24岁，就没有了双腿，再也不能行走。卡耐基问他怎么能够接受这个残酷的事实。他说他当时充满了愤恨和难过，抱怨自己的命运。可是时间仍一年年过去，他终于发现愤恨使他什么也做不成，只会产生对别人的恶劣态度。"我终于了解，"他说，"大家对我都很好，很有礼貌，所以我至少应该做到的是，对别人也有礼貌。"

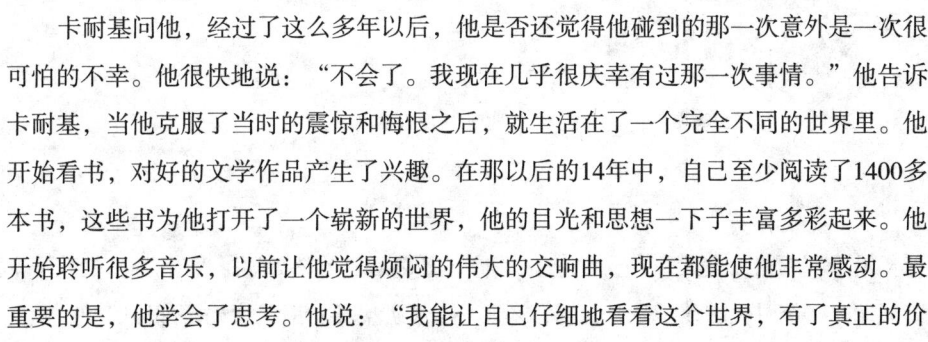

　　卡耐基问他，经过了这么多年以后，他是否还觉得他碰到的那一次意外是一次很可怕的不幸。他很快地说："不会了。我现在几乎很庆幸有过那一次事情。"他告诉卡耐基，当他克服了当时的震惊和悔恨之后，就生活在了一个完全不同的世界里。他开始看书，对好的文学作品产生了兴趣。在那以后的14年中，自己至少阅读了1400多本书，这些书为他打开了一个崭新的世界，他的目光和思想一下子丰富多彩起来。他开始聆听很多音乐，以前让他觉得烦闷的伟大的交响曲，现在都能使他非常感动。最重要的是，他学会了思考。他说："我能让自己仔细地看看这个世界，有了真正的价值观念。我开始了解，以往我所追求的事情，大部分实际上一点儿价值也没有。"

　　看书的结果，使他对政治有了兴趣。他研究公共问题，坐着他的轮椅去发表演讲，由此认识了很多人，很多人也由此认识了他。他发表了很多对于公共事业很有见地的演讲和文章，这些思想得到很多人的喜欢和赞同。到了选举的时候，人们并没有在意他残疾的双腿，而是毫无异议地推举他出任州政府秘书长，人们相信这个意志坚强的人能够把自己的思想付诸行动。

　　任何一个了解班·符特生人生经历的人，都会从他的人生经历中受益无穷。当你把自卑踩在脚下的时候，当你决定不再接受别人怜悯的时候，当你决心要给他人带来微笑的时候，你自己也无法了解的潜藏在你内心深处的能量就爆发了。

自信罐

汪金友

有个叫西格的女人，自从接连生了3个孩子之后，就整天烦躁不安。4岁的孩子整日玩闹，19个月大的孩子整夜尖叫，还有一个婴儿需要不断地喂奶。那段时间，西格的精神简直就要崩溃了。长期的睡眠不足使她无法以正常的心态看待周围的世界，也无法正常地看待自己。她甚至怀疑，自己天生就"低能"，连几个孩子都照看不了，以后还能做什么呢？

这时候，她的一个叫海伦的朋友从另外一个城市托人给她带来一份礼物。打开一看，是一个装饰得很漂亮的陶瓷容器，上面还贴着一个标签，写着："西格的自信罐，需要时用。"罐子里面装着几十个用浅蓝色字条卷成的小纸卷，每个小纸卷内都写着海伦送给西格的一句话。西格迫不及待地一个个打开，只见上边分别写着：

上帝微笑着送给我一件宝贵的礼物，她的名字叫"西格"；

我珍视你的友谊；我欣赏你的执著；

我希望住在离你的厨房100英尺远的地方；

你有好客的天赋；你有宽大的胸怀；

你是我愿意一起在一家百货公司转上一整天的那个人；

你做什么事都那么仔细，那么任劳任怨；

我真的相信你能做好任何你想做的事情。

我给你提两点建议：第一，当你完成一件自己想干的事情，或者得到别人的称赞和肯定的时候，就写一张小字条放在这个罐里。第二，当你遇到困难和挫折，或者有点儿心灰意懒的时候，就从这个小罐里拿出几张字条来看看。

读到这里，西格的眼圈潮湿了。因为她深深地感觉到，她正被别人爱着，被别人关心着，困难只是暂时的，自己也是很棒的。从那以后，西格把这个"自信罐"摆在最醒目的地方，只要一感到压力和困难，就情不自禁地伸手去摸。

15年以后，西格当了一所幼儿园的园长，很多家长都愿意把孩子送到她这所幼儿园。

因为她的自信带动了孩子们的自信，从这所幼儿园走出去的孩子，每个人都有这样一个"自信罐"。

自信来源于自知。任何人来到这个世界上，都拥有别人所不能拥有的东西。一个人生活的过程，也就是寻找和探索的过程。只要自己的"人生密码"和"事业密码"对上号，就像一把钥匙打开了一把大锁，接着徐徐开启的，便是成功的大门。不善于数学，却善于语文；不善于语文，却善于音乐；不善于音乐，却善于绘画；不善于绘画，却善于体育；不善于体育，却善于工艺；不善于工艺，却善于经营；不善于经营，却善于驾驶；不善于驾驶，却善于种植；不善于种植，却善于捕猎；不善于捕猎，却善于……总有一种事业，总有一样东西，会让你大放异彩、出类拔萃。只是有很多人，在寻找的途中，因为困难，因为压力，因为气馁，便轻言放弃。

他们缺少的，正是这样一个"自信罐"。

我丑，所以成了好人

罗 西

　　我采访她的时候，她正在给一屋子的患者配药，都是些祖传的药方，药香弥漫，我喜欢这种古色古香的美。在这个小镇里，她是无人不晓的。人家尊称她阿龙嫂。阿龙嫂很小的时候，就发现自己长得不好看，她曾对着镜子悄悄地哭过，也曾问母亲："妈妈，我是不是你们捡来的，因为你很漂亮啊！"妈妈心痛地把女儿搂在怀里："孩子，你是我们的心肝宝贝，在我们心里，你一点儿也不丑，真的，孩子。"为什么呢？妈妈想了一会儿，亲了一下女儿的泪眼说："因为我们爱你，爱你的人是不会觉得你丑的！"

　　就是这么一句话，让阿龙嫂的心窗打开了，她觉得自己还有救，那就是怎么做个让别人爱戴的人。读小学的时候，她就天天提着一个垃圾袋，随时把公共场所里的纸屑、果皮等丢弃物装进自己的垃圾袋里，那时学校举行的学雷锋义务劳动多为搞卫生，所以她也想不出，还有什么好事可以天天去做，比如捡到钱然后拾金不昧，这种事不可能经常发生；送雨伞给同学，也不可能面面俱到……她很苦恼，没有更好的办法让更多的人喜欢自己。

　　而更让她难过的是，因为天天与垃圾为伴，虽然老师、学校给了她许多荣誉，但是同学特别是同桌总是嫌弃她身上"有怪怪的味道"。其实她是很讲卫生的，不可能有什么怪味的。于是，她更自卑了，甚至害怕上学。

　　马马虎虎小学毕业后，意味着要到有更多人的中学去上学。一天，她在扶一位盲人过马路时，心里为之一亮，因为她想到了一个"好主意"。她几乎是跑着回家的，一进门，她就抓住妈妈的手："我要进盲校读书。"为什么？妈妈很疑惑，"因为，因为那里的同学都是盲人，我学成后，就可以留校当老师。"看着女儿因为兴奋而涨红的脸，妈妈这才知道，孩子的心病仍然未除，她一时不知道怎么开导，这时，外头响起了鞭炮声，原来隔壁的草药店里，有病人家属给爷爷送来"华佗再世"的金匾。爷爷是远近闻名的中医。这一幕，启发了妈妈，并且有了主张，她把女儿揽到怀

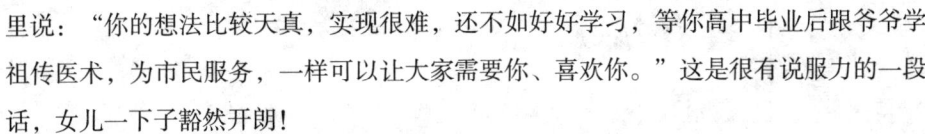

里说："你的想法比较天真，实现很难，还不如好好学习，等你高中毕业后跟爷爷学祖传医术，为市民服务，一样可以让大家需要你、喜欢你。"这是很有说服力的一段话，女儿一下子豁然开朗！

她开始发奋读书，5年很快就过去了。但是，她没有报考什么大学，而是在爷爷的帮助下，经过自学相关医书，很快就成长为一名"德才兼备"的民间医生。爷爷去世后，她就成了这个家族的代表。不同的是，阿龙嫂几乎都是半义务为大家看病，钱挣得不多，但是她是快乐的。因为大家都尊敬她，从而忽略了她的容颜。曾经她想找个盲人做自己的终身伴侣，因为"他永远看不见我的脸"。但是，渐渐自信的她改变了自己的初衷，一个叫"阿龙"的老师爱上了她，27岁那年，他们结婚了，现在他们已经走过了将近20个春秋。

采访阿龙嫂的时候，我看不出她有过那么不快乐的童年和挣扎的青春，她完全变成了一个乐观幽默的人。她把这一切归结为"现世报"，因为做好人，所以她当世获益：快乐是无价的，而且天赐她一个爱自己的男人。她喜欢别人叫她"阿龙嫂"！这样"可以时时提醒自己是个有人爱的女人"！

她还不忘调侃我一下："对不起，我没有什么崇高的思想，这会让你很头痛吧！我所做的一切，动机很不纯啊！"因为不漂亮，所以谦卑，所以对他人好，就这样，她不小心就成了一个大好人。其实，我一点儿都不失望，她是一个真实朴素的好人，沐浴在和煦的春风里，我是从不问，她来自何方的。

挂在墙上

文/羽 毛

这个男人很有趣。36岁，日本男子，岩崎敬一。

8年前，他28岁，在父亲经营的空调商店工作。每天都困在本州岛前桥市这个小店里，对顾客迎来送往，他觉得人生十分无聊，想出去旅行。

去哪里？带多少钱和几张信用卡？准备什么行李？

先环游日本，再环游全世界。就带160日元（约相当于12元人民币）。行李就是一辆自行车和简单的换洗衣服。

这简直是天方夜谭。知道的人肯定会笑掉大牙，所以他谁也不说，悄悄出发。

走之前，也或许给父母留了张便条？"你们的儿子准备骑自行车环游日本，乃至全世界。"

这个笑话，最后成了一个传奇。

他每天骑70公里到100公里，骑坏了两辆自行车，用8年的时间，到过37个国家，包括韩国、中国、西班牙和一长列名单，行程长达4.5万公里。

区区120日元早就花了个精光，岩崎敬一就在途中依靠表演杂耍和魔术挣取生活费。能用自身本领，逗得看客们哈哈大笑或者尖叫不断，比在空调店里一丝不苟地数钱要来得幸福。

就是这种幸福，让他不停地踩动车轮，屈身向前，在流泻的朝霞里，在漫天星光下，在狂风暴雨里，也在悠然雪花下……从而得到了更多的幸福。

岩崎敬一看过无数的美景：秀美山川环抱着青绿湖泊，不可一世的珠穆朗玛峰顶着一整块的蔚蓝。他找到恒河的源头，划着小舟顺流而下，居然漂到了大海。这一长达1300公里的旅程，用掉35天，却值得一辈子珍藏。

他也受过无数的惊吓，曾被无情的强盗打劫，在印度还遭到莫名的逮捕。最糟糕的一次，他差点儿被一只沉默的疯狗咬死。

美景让他柔软，而惊吓使他强大。越是柔软越是强大，他懂得大自然也是如此，

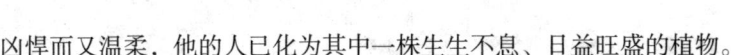

凶悍而又温柔，他的人已化为其中一株生生不息、日益旺盛的植物。

当然，也有不期而遇的爱情。不过旅途中的爱情，难以找到停靠站，岩崎敬一只能孤单地背上背包，继续一个人倔强快乐的全球之旅。

他的梦想总比常人多，未来的日子里，他还要攀登欧洲最高峰勃朗峰，独自划船穿越大西洋，花5年时间继续环球旅行，并于40岁左右返回日本写一本关于环球之行的畅销书……

这每一项，旁人都会觉得不可思议吧。至少对我而言，是不可完成的任务。

我是谁呢？就是那种一直嚷着去看海、至今还没有看过海的人。为什么？原因也有很多：暂时没钱——能靠160日元完成旅行的人，绝对要超强悍；暂时没空——总有俗事杂务、无数计划要去完成；暂时没有心情——总被日常的柴米油盐所累……

于是，我只能在墙上挂幅大海的照片，望洋兴叹。

我很羡慕这个骑自行车环球旅行的日本人。唯一的一张介绍照片上，他就站在蔚蓝大海边，太阳帽帽檐扣在脑后，蓝T恤白裤子，扶着单车，前后都是大包裹，笑眯眯地骄傲地看着我。

他的全球旅行是一个传奇，而有多少人的梦想，始终悬挂在墙上？

"牛仔"成功法则

文/郑恩恩

建立自己的通讯器材公司伊始，我贴出招聘启事，希望寻求到一名专业销售人员帮我拓展市场。在心里，我对自己需要的销售人员，勾勒着大致的轮廓：他清楚地了解各种应用通讯器材，熟悉当地市场，富有电话等通讯器材的销售经验，具有深厚销售专业素养和积极主动的进取精神。公司刚刚起步，我没有时间也没有条件去培养新手。

应聘者接踵而至，我开始频繁地面试，但期望的人迟迟没有现身，让我身心俱疲。就在这时，一名"牛仔"走进我的办公室：短袖T恤上纽扣摇摇欲坠，领结歪歪斜斜地挂在脖子上，在胸口胡乱系了个大大的疙瘩，灯芯绒的夹克外套搭配着并不匹配的长裤，牛仔靴和棒球帽的组合流露着莫名的滑稽。我的大脑立即做了反应：他不是我心目中的理想人选。可"牛仔"径直走到我面前坐下："先生，请在您的公司网络里，给我一个感受成功的机会。"

他的话猛然调动了我几乎麻木的大脑：公司网络！他居然给我刚萌芽的公司描绘了如此美妙的前景！我不想伤害他，试着委婉地拒绝，于是问道："你的简历呢？有相关的从业经验吗？"

"我毕业于俄克拉荷马州立大学，获得农学学士学位，曾经在俄克拉荷马州巴特里丝维尔管理农场……但是，一切已经结束。从现在起，我将在您的公司网络里，感受成功！"

年仅22岁的他，实在太年轻，没有任何经验，也许，他具有良好的可塑性和无限的潜质，但对我而言，他完全不符合要求，可他渴求"成功"的执著和"爆棚"的自信，深深打动了我，让我无法说"No"。我决定给他一个机会："从今天起，我会和你一起工作两天，这就是你的培训时间。这期间，我将告诉你一些必须掌握的基础知识。两天后，你就得独自'披挂上阵'。"

"我的报酬呢？"

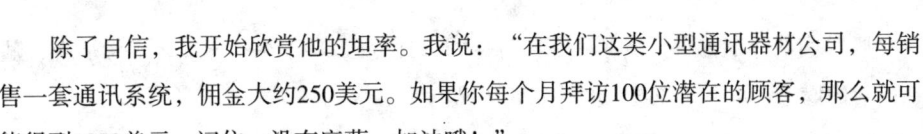

除了自信，我开始欣赏他的坦率。我说："在我们这类小型通讯器材公司，每销售一套通讯系统，佣金大约250美元。如果你每个月拜访100位潜在的顾客，那么就可能得到1000美元。记住，没有底薪，加油哦！"

"比我在农场每月400美元的薪水高多了，我一定会努力。"

第二天清晨，我便开始进行"填鸭式教育"。

两天的"火线培训"后，"牛仔"（从认识他到现在，我一直这样称呼他）走进他的小办公室，将一张便条贴在对面的墙上，然后开始工作。纸上有4项条款：我一定要成功；每月拜访100位顾客；每月销售4部通讯系统；每月获得1000美元报酬。

一天，他走进我的办公室，手里拿着销售合同和一沓现金。我有些好奇："你怎么卖掉这部通讯系统的？"

"我只是对她说：'夫人，它响铃，您就可以通话。此外，没有其他花哨的功能，比您原来那部更方便操作。'于是，她买下了。"

"这沓现金又是怎么回事？"

"她开了张支票，可我不知道您究竟能否兑现它。所以，我开车送她去银行提取现金。拉里，我这样做，对吗？"

"非常棒！"我由衷赞许他的敬业态度和缜密心思。

一年后，"牛仔"没能得到他预想中的1.2万美元佣金，因为他的所得超过了6万美元；三年后，"牛仔"拥有我公司一半的股份，和我成为合伙人；其后一年内，他将我们的公司拓展，设立了3家子公司——他在自己设想的"公司网络"里，感受到了成功！

我常常思考：是什么让"牛仔"成功呢？刻苦工作？只是原因之一。智商过人？他刚入行时完全是张白纸。究竟是什么呢？回首和"牛仔"共事的点点滴滴，我认为：他的成功在于他知道"成功法则"——

准星始终对准"成功"靶心。"牛仔"明白而且紧紧追随自身目标：成功。

敢于正视自己。"牛仔"清楚地知道：他是谁、所处的位置以及想要成为怎样的人。然后，努力践行，将理想逐渐变成现实。

勇于做出决定。"牛仔"果断地离开了俄克拉荷马州巴特里丝维尔，踏入陌生的城市寻找能够体现自身价值的机会。

脚踏实地，细分目标。"牛仔"将他的目标分解成4个小的分项，记录下来，贴在面对的墙上，每天关注着它们的完成情况。

持之以恒。其实，"牛仔"的事业并非一帆风顺。像我知道的许多销售人员一样，他也遭遇过别人的冷眼、摔门，但"牛仔"没有一蹶不振，依旧勇往直前，没有听任它们横亘在前进的路上。

孜孜以"求"。"牛仔"大胆提出了请求！第一次，他请求我给予一个机会；接着，走街串巷，请求别人购买他销售的通讯系统；然后，他请求他们足额支付货款。

有时候，"量变引起质变"。你请求得足够多，总有人会回答"yes"。

在这个"成功法则"里，最重要的是——"牛仔"每天都以凯旋者的姿态对待生活。他相信坚持就能抵达理想彼岸；他相信"成功的心态"会带来成功。

上帝赐给我们每个人5双腿

 古保祥

美国有一名小男孩叫麦卡斯兰，他先天性腿部残疾并伴有其他综合病症。医生说他存活的概率极低。在他父母的强烈坚持下，刚出生三天的他便接受了骨盆矫正等15项大手术，庆幸的是，手术成功了。虽然如此，他的呼吸系统仍存在严重隐患。

但麦卡斯兰天生坚强，在医院的帮助下，他1岁多便被装上了义肢。每天，人们都会看到一个小男孩在寒风中蹒跚着学步，许多行人驻足观看。就这样，小家伙不可思议地长到了7岁。医生重新为他检查身体各个器官时，发现他的呼吸系统疾病有所缓和。这使小家伙兴奋不已，他告诉父亲，他想参加残疾人运动会。

在接下来的半年时间里，他又要求医生为自己量身定做了4副义肢，原来的一副只是走路用的，第二副他用来游泳，第三副爬山，第四副奔跑，最后一副用来踢足球。每逢有客人来访，麦卡斯兰都会告诉他们自己冬天就要参加洲际残疾人运动会，希望大家支持。

在当年的运动会上，年仅7岁的麦卡斯兰参加了6项比赛，取得了5项冠军。他眉开眼笑地穿梭于运动场，旁边紧挨着他的，就是那几副义肢。当有记者采访他的父母时，父母说："尽管他先天深度残疾，但这并不妨碍他想做自己喜欢做的事。上帝赐予了他5双腿，他说会好好地感谢上帝。"其实，上帝也赐予了我们每个人5双腿，它们分别叫作：坚强、自信、乐观、坚持和勇气。

每个人都是独一无二的

文/王珞丹

　　我小时候，有过两个相当不平凡的梦想。一上来，就是"我要当杀手"！那时我还在读小学，看了一部台湾电视连续剧，里面有个女杀手，又漂亮又酷，行侠仗义，能做别人做不了的事情。

　　后来长大点了，发现杀人没法不偿命，我也不能飞檐走壁，于是这个梦想就渐渐被打压了，正巧赶上那阵讲破案的港片特流行，所以我就想当律师也不错啊！尤其狂爱那顶律师帽，感觉有了那顶帽子就无所不能似的，特帅，特辉煌的样子。

　　可惜，现实依旧不那么可爱。渐渐地，我又发现戴着帽子也不能随意地惩凶罚恶。当我清楚地意识到这个现实时，我也差不多大到足够认清现实的年龄了，我明白了一点：虽然我喜欢站在人群中脱颖而出的感觉，但上帝的的确确没有赋予我特异功能，我只是一个普通人。

　　意识到自己是个普通人时，心里有种失落感，有段时间，我一直有种小灰老鼠的心态：听不得别人说我长得一般，听不得别人说不好。其实，我自己心里特清楚，但就是接受不了别人说出来，好像不说出来就不是这样似的。

　　即便如此，小时候的梦想还是蕴藏了许多不安分的能量，足以改变人生。当演员，就是在这种梦想的一步步推动下，顺其自然的结果。是什么让这么一个普通的我在繁花斗艳的影视圈走到了今天，我也很好奇。我想，也许就是植根于内心深处的自信吧，这份自信源于我很确定自己是个怎样的人。

　　我是一个怎样的人呢？想哭就哭，想笑就笑，喜欢和不动脑子的人在一起，特直接，不装，不别扭，不拧巴。虽然我有时候说话挺闹腾的，但安静却是我最正常的状态。也许我很普通，但用普通猛烈地撞击普通，就会发现一个很独特的自己了。

　　记得去试镜海岩老师的《深牢大狱》，为了那个角色，剧组在我之前已经选了很久，从上海到北京，看到许多人，审美都疲劳到不行了，直到我出现在剧组里。我在想，也许就是我这种并不那么明星的气质，让他们觉得与角色契合了吧。那之后，

　　我发现自己饰演了许多和我有共通感的角色，都是普通人，并不晃眼，但有一种像身边朋友的亲切感，就像我的粉丝对我最多的评价：喜欢珞丹，因为她就像我们身边的一个人。有了这份放松的确定的心态后，我发现，拍戏成为唯一不会让我感到紧张的事情。我在工作中能前一秒哭，后一秒笑，完全放松，做一个最真实的自己。

　　其实，这份自信并不是凭空而来的，我很相信夸奖的力量，夸奖会让人变得美丽、优秀、脱颖而出。就像我每天会对我的小狗说："你是最好看的！"在它小时候，我觉得它很丑，甚至萌生过要送走它的念头。后来，我就这样每天告诉它，现在它成为我最最亲密最最漂亮的伙伴。这个方法，同样适用在我自己身上！我相信每一个人都能脱颖而出，因为每一个人都是独一无二的。

别把自己当蚁族

文/黄健翔

前不久出差去南方某城市，特意跟堂哥要了他儿子的电话，顺便去看看独自在外地闯荡的侄子。他出生的时候我20岁，一晃他都将过22岁生日了。

头天深夜到达目的地，第二天中午侄子请假赶来住处见面。看着他瘦瘦的愣愣的样子，难免想起自己20岁出头的时候一个人在北京的日子，心里多少有点儿凄凉，就想把身上的现金都给他。可是转念想想，谁都是这么过来的，当下很多大学生研究生都找不到工作，他能有一份稳定的职业，有机会学习生存技能，已经算是很幸运了。于是暗自打定主意，好好聊聊，交流心得体会，提供工作经验，但是绝不给他留钱。

他的月工资1400元，住在企业公寓里，两个人一个房间，上下班有班车，因为是江南地区，吃饭经济实惠，早餐2元就可以吃得很好，午餐公司提供，每月自己不乱花钱的话，竟然多少还能存一点儿。这孩子倒是不贪图享受，比较节俭，也不再跟父母奶奶要钱。能做到量入为出、自给自足，就是成人的标志。

他最大的困惑不在于物质条件的贫乏，而是未来在哪里？如何确立自己的社会价值？也许很多20多岁的年轻人，都可以忍受暂时的生活艰苦，他们都和我的侄子一样懂得孝敬父母，知道自强自立，都想通过自己的努力打拼，赢得一个生存空间和一种基本体面的生活，还想着用自己的劳动所得来回报父母。可是，现实残酷，他们往往苦恼于眼前一片黑暗，看不到方向和希望，不知道该坚持什么，怎么坚持。

其实，我们每个人，每个普通家庭的孩子，都是从"蚁族"一员过来的。我没有给他"痛说革命家史"，回忆自己当年如何如何，而是跟他说起了我在所谓的领导和上级的位置上，是如何看待我手下的年轻人的：首先，一个年轻人是不是踏实，有责任感，能把一件事情交给他（她），对于老同志们来说，是特别重要的。

其次，哪怕你业务上有些困难，凭一己之力解决不了问题完成不了任务，但是你很认真很努力，而且最关键的是你该开口求教求助的时候，可以把问题说得很明白，让人一听就知道你已经自己摸索思考过了，这个时候没有人会嘲笑你看扁你，反而会

乐于帮助你，指引你。

再次，大忌是闷头瞎搞，结果不是耽误了工作进度就是关键时刻拿出来的是一颗定时炸弹。炸伤的首先是自己，接着别人还得返工重来，甚至还要有额外的损失。

最后，跟对一个好师傅能够教给你好的工作方法和好的人品，是年轻人的福气。我在20年的工作中，见过太多"什么师傅带什么徒弟"的活生生的例子。所以，年轻人在工作中，在社交环境中，选择跟什么人多来往，基本上会决定这个年轻人的道路。

虽然时代变迁世风不古，但是，我们还是要相信"忠厚传家久，诗书济世长"的古训。诚实有信，与人为善，不仅将获得一个好的口碑，更重要的是自己将永远拥有一台强大的人生发动机——一颗好心，并因而在不断学习的过程中提高自己的工作能力和修养，逐步实现自我价值。

经过一天的交流，我家的"蚁族"眼睛里有了跃动的光。送他走的时候，我强忍着没有给他钱，我甚至想起了当年伯父来北京出差见我的情景，仿佛就在昨天；也许当年的伯父也如今天的我一样，压制了给钱的念头，坚定地目送我的背影，并曾在心里给我鼓劲吧。

自己就是一座宝藏

陈安之

十几岁时，我一个人跟随亲戚到美国留学，初次体验人生，接触到许多成功者的资讯报道，心中隐隐有了一股想成功的欲望。于是，我在上学的同时，开始尝试去做各项工作，当餐厅服务员、在电脑店打工、推销菜刀、卖汽车……然而，成绩不佳及被炒鱿鱼的事情一次次发生，我只好频繁地更换工作。

我拼命找寻致富的方法，阅读各类教人成功的书籍。8个月后，我仍然工作失败，没有钱，没有朋友，一个人窝在圣地亚哥（美国加州南部城市）的公寓里不断思索。

从16岁开始，我连续5年尝试的所有工作全部失败。直到一次偶然的机会，我看了一本书，令我震撼不已，很快，我下决心见到了这本书的作者——安东尼·罗宾，并参加了他的一个"激发心灵潜能"的公开课程。

他的两句话重新燃起我成功的欲望，他说："这世界没有失败，只有暂时停止成功……过去不等于未来……"他可以，我也一定可以。之后，我开始陆续参加数次研讨课程。1989年，我加入该学院的讲师班，同时，不惧年龄最轻又是唯一东方面孔的挑战，和其他84名优秀而经验丰富的学员竞争讲师的职务。

当时，由于我呈上的简历毫无回音，于是我费尽周折找到负责的总经理面谈，表达了我的工作意愿。谁知那位总经理除了强调工作的难度之外，并质疑常换工作的我是否有恒心和毅力长期从事这份工作。

他说："你和别人一样，等我明天上午统一发布录取名单吧！"

我回答："当我把简历交给你的时候，就表示我已经下决心要这份工作了，而且一定要，为了不必麻烦，你还是现在就录取我吧！"

但是，那位总经理仍然摇头，要我等明天的答复。那时我心想，我不能等到明天，便立刻询问他公司里最佳的销售业绩，并保证成为最棒的推广讲师，锲而不舍地推广自己。听到这里，他终于开口："你7月12日可不可以飞去宾州（美国东部

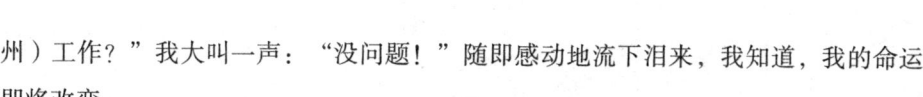

州）工作？"我大叫一声："没问题！"随即感动地流下泪来，我知道，我的命运即将改变。

8个月后，我成为公司最棒的员工之一。

我在十几年前，从美国回到故乡来授课。在两年之后，我第一次出版了《自己就是一座宝藏》，并且该书很快成为畅销书，改变了很多人的生活。

这期间，我四处演说开课，努力把让我改变的学问和别人分享，我看到了许多人因此建立自信，改变生活，更使我越加坚信要以一套系统激发潜能的方式，来帮助更多的人和团体，并以此作为终生事业。

在这过程中，许多人劝我："陈安之啊，成功者毕竟是少数人！""陈安之啊，成功是必须付出极大代价的！"这些我都明白。过去，我认为成功者肯定具有强大的毅力和决心，现在却发现，成功者微不足道，反而是失败者的毅力和决心要来得更坚强——因为他们可以忍受失败一辈子。成功很难，但不成功更难！

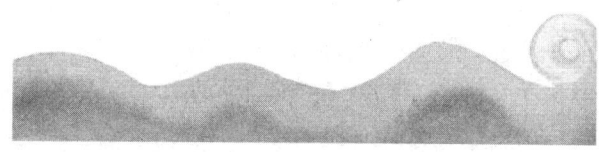

象牙塔蜕变实录

文/何炅

报到、分宿舍、军训、上课，大学生活就这样匆匆展开。几乎是毫无准备，我和我的同学陷入了一种难言的迷惘，不再有中学时早已习惯的父母师长的关注与管教，突然出现了那么多靠自己支配的时间。家，在千里之外，生活起居、人际关系，这些原来从不用操心的问题冒了出来，第一次感觉自己作为一个"个体"站在生活面前。

我学的阿拉伯语专业奇难无比。我们每天背新词、句型到深夜，第二天在课堂上依然难免犯错。我和我的同学当惯了所谓的"佼佼者"，面对这样的状况都傻了眼：自己的优势在哪里？自己的成就感在哪里？

同学们迅速分成了几类：有不分昼夜苦读阿语的；有抢时间、挤精力学英语的；有心眼儿活泛搞点儿副业的；也有逃避现实耗费青春沉迷于恋爱、玩乐的。每种选择都体现了一种人生态度，事实上这些大一时的选择最后都导致了不同的就业去向。后来我也发现，除了逃避现实的那部分人毕业时慌了手脚外，不论大学期间学了什么、忙过什么，只要没有虚度光阴，最后都会有路可走。

当然，这些都是后话，我要是当年明白这些就好了。那时候有一个最适合我的选择，但我一直犹疑不定，直到校学生会来找我。因为从小在美术、表演方面受到锻炼，入学后不久我就自觉不自觉地展示出在宣传及文艺方面的兴趣和能力。校学生会也很快注意到阿语系92级有那么一个上蹿下跳的何炅，便向我发出了热情的邀请。

加入学生会让我的大学生活完全变了一个样子。我发现大学的学生会原来可以自主地做那么多事情，而自己也可以从为同学服务中获取无限的快乐。然而，表面的风光需要背后付出双倍的努力。我的同学们都一丝不苟地学到11点才洗漱休息，而我往往这个时候才结束学生会的工作离开办公室。蹑手蹑脚地回到宿舍，我会悄悄地点上一根蜡烛，在微弱的烛光下开两三个小时的夜车，尽量把做学生会工作占用的时间补回来，保证自己的学业不要落下。同学们都惊讶于我的精力和耐力，有时室友睡了一觉醒来还看到我在摇曳的烛光前，并常常动用武力把我这个拼命三郎赶到床上去。

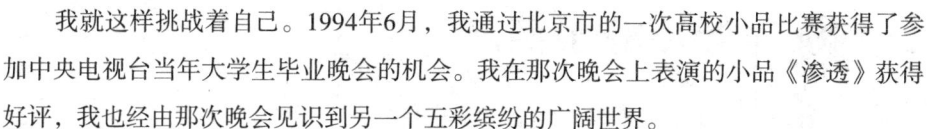

　　我就这样挑战着自己。1994年6月，我通过北京市的一次高校小品比赛获得了参加中央电视台当年大学生毕业晚会的机会。我在那次晚会上表演的小品《渗透》获得好评，我也经由那次晚会见识到另一个五彩缤纷的广阔世界。

　　面对机会，我没有留恋象牙塔里的风平浪静，未涉世事的我相信外面的世界更精彩。我开始从校园走向社会，比我的同龄人快了一步。接着，我考虑了很久，觉得能力的培养固然重要，可学生的天职毕竟还是学习。更何况我已经培养了那么多年能力，也该好好学点东西了。于是，我做了一个很艰难的决定：退出校学生会，推掉一切外界活动，辞掉电台主持的工作，收心回教室，专心学习。

　　在北外求学的最后两年，我从喧嚣归于平静，安安静静地走着宿舍、教室、图书馆的三点一线，同学们有些惊讶我真能那么彻底地把心收回来，而我也重新感受到了做一个纯粹学子的乐趣。1997年毕业时，我的阿语成绩有了显著的提高，并在系里老师的帮助下顺利地留校担任教师，为我的大学生活画上了一个出人意料，但完美动人的句号。

好运源于信念

[美] 克里斯·罗斯　译/庞启帆

　　尼克斯是一个普通的男人。他从未遇上过什么特别好的事，也从未遇上过什么特别坏的事。像许多人一样，他心甘情愿地过着这种不好不坏的生活。

　　但是，尼克斯有一点与他身边的许多人不同，那就是他绝不相信迷信。他不相信诸如黑猫从身边跑过、碰倒盐罐、在屋内打开雨伞这些事情会给一个人带来好运或者坏运气。尼克斯经常光顾他家附近的一家酒馆，在那里和朋友喝咖啡、聊天。朋友们喜欢打牌赌钱、赌马、买彩票，尼克斯从不参与，因为他从不相信碰巧和运气。

　　一天早上，尼克斯在刮脸的时候，注意到墙上的镜子有些歪了。他伸手去把镜子扶正，没想到镜子从墙上掉了下来。伴着一声巨响，镜子碎了。尼克斯记得有人曾说过，"打烂一面镜子，要倒霉7年"。也就是说，这是一个不祥的预兆。但尼克斯认为这纯粹是胡说。他捡起碎片，丢进垃圾桶，然后继续刮脸。

　　刮完脸后，他走进厨房做早餐。当他拿起盐罐的时候，盐罐从他手上掉了下来，摔得四分五裂，盐撒得到处都是。他知道，根据某些人的说法，这也会给他带来坏运气。但尼克斯根本没把它放在心上。

　　在上班的路上，他看见一只黑猫从他身边跑过。他没在意，继续哼着歌儿一路前行。到达公司后，尼克斯把这一切告诉了他的同事。"今天你要倒霉了。"他们都说。但什么坏事情也没发生。晚上，尼克斯和往常一样来到酒馆，把今天所发生的一切告诉了朋友们。所有的朋友立刻离他远远的："你就要倒霉了，我们不想被你连累。"

　　尼克斯和往常一样坐在吧台前，等着坏事情落在他身上。但整个晚上，什么坏事情也没在他身上发生。

　　"尼克斯，过来和我们玩牌吧！我肯定赢！"一个朋友笑着说。往日尼克斯不玩牌，但他决定今晚玩一把。他的朋友把一大叠钞票放在桌子上，所有人都认为尼克斯肯定会输。但事情并非他们想象的那样。

　　尼克斯赢了。朋友不服气，再跟尼克斯玩骰子。然而，又是尼克斯赢。再玩另一

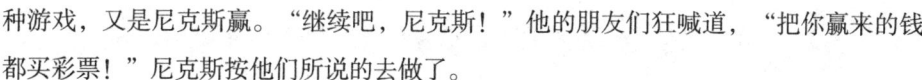

种游戏，又是尼克斯赢。"继续吧，尼克斯！"他的朋友们狂喊道，"把你赢来的钱都买彩票！"尼克斯按他们所说的去做了。

第二天下班后，尼克斯准时来到酒馆。彩票开始摇奖了，每个人都紧盯着电视屏幕。首先开出来的是三等奖，是尼克斯所买的号码。然后是二等奖，是尼克斯的另一张彩票上的号码。最后是一等奖，又是尼克斯所买的号码。他包揽了三个大奖。

这简直令人难以置信。大家认为昨天在他身上所发生的事情会给他带来霉运，结果竟然给他带来了好运！第二天，尼克斯买了一本关于迷信的书，书上讲的都是世界各地关于迷信的说法。读完书后，他决定每件事都做一遍，看这些事是否会给他带来霉运。他把空瓶子留在桌子上；他叫妻子给他剪头发；他接受一盒作为礼物的小刀；他脚朝门口睡觉；他把一根蜡烛放在镜子前；他买号码为6或者13的东西；他在小舟上吹口哨……然而，随着他做的事情越多，他的运气就越好。他再次赢得了彩票。每晚在酒馆玩骰子游戏，他都赢。事情变得越来越疯狂，他买了一只黑猫做宠物，还故意打烂了几面镜子。

他做了更多迷信的事情，但他变得更幸运。一天晚上，他又来到酒馆。"你们看，"他对他的朋友说，"一切都好得不得了！迷信是胡说！那些荒谬的事情我做得越多，我就越幸运。"

"但是尼克斯，"他的一个朋友答道，"你难道没察觉，其实你像我们一样迷信？当你看到打破迷信反而给你带来好运的时候，你更执著于去做那些事情，你的所为本身就是一种迷信。"

尼克斯认真想了朋友所说的话。然后，他承认确实是那样。他是那么执着地去打破那些迷信，在某种程度上说，他确实是在注意那些迷信。

第二天，他不再做那些迷信的事情。他又做回了以前的尼克斯，有时候运气好，有时候不好。他不再不相信迷信，但他也不相信迷信。

他的朋友对他说："尼克斯，是你的信念带给你好运。是你的自信帮助了你，不是迷信。"尼克斯认为朋友说得对。然而他总是在想，如果他没有打烂那面镜子，又会发生什么呢？

一杯牛奶的幸福

高　伟

从我有记忆起，我就觉得自己不幸福。每天都有做不完的劳动，每天放学，第一件事情就是背着竹筐去打猪草，打完猪草回来，还要给爸爸妈妈做饭。这还不算，其间我还要照顾比我小三岁的弟弟。

因为妈妈没有奶，所以弟弟每天一顿的牛奶成了弟弟的唯一营养。每次，看着妈妈用奶瓶喂那诱人的乳白色的牛奶给弟弟时，我都会垂涎三尺，那时，我就会想，要是我也能喝一杯牛奶，那该多幸福啊！

终于，有一天，趁妈妈不注意，我喝掉了弟弟的牛奶，真好喝啊！正在我回味无穷的时候，妈妈回来了，弟弟正嗷嗷地哭个不停，用小手不停地指着我，妈妈看着我嘴角的奶渍，顺手给了我一个耳光。

赌气的我，头也不回地向野外跑去，想到母亲的偏心、想到了喝牛奶的弟弟，眼泪哗一下，像断了线的珠子，滚滚而落，心更是痛到了极点。从小惧水的我向水中央走去，渐渐地，水位从膝盖处涨到了胸口处，这时候我才有了一点儿害怕，在我打算往回走的时候，脚下一滑，我整个人没进了水里，刚喊了一句——"救我"，水就呛满了我的嘴。我整个人慌了起来，在水里扑腾着，水越喝越多——竟然在想这水为什么不是牛奶——大脑里一片空白，一种莫名的恐慌把我包围，在我快要失去知觉时，朦胧中一只大手把我托起……

等我醒过来时，母亲喜极而泣，转而竟然号啕大哭起来，一下子把我抱得紧紧的。父亲眼睛红红的，哽咽着对我说："你的母亲本来不会游泳，但不知怎的，竟然把你从泥潭中拖了出来……"

第二天，当妈妈再次给弟弟喂奶时，我的旁边竟然多了一小杯牛奶。但我却没舍得把它喝掉，而是把它给了最需要的弟弟。

虽然我没有喝掉那杯牛奶，但我却觉得无比幸福。因为我自信：一个人活着，就是最大的幸福。

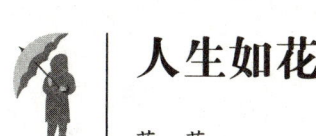

人生如花

菲 菲

那年，他的公司被突如其来的经济危机席卷一空，濒临破产。

意气风发的他一蹶不振，酒成了他唯一的"知己"，因为只有在酒精的刺激下，才能有短暂的安慰。

好在他还有疼他爱他的父亲和母亲，一日，父亲从乡下为他送来一盆仙客来，只是他觉得名不副实，光秃秃的枝丫，难看至极。父亲看出了他的心思，意味深长地说道："别看它光秃秃的，颓废至极，毫无生机。来之前我已经给它修剪过了，把一些不需要的枝杈都给剪掉了，有一些东西该抛弃就得抛弃，只有舍得抛弃，才能拥有更好更大更美的花。"

"但这是暂时的，一个月后它就会焕发生机。有时候失去一些反而会拥有更多。"听着父亲的话语，他半信半疑。

接下来，这盆仙客来成了他的寄托。日子如流水般逝去。突然，有一天，他发现粗鄙的枝丫透出了浅褐色的嫩芽，他的心有了莫名的感动。

一周后，片片嫩叶舒展开来，更喜人的是，在茎端隐隐约约可见诱人的花蕾。他喜不胜收，感慨万千。

不几日，花蕾朵朵，含香待放。

看着饱满的花蕾，他的心儿仿若这花一样，满满的、美美的。有时候，失去了反而会拥有更多。父亲的话语再次在他的心间响起。思量间，他仿若听到了花开的声音——啪——啪，低头，一朵嫣红的花朵已经打开，他为之一怔，人生如花，有时候短暂的颓废，是为了孕育更美更大的花。

相信自己吧

[美] 爱默生 译/刘春英

相信自己的思想，相信你内心深处所确认的东西众人也会承认——这就是天才。尽管摩西、柏拉图、弥尔顿的语言平易无奇，但他们之所以成为伟人，其最杰出的贡献乃在于蔑视书本教条，摆脱传统习俗，说出他们自己的，而不是别人的思想。

一个人应学会更多地发现和观察自己心灵深处那一闪即逝的火花，而不只限于仰观诗人、圣者领空里的光芒。可惜的是，人总不留意自己的思想，不知不觉就把它抛弃了，仅仅因为那是属于他自己的。

在天才的著作里，我们认出了那些自己业已放弃的思想，它们显得陌生而庄严。于是，它们为我们拱手接纳——即便伟大的文学作品也没有比这更深刻的教训了。这些失而复得的思想警谕我们：在大众之声与我们相悖时，我们也应遵从自己确认的真理，乐于不做妥协。

随着学识渐增，人们必会悟出：嫉妒乃无知，模仿即自杀；无论身居祸福，均应自我主宰；蕴藏于人身上的潜力是无尽的，他能胜任什么事情，别人无法知晓，若不动手尝试，他对自己的这种能力就一直蒙昧不察。

相信自己吧！这呼唤震颤着每一颗心灵。

伟人们向来如此，他们孩童般地向同时代的精英倾吐心声，把自己的心智公之于众，从而拔萃超群。

但人们却常被自己的意识关进了囚牢。一旦他的言行给自己带来声誉，他便受制于众人的好恶，从此难免要取悦于人。他再也不能把别人的感情置之度外了。

对外界的妥协态度，威胁了人们的自信力。往往，你对自己往昔的言行且敬且畏，只图与之相协调，因为除了自己往昔的行为以外，再无其他数据可供别人来计算你的轨迹了；而让人失望又非你所愿。

愚蠢的妥协调和是小人的伎俩，它为渺小的政治家、哲学家和神学家所崇拜。我们今天应该确凿地说出今天的想法，明天则应确凿地说出明天的意见，即使它与今日

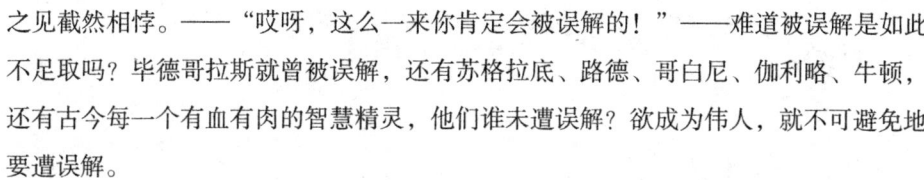

之见截然相悖。——"哎呀，这么一来你肯定会被误解的！"——难道被误解是如此不足取吗？毕德哥拉斯就曾被误解，还有苏格拉底、路德、哥白尼、伽利略、牛顿，还有古今每一个有血有肉的智慧精灵，他们谁未遭误解？欲成为伟人，就不可避免地要遭误解。

人往往懦弱而爱抱歉，他不敢直说"我想""我是"，而是援引一些圣人智者的话语；面对一片草叶或一朵玫瑰，他也会抱愧负疚。他或为向往所耽，或为追忆所累；其实，美德与生命力之由来，了无规矩，殊不可知；你何必窥人轨辙，看人模样，听人命令——你的行为，你的思想、品格应全然新异。

我曾是清华最差的学生

文/邓亚萍

　　我1997年退役，但还没有完全退役，一边在国家队训练，一边在清华外语系读书。刚开始去清华读书特别困难，我认为我是清华整个学校里最差的一个学生。因为我知道，清华都是中国最优秀的学生。这么多年从事体育竞技训练，我没有有效地学习，一时找不到很好的学习方法，但我知道我不能像其他同学一样按部就班地学习，因为我没有很多时间。

　　一开始我的学习方法令我很痛苦。刚去清华，早晨起来吓一跳，枕头上全都是头发。我当时想，打乒乓球也不是不需要动脑筋啊，但为什么我读书就大把大把掉头发呢？我想这个问题可能要留给科学家研究吧。

　　因为找不到适合的学习方法，我就用打球的方法来指导我的学习。比如说我在打球的时候，经常有意识地磨炼自己的意志力。意志力是非常重要的，高手巅峰对决的时候最后拼的就是心态。所谓打法的先进，到这个份上一定是一个水平。所以，打球的时候我已经注意有意识地磨炼自己的意志。

　　那个时候，每天训练结束之后，我已经很累了，我也知道自己很累，其他的队员都回去了，但是我要求自己如果能够练得动的话就一定要练习一些移动的项目；如果移动不了的话，就站在球台的旁边练习一些小的技术，比如说接发球。也许没有任何的收获，但是我认为最起码磨炼了自己的意志，因为对方不行的时候我仍然可以打。

　　现在开始学英文，我也用这样的方法。我很累了、很困了，但还要坚持，我还要看、我还要背。我想，我多看几眼可能就会记住。但是我发现这个方法不灵了。读书和打球是不一样的，读书是自己安静地一个人在那儿，你要精力很充沛才能记住看过的东西，如果精力不充沛，你做的都是无用功。所以，虽然那时我坐在那儿，恨不得用火柴撑着眼睛看，但过一会儿就忘了，回头还得看。后来发现累了就得睡觉，哪怕睡一会儿起来再看，也好过在那儿坚持。读书对于我们来说，需要非常有效的方法，每一个人是不同的。

我去清华外语系，是系主任给我上的第一堂课。那时我大课都没法上，因为水平跟大家差得太远，所以全部是一对一地上。老师跟我说，你英语什么水平，我说初级水平。他说会看会写吗？不会。那你26个字母也会吗？我就凭印象，有多少算多少，26个字母也没有写全，大小写还混在一起，就是这样的水平。这是1997年11月份。26个字母没有写全，大小写还混在一起，我就是从这个程度开始学英文的。

当时我总要找到一点儿自信吧，虽然我认为我在清华是最差的学生，但是面对这么多学子，我还得立足啊。我想，不管怎么样，我在运动场上还是很棒的。我的意思是，我们学习的时候需要找一点儿自信。

我当时是这么想的：虽然知识水平我比不上你们，但是我的见识、我经历的人生，我相信比任何一个清华的学生都多；我见过的场面也比任何一个清华的学生都多，无论是国内的还是国际的。可以说我们扯平了。你有你的优势，我有我的优势。

今天，我是反过头来向你们学习的，我是来学习知识的。因为我相信一句话：任何事从现在学都不晚。后来我在学习方面所取得的成绩证明，这的确是条真理。

"麻雀"人生

孙君飞

周杰伦的"御用"词人方文山当下非常红，从《双截棍》到《菊花台》，他为周杰伦量身定做的歌词几乎篇篇都是精品。这位才华横溢的"鬼才"拥有大量"粉丝"，被认为是当今歌坛中难以撼动的"指标性人物"。然而数年前，方文山还是一只默默无闻的"小麻雀"，他的麻雀变凤凰的人生经历耐人寻味。

方文山出生在台北一个普通小镇的蓝领家庭。因为家境不好，从小他便开始勤工俭学。在学生时代，每逢寒暑假，他都要外出打工，送报纸，当餐厅服务员，做业务员，当高尔夫球童……只要可以挣钱，他从不拈轻怕重。其中的酸甜苦辣，小小年纪的方文山一一尝尽。回忆这段漫长的困顿，方文山说："当时也会觉得苦，但现在回想起来却蛮感激。因为有过那些困顿、不如意和苦难，今天的自己才会懂得惜福。"

方文山不像周杰伦那样属于天才式的人物，他从小到20多岁都没有露过什么锋芒，既不早慧，也没有明确的目标。因为学习成绩不好，没有人关注过他，在孤独和寂寞中他只能靠乱写乱画来排遣心中的块垒。退伍之后，他才慢慢开窍，认识到电影和写作才是他的"宿命"。从此，他像换了人儿似的，大量写作，勤奋锤炼和努力提高自己的才华，达到了如痴如醉的地步。

开始方文山对电影神往不已，想进电影圈发展自己。但是电影业渐渐远离了"黄金时代"，许多电影人纷纷转行谋生。方文山也感受到其中的惨淡，只好退而求其次，从事歌词创作。因为这时的他根本没有名气，所创作出的歌词还很稚嫩，个人的温饱需要另辟蹊径。他选择了去安装防盗系统，类似水电工，头顶安全帽，拎着电钻在尘土瓦砾中劳苦奔波。但梦想已经在燃烧，方文山决心要找到一条能够拯救自己的道路。他对歌词的热爱欲罢不能，创作给了他强大的快乐和自信。工作时，"有时装监视系统要先挖洞，一旦想到歌词就赶快写一下"。在工作的间隙创作歌词，这种方式和习惯可以称作"忙里偷忙"了。就这样，方文山半年竟然积累了200多首歌词，然后他开始寻找自己的伯乐。他精心挑选出100多首歌词装订成册，拿在手里沉甸甸

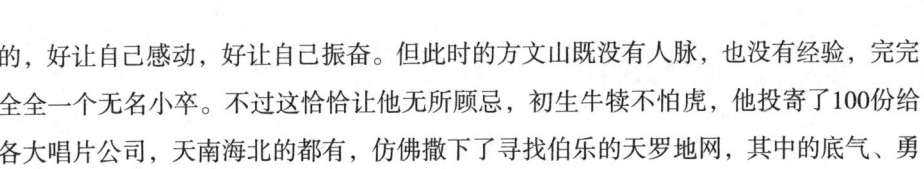

的，好让自己感动，好让自己振奋。但此时的方文山既没有人脉，也没有经验，完完全全一个无名小卒。不过这恰恰让他无所顾忌，初生牛犊不怕虎，他投寄了100份给各大唱片公司，天南海北的都有，仿佛撒下了寻找伯乐的天罗地网，其中的底气、勇气和豪气已经展露出一个未来金牌词人的潜质。

"只有12.5份会被制作人看到吧，被联络的概率只有1％。"方文山回忆当时的情形说。他也有些忐忑，但也相当清醒。1997年7月7日凌晨，突然有人打电话给方文山，对方说是吴宗宪。他感到吃惊且意外，不敢相信自己的耳朵。"不过即便接不到宪哥的电话，我也不会死心，不会轻易放弃。我会想方设法进入这个圈子，比如去唱片公司或电影公司当行政助理。"方文山后来说。

同时跟吴宗宪签约的还有周杰伦，这个1％带来的机缘为方文山未来的100％埋下了精彩的伏笔。但幸运并没有将方文山运送到事业和人生的快车道，他反而好像被搁浅了，在公司里尝遍了激烈竞争的滋味。因为签约不等于有收入，大家要相互"拼歌"，谁拼过所有对手成第一，谁才能够被公司录用，最终才有收入。进公司一年后，方文山才与公司首次合作，其间他没有任何创作上的收入。

许多签约者不堪忍受这种残酷的竞争，纷纷另谋生路，只有方文山和周杰伦熬了下来，终于在艰苦的寻找和打磨中，从彼此互不相关到尝试合作，最终成为令人感佩的黄金搭档。对于两个人的关系，方文山说："我们是相辅相成的。曲是架构，词是衣服。可我觉得，杰伦的曲天生已经很匀称了，旋律本身已经很动人，即便没有我的词，它一样存在，不会折损到什么程度。我只是帮他的旋律加画面，提供故事，让它更有血有肉。"懂得独立，也知道合作，这应是梦想者以1％的希望成就100％的未来的智慧所在吧。

黑天鹅的三十二转

吴淡如

我小时候学过芭蕾，但因为资质驽钝，被老师视为不可造之材，又不肯勤加练习，所以只学了两年，就被视为"没有必要再投资学费来栽培"的学生。

不过，虽然当不成芭蕾舞者，但我自小对于和芭蕾舞有关的漫画都很有感情。没有一本芭蕾漫画不提到《天鹅湖》，每次女主角们的决战，都是《天鹅湖》中的经典绝活：黑天鹅订婚那一幕，饰演黑天鹅的舞者以独舞方式，用单脚的足尖旋转三十二次。

三十二转，在我看来根本就是一种芭蕾特技表演，不成功就成仁。成功了，可以获得如雷掌声；失败了，一定会被嘲笑得体无完肤。

黑天鹅是反派角色，有时黑白天鹅在同一舞剧中由同一舞者担纲。她必须演出黑天鹅的妖魅与白天鹅的柔弱，对所有顶尖舞者而言，那都是一个令人又爱又恨的终极考验。无论如何，饰演黑天鹅的舞者，必须是功力最高深的舞者。

青少年时看芭蕾漫画，我曾想过，一个舞者若以挑战黑天鹅三十二转为她的人生里程碑，那么，她一定会吃足苦头。而事实上，就算她已经把黑天鹅三十二转表演得万无一失，这样的表演还是会受到体力和年龄上的限制，这种让她投身于其中、为她赢得掌声的特技必然会在某一天悄然远去。那么，把人生的力气花在锤炼这种高超技艺的意义何在呢？

有一年，到俄罗斯旅行，在圣彼得堡看"天鹅湖"表演，我忽然悟出一个道理来。那位同时表演白天鹅及黑天鹅的舞者，表演得出神入化，在三十二转之后，赢得久久不绝的掌声。内行人看门道，外行人看特技，这个特技之艰难，是内行外行都叹服的。在开始旋转的一刹那，她的微笑充满自信的魅力，我发现她的表情正为我解答了疑惑。表演完三十二转之后，她的表情更显得放松而陶醉——陶醉在自己的表演中，而不是观众的掌声里。

她的表情仿佛在告诉我："因为我的努力与才华，我值得这些掌声，而不是因为

这些掌声，所以我得到了肯定。"

　　任何一个运动员、演员和作者，以及所有在人生路上为了练就一项技艺而流血流汗的人——包括从事业务及行销的人员都一样，他们必须陶醉在自己表演或创作的过程里，为自己感到骄傲与值得。虽然也许那光亮荣耀的一刻与如雷的掌声终将远去，然而，那样的成就感依然深入肌理，不会随着掌声而消失。

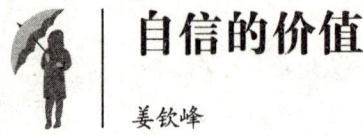

自信的价值

姜钦峰

朋友聚会，各行各业的都有，大家高谈阔论，从潜规则谈到了职业道德，纷纷感叹坚守不易，老实人总吃亏。唯独一位律师朋友不说话，我问他："难道你们这行没有诱惑？"他说："有，当然有。"

那是好几年前的一个案子。一位农民工兄弟，傍晚从建筑工地下班，在回出租屋的路上，不小心被一辆小货车撞倒，断了一条腿。伤者住院治疗，每天要支付大笔医疗费，车主担心赔不起，干脆一分钱也不出。伤者家里很穷，现在又失去了劳动能力，急得没办法，于是咬牙花钱请律师，希望能尽快拿到赔偿款。

我接到这个案子，忽然意外发现，这不仅是一起交通肇事案，还属于工伤事故。根据法律规定，职工在上下班途中发生交通事故应认定为工伤，也就是说，伤者在这起事故中应该获得两笔赔偿，肇事司机要赔，建筑工地的老板也要赔。伤者和家属当然不懂这些，不然请律师干吗？我马上找到工地老板，说明理由，希望他先垫付一部分医药费。那是个年轻的包工头，态度很不友好，"人又不是我撞的，关我什么事？"让他出钱，当然一百个不乐意，我说："那咱们只好法庭见了。"

没想到第二天早上，包工头就找到了我的办公室，一进门就满面春风，开门见山地说："王律师，咱们交个朋友，伤者给你多少代理费？我出双倍。"说着，他有意无意地把手里的公文包放在我的办公桌上，看来已准备好现金交易了。我一边给他泡茶，一边岔开话题，假装没听懂。这种钱当然不能要，可是我也不想让他当面难堪，只要这个案子没结，后面还得跟他打交道，闹翻了不好。

见我没什么反应，包工头呷了一口茶，又说："你放心，犯法的事绝不让你做，有些事情只要伤者不提出来，你稍微马虎点不就没事了吗？"不愧是做老板的，果然头脑精明，一般人遇到交通事故，只会问肇事车主要钱，哪会想到找老板？伤者只是个农民工，能懂多少法律？只要我不说，人家肯定不知道。生意人不做亏本的买卖，在律师身上花点小钱，就能省下一大笔工伤赔偿金，这笔交易对他来说太划算了。

　　我默不作声，脸带笑容，轻轻地摇头。他显然急了："如果你觉得这个价钱不合适，咱们再商量商量？"我沉吟片刻，伸出三个指头："300万！"他吓了一大跳，马上就笑了："王律师真会开玩笑。"我说："不是开玩笑，假如我今天收了你的钱，往大处说是出卖良心，违背职业道德；讲得实际点，我在这个行业里就混不下去了，以后谁还敢找我打官司？你这是断我的财路啊。"包工头哑口无言，脸色尴尬。

　　我接着说："如果我再干30年才退休，最保守估计每年赚10万，你花300万买断我的职业生涯，不贵吧？"

　　话说到这个份上，傻瓜都能听明白。包工头张口结舌，憋得满脸通红，半天说不出话，拎起公文包，转身就走了。两个月后，这个官司顺利了结，肇事车主老老实实地赔了钱，那个包工头也算仗义，见无法收买律师，干脆主动找伤者协商，爽快地给了他一笔钱。伤者得到一笔"意外之财"，高兴坏了。

　　律师口才很好，一件正义凛然的事，被他说得轻松有趣。我不由得肃然起敬，冲他竖起了大拇指，笑道："真有你的，那个包工头一定恨死你了，恐怕一辈子都会记住你。""后来我们成了好朋友，还是亲密的合作伙伴。"律师随口答道。我顿时愣住，脑子一时转不过弯来。

　　原来，那个包工头生意越做越大，后来做了大老板，还成立了一家建筑公司。公司上了规模，需要一位常年兼职的法律顾问，老总马上想到了这位铁面律师。两个人相视一笑，一拍即合，报酬当然不低。再后来，由于建筑圈内口碑相传，他又接到了好几家大公司的兼职业务，现在他就算不接其他案子，日子也过得挺滋润了。

　　当你身上具备了某些金钱买不到的东西，别人才不敢轻视你的价值。

82岁超模迷倒全世界

沈 湘

　　卡门用一头如雪白发，重新定义了一个80多岁的时尚女人会是什么样子。老态龙钟，步履蹒跚，满脸核桃一样的皱纹？如果你看过世界顶级时尚杂志《Vogue》近期为82岁的超模卡门·戴尔·奥利菲斯拍摄的写真，你的感觉一定是惊艳。在这组照片里，她身着黑色紧身衣裤，配合精致的烟熏眼妆，卡门用自己耀眼的光芒重新定义了时尚：这绝非年轻人的特权。

没有人可以否认我的美丽

　　卡门的生活就像一部电影。1931年6月3日生于纽约，母亲是匈牙利芭蕾舞演员，父亲是意大利小提琴家。她出生时，母亲19岁，父亲则已39岁，都是贫困的移民。为了追求艺术梦想，卡门的父亲很早就离开了家，可怜的母女俩有时穷得连房租都交不起。

　　好在天无绝人之路。这个在母亲看来有着"两扇门一样大的耳朵和一双棺材大脚"的女孩，开始了模特生涯。那时，卡门还在舞蹈班学习，遇到一位摄影师，他为她拍了几张照片。两周后，卡门见到了《Vogue》杂志的传奇编辑黛安娜·维里兰："你认为自己美丽吗？"卡门自信地回答："没有人可以否认我的美丽！"正是这句话打动了维里兰，终于答应让她试一试。经过不懈的努力，卡门成为杂志的签约模特，那时她才14岁。没多久，卡门每周就能挣到60美元。

　　曾经有人批评她的父母，认为他们都是不合格的家长。卡门却替他们申辩："她比当下大多数的女人都聪明，她教我如何做饭，如何贴墙纸，如何做针线活，如何精打细算……对于我父亲，我想说的是，当我需要他的时候，他出现了。"

三次离婚，两度破产

　　16岁时，卡门爱上了一个大她10岁的男人，并很快结了婚。但这个男人不但从卡门那儿骗了几匹赛马、她的大部分走秀酬劳，还让她堕过几次胎。22岁那年，她生下了女儿劳拉。两年后，他们离婚了。随后，她与一位摄影师结婚，退出模特界。卡门的第三任丈夫是一名建筑师，后来卡门发现他不但吸毒，还让劳拉嗑药，两个人最后也分手了。尽管他们都没有给她幸福，但卡门从不指责这几位前夫。她70多岁时，有记者问她，爱情对她是否重要时，她反问道："呼吸对你重要吗？"

在感情上，卡门屡遭伤害；在经济上，她也数次陷入绝境。

20世纪八九十年代，卡门投资股票遭受重创。为维持生计，她不得不委托苏富比拍卖自己在20世纪40年代到80年代拍摄的经典照片。2008年，77岁的卡门卷入了麦道夫的金融骗局。然而，正是生活的磨难，让她成为几经打磨的宝石，散发出优雅的光彩，造就了一个不老传奇。

用廉价毯子做大衣

今年春季的巴黎时装周，卡门压轴出场。1.78米的身高、修长的双腿、标志性的银发、勾魂摄魄的蓝眼珠和棱角分明的面容，带着一种"凌厉的优雅"。近年来，卡门饱受伤病困扰，做了膝盖手术……但她依旧活跃在T台上。

即使身为超模，卡门也坚决不做化妆品的"奴隶"。她用的一款护肤品竟是一种由兽医开发的、为马擦拭皮肤的普通药膏。"它和许多知名化妆品感觉相似，但一年只需要花3.99美元。"

去巴黎走秀，卡门依然会戴28美元的廉价饰品，还会带着针线自己缝制出席各种场合的服装，其中一件大衣是用从慈善商店买的廉价毯子拼成的。82岁的卡门已目送了不少亲友辞世，这对她而言，与其说是悲痛，不如说是见证了生命的圆满。"我不信死后的风光，只相信活着的精彩。我是一个器官捐献者，死后无论我的皮肤还是眼球，有用的都拿去用，剩下的就付之一炬吧。"

"你年轻时很美丽，身边有许许多多的追求者，不过跟那时相比，我更喜欢现在你经历了沧桑的容颜。"法国作家玛格丽特·杜拉斯在小说《情人》开头的这段话，送给越老越有风韵的卡门，或许再合适不过了。

逆境菩萨

文/姜钦峰

　　吴宗宪最早是歌手出身，努力唱了好几年，却总是半红不黑。有一次，公司为他争取到了一个上电视节目的机会，当时很火的综艺节目，收视率极高，一般的艺人上去之后知名度会大增。吴宗宪知道机会来之不易，所以格外珍惜，早早地就赶到了摄影棚。他到得太早，灯光、乐队等都没布置好，只好坐在下面干等。

　　直到午饭过后，节目才开始录制，一个又一个人被主持人叫了上去，却始终轮不到他。吴宗宪那时只是个无名小卒，心里着急却不敢问，只好继续等待。晚饭过后，节目仍在进行，好不容易熬到晚上11点，人都快走光了，眼看就要散场，主持人还没叫他上台。这时他急了，鼓起勇气跑去问："请问轮到我了吗？""你是谁？"主持人一脸茫然，根本不认识他是老几。"我叫吴宗宪，今天安排了我参加节目。"他努力赔着笑，小心翼翼地回答。"哦，对不起，我把你忘了，今天的节目已经结束了，下次给你补上吧。"人家根本没把他当回事，随意敷衍了一句，头也不回就走了。他满怀期待，苦苦等了一天，等来的居然是一句"忘了"。下次，天知道有没有下次！空荡荡的摄影棚，灯光惨淡，把他孤单的身影映得越发渺小。委屈的泪水在眼眶里直打转，他几乎是咬着牙在心里说，就算你将来请我，这辈子我也不会再来了！

　　他心里憋着一股劲，发誓要出人头地，后来果然大红大紫。颇具讽刺意味的是，吴宗宪后来是靠主持成名的，与当年伤害过他的那位主持人成了同行，两个人常常是竞争对手。在一次访谈中，吴宗宪很有兴致地谈起此事，几十年前的往事，每个细节却依然历历在目，可见有多么刻骨铭心。他至今仍不能释怀，还得意地说："他的节目每次都被我打败！"很有些扬眉吐气、一雪前耻的味道。

　　大人物也是从小人物走过来的，或多或少，恐怕都会有些抹不去的伤痛记忆，这并不奇怪。让我感到意外的是，像这样"天王"级的人物，竟同样会有普通人的小心眼，受到伤害也会念念不忘，耿耿于怀。所幸的是，他们牢记伤疤，不是为了留住怨恨，而是以此警醒自己：前进、前进、再前进！

人生有时真的很残酷，如果你是一棵小草，就难逃被践踏的命运，如果你长成了参天大树，别人只能仰视你。对此，吴宗宪不仅有亲身感受，也曾亲眼所见。一位大牌音乐制作人大骂一位刚出道的女歌手，把人家祖宗三代都骂遍了。吴宗宪看不下去，上去劝说："不要这样骂人了，说不定人家改天就是'巨星'呢。"制作人的回答底气十足，也很给人力量："等她红了，我再去求她好了！"意思很直白，只要你一天没红，就得求我，这就是生存法则。后来，那位女歌手果然红了，恐怕这顿臭骂对她功不可没。

大声说话才能胜出

荣筱箐

　　我在报社做实习时有幸师从一位见多识广的资深记者，老师洞悉世事，经常在谈笑间不经意地泄露天机。那天，他坐在办公桌前，轻描淡写地告诉我，人的地位越高，讲话声音就会越低。

　　其实，好多年以后，我才明白讲话音量与社会地位间这种微妙的反比关系：贩夫走卒平头百姓人微言轻，即使把声音提高八度，也不见得能有听众；而重要人物声音越低，越是有人围在身边拼命地伸着脖子听，也就越显得重要。所以就算是天生的大嗓门，一旦意识到了自己的重要，为了显示身份也得练着压低声音。好像19世纪欧洲淑媛们，宁可屏住呼吸也得套进提胸束腰的鲸鱼骨裙衬里，以免被人当作马夫的女儿或鞋匠的老婆。

　　这只是中国人关于声音的众多看上去匪夷所思，其实奥妙无穷的哲学之一。不过这些中式的声音哲学却很难跟老外解释清楚，就像后来，我坐在纽约的咖啡馆里，与一个美国朋友闲聊时所做的徒劳的努力。

　　这位朋友编辑着一个很草根的周刊，杂志的名字叫《不容错过的声音》。在一个七嘴八舌的嘈杂世界里，说者有太多的见解，听者也有太多的选择。势单力孤的草根阶层，必须借助像朋友的杂志这样的高音喇叭。当每个人都恨不得扯住别人的耳朵，告诉你他的声音不容错过时，声音的传播只能遵循最原始的规律，有理也得声高。

　　所以当东方遭遇西方，需要面对面出手过招的时候，我们却常常吃了哑巴亏有苦无处诉。不管是欲擒故纵的捻须沉吟，还是谦和含蓄的君子之风，不是被当作智能不足，就是被看成自愿放弃，在吞吞吐吐或默不作声中自生自灭。生活在美国的华人对此心里最清楚。

［且行且歌］

　　世间的事，有能做的，有不能做的。举手之劳，给人一点儿助缘，不肯去做，是不为也，非不能也。给人一句好话、一个微笑，吝于布施，是不为也，非不能也。世间事，能为的不为，不能为的为之，都是不智之举。

第三辑

世间五不能

星云大师

世间的事，有能做的，有不能做的。举手之劳，给人一点儿助缘，不肯去做，是不为也，非不能也。给人一句好话、一个微笑，吝于布施，是不为也，非不能也。世间事，能为的不为，不能为的为之，都是不智之举。

揭弊而不能揭短。社会上有很多弊案，政治上的弊案、公司里的弊案，甚至学校、家庭里都有弊案。任由弊案存在，不闻不问，这是没有恪尽职守。有了弊端，我们应该揭穿它，把它提出来检讨改进。但是，揭弊可以，却不能揭人之短；揭人之短，伤人的前途，坏人的名誉。假如我们只揭其弊，使其有机会改进，不涉及人事，此诚两全其美之举也。

整装而不能整人。人要保持服装仪容的端庄整洁，这是一种社交礼仪。每天出门前，对镜整装，看看自己的衣着是否端正平整，乃至有时也可以帮他人整装，帮他把帽子戴正，把衣服拉平，帮他增加一条领带、围巾等。为人整装可以，但不能整人，有的人好开玩笑，以整人为乐；有些人修养不够，以磨人为乐，专爱整人。一件事，只要他肯帮个小忙，很快就能解决，但他偏要麻烦你，要你重新再写一份资料，要你重新再跑一次，完全不体恤别人的辛苦，任意要求而加重别人的困难，这就是整人。

整人的人自以为得意，其实你整的人多了，有朝一日因果相报，你整人，人整你，后悔莫及。轻松而不能轻浮。人的生活不能一天24小时都绷紧神经，要求生活里的每个举动都合乎"行如风，坐如钟，立如松，卧如弓"，这也太严肃了，别人跟你同居共住，也很为难。生活中偶尔也要有轻松的一面，要能跟大家随缘。例如，初见时表示热烈欢迎，相谈时眉飞色舞，妙语连珠，开个小玩笑，都无伤大雅。

但是，生活可以轻松，行为却不能轻浮。轻浮不同于轻松，轻浮是拿别人来取笑，轻浮是出言不当。尤其男女之间，轻浮的举动是对人的不尊重。轻浮是表示放荡，轻松是表示自然，我们的言谈举止可以有轻松的自然，但不能有放荡的轻浮。

　　自信而不能自满。做事情要有自信，有信心才有力量。凡事预先安排妥当，做起事来有目标有方法，一切按照自己的规划发展，当然信心十足。做事要有自信，做人不能自满，千万不能以为自己的计划就是独一无二、自己的办法都是无懈可击的，因此就轻视别人，藐视别人。在自信里要懂得谦虚，因为自满容易傲慢，所谓"谦受益，满招损"。

　　自高自大、自满自傲的人容易招致失败，是做人做事之大忌。随缘而不能随便。佛教有一句富含人生哲理的话，叫"随缘"。你拜托他说什么话，他觉得能说，就说"我随缘"；你拜托他做什么事，他觉得能做的，也说"我随缘"。随缘布施，随缘参加，随缘奉献，随缘建功，但是千万不能随便。随便议论事情好坏，或前因后果都没有弄清楚，就随便任意执行，随便的后果必定是不便。你太随便，一旦引起反弹而招致不便，那就麻烦大了。

两角钱成就的航天员

杨兴文

2013年6月11日17时38分，神舟十号飞船发射。飞行乘组由男航天员聂海胜、张晓光和女航天员王亚平组成，聂海胜担任指令长。

张晓光出生于辽宁省黑山县，和刘英福是黑山第三高中的同学，尽管他们在两个班，然而高三时去参加飞行员体检的经历，却让他们成为挚友。高三下学期，只开学十多天，学校教导处通知，第二天凌晨4点，全校高三男生统一乘大客车到锦州航校参加飞行员体检。第二天凌晨，由于起得晚，刘英福没有赶上客车，因此打算乘火车去锦州。到火车站时，他碰到穿着同样校服却正往外面走的张晓光。经过询问刘英福才知道，原来一脸沮丧的张晓光也是因没有赶上客车，只能乘火车去锦州。不过他认为自己的个子矮小，即使去体检也是给别人当分母，于是就把火车票退了，干脆不去折腾。

刘英福对张晓光说，我们农村孩子有这样的机会不容易，既然有机会就要去试试，如果体检不合格再回来。张晓光觉得，刘英福真情实意的劝说有道理，他便鼓起勇气，准备重新买火车票。

可惜，在退票的时候，张晓光只能退回部分钱，导致再次买票时钱不够，无论他如何央求，售票员都不给票。当时去往锦州的火车，很快就要到站。在张晓光十分着急的情况下，刘英福帮助他垫了两角钱，他才买到火车票。以前，刘英福和张晓光都没有去过锦州，下火车后感到很陌生，不知道航校究竟在什么地方。他们带的钱有限，需要尽量节约，不敢轻易坐出租车。后来在交警的指引下，他们才走到航校。

通过第一天体检，从黑山县去的140人，就只剩下20人，第二天体检后，只留下10人。刘英福在视力环节被刷下来，而张晓光则通过了体检。在返回黑山之前，刘英福拍着张晓光的肩膀说："老弟，当飞行员就看你了。"

张晓光自信地说："放心，我肯定给你争光。"随后，张晓光的笔试和政审也没有问题，最终成为中国空军战斗机飞行员。尽管飞行员的职业让很多人羡慕，不过训

练时的苦涩与艰辛，只有身在其中的人才能体会。除了三十多门大学基础文化课之外，每天还要进行繁重、严格的军事、体育训练。清早起来，不仅要越野跑3000米，还要进行基础科目的训练。学员要在滚轮和旋梯上习惯快速旋转的感觉，最初每次进行这样的训练，许多学员都会肠胃翻滚，不必说走直线，就是保持站立都很艰难。

　　经过几年辛苦训练，张晓光正式成为中国首批航天员。从成为航天员的那天起，飞向太空就是张晓光梦寐以求的奋斗目标。每当看到战友执行任务的时候，尽管张晓光也会感到失落，可是他很快就会排除消极情绪，进行自我安慰，只有始终保持淡定的心态，通过持之以恒的奋斗，才能实现梦想。

　　艰苦磨砺15年后，张晓光终于入选天宫一号与神舟十号载人飞行任务飞行乘组。这次飞行将开展数十项空间科学实验和技术实验项目，实行天地同步作息制度。

　　张晓光担任指令长助手，负责配合指令长完成包括飞船驾驶、手控交会对接、飞船撤离在内的任务，并担任王亚平在太空授课活动的摄像师。对于自己的这次任务，张晓光充满信心。

　　如果当初没有刘英福垫付的两角钱，可能张晓光就不会成为飞行员，也就不可能成为航天员。机会非常难得，在机会到来的时刻，需要好好地珍惜，命运永远是在瞬间发生改变。

丑就是你的名片

哇咔咔

你认为自己很丑吗？那么恭喜你，你的外貌就是你的一张王牌名片。这不是在恶搞，每个人一生接触并交往的人成千上万，真正有长期交集的人也就几千人，而在几千人里，能够在和别人仅有一面之缘便被对方迅速记住的人，少之又少。一张特别的脸简直就是没有阻挡的通行证，因为特别，刹那间便印在了别人的脑海里。

还有什么可自卑的——

几年前，有一个声音清甜的小女生用最纯净的嗓音演唱了《约定》《不想让你知道》《好想好好爱你》等歌曲，一举成为华语"四小天后"之一。而这个女孩在进军歌坛之初，对自己的形象极不自信，只敢寄磁带给公司的总监，而不敢以"真面目"示人，这个女孩就是周蕙。当她战战兢兢地站在福茂唱片国语部总监李亚明面前时，李亚明却淡定地表示，她不但唱功了得，长相也非常适合包装。是自己听错了吗？周蕙瞬间石化了。李亚明则不以为然，丑有什么关系，你的丑就是你的特色，是让歌迷们第一眼看到你，就能记住你的专有名片。仿佛拨云见日一般，周蕙的自信心高涨。此后，周蕙独特的形象在美女如云的影视圈里格外吸引人眼球，独特的个性更是让周蕙的人气水涨船高，成为最完美的唱情歌的小女生。

在参加第一次大型演出时，听到所有的歌迷在台下大喊："周蕙，你好漂亮！"周蕙哭了。

温暖的窗

千岁鹤

他无恶不作，恶名远扬。早早辍学的他和社会上一些地痞无赖混在一起，并成立了一个光头党。偷盗抢劫无所不做，任凭父母怎么规劝，他都无动于衷。

父亲已经对他彻底失去了希望，对他的恶行也束手无策。终于有一天，父亲对母亲说："这孩子算是完了，现在咱们是管不了他了，但是有能管他的地方。"

听了父亲的话，母亲叹了一口气，自信地说道："孩子秉性并不坏，不能再那样放任他了。"说完这句话，母亲的内心深处闪现出一线曙光。

吃完饭，母亲破天荒地说要带他去向往已久的嵩山，那里有他最向往的少林寺。

在少林武术演义馆他第一次领略了少林武术。他看得目瞪口呆，原来武术不是用来战斗，更不是用来打打杀杀，而更多的是强身健体。

在禅堂里，母亲把他引荐给了一位大师。看着大师，他说出了自己这些年的所作所为，说完后，他有点不以为然。大师不言亦不语，只是把他领到了一个暗窜里，半个小时后，大师把他又引领了出来。阳光直射他的眼睛，让他不能睁眼。

大师徐徐地说道："你知道这个世界上，最黑暗的是什么吗？"他说道："当然是刚才的暗室了。"大师摇了摇头，说道："这个世界最为黑暗的乃是人心。当一个人的心灵之窗紧闭的时候，恶就会吞噬一切。"

"那么，这个世界上最光明的是什么？"大师问道。

"当然是太阳了，它光芒万射。"大师摇了摇头，说道："当然也是人心了。当人心向善的时候，它是最为敞亮、最为光明的……"

善恶原来就在一念之间啊，醍醐灌顶的他向大师致谢，大师说道："不要谢我，还是谢你的母亲吧。"他顿时，幡然醒悟。原来这一切都是母亲安排的。

下山的时候，他牵着母亲瘦弱的手，泪流满面，是母亲的自信和爱救了他。

而他那颗曾经不可一世的心，已被阳光撒满，因为母亲已经为他打开了一扇温暖的窗。

美丽如你，丑陋如我

雅 菲

认识紫歌是在大学报到的那天，一身素衣，两根麻花辫，只是面貌有些狰狞，还有点口吃。我知道，这样的女孩子注定会成为"焦点"。入住第一天，宿舍的姐妹就打得火热，而紫歌却不言亦不语。每次回宿舍，我们狂欢不止，而她则会一个人站在阳台上捧本书，断断续续地念着什么。自然，她也成了大家茶余饭后的"谈资"。

之后几天，大伙发现，每天晚上下晚自习，屋里的几个暖壶都已经打满了热水，屋里干净如洗。会是谁呢？一连半个学期，这个谜都没有解开。

整个大一就这样在懒散和讥讽中逝去，而紫歌对我们的冷嘲热讽仿若没听见一样，每天依旧忙忙碌碌。转眼，一学期结束，在我们放假都要回家的时候，紫歌却买了一套英语资料，选择了留校看守整栋宿舍楼。让我们惊诧不已。

再开学一切如旧，大家依旧对她冷嘲热讽，只是相对温和了一些。转眼进入了深秋，天渐渐冷了。而紫歌依旧每天在阳台上默读，难道她不怕冷吗？她是铁人，怎么会？笑谈中一丝冷意袭来，这也是我们最难以理解她的地方。

一天，我晚自习时突然想起手机忘记带了，在我匆匆忙忙地往回跑的时候，突然看见了紫歌，一手提着两个暖壶，矫捷地走着，仿若天鹅一般，霎时，她的形象在我的心里彻底改变，原来真的是紫歌，这一年多，她每天都在为我们默默地做着一切。

这之后，大家依然会拿紫歌开玩笑，每次我的心里都会异常难受。那天，紫歌又在阳台上背书的时候，我于心不忍，把紫歌拉了进来。看着大伙疑惑质疑的目光，我第一次选择了沉默。

半个月后，系里要搞外语演讲比赛，大家忙得焦头烂额。在确定演讲人选的时候，我突然想到了紫歌，我想她是可以的。班会上，在我征求大伙意见选紫歌演讲的时候，班里同学乐翻了天，声音一浪高过一浪——选紫歌，选紫歌。一听就知道，这里面更多的是嘲笑和愚弄。那天，我第一次发了火，为紫歌。

那晚，她依旧一个人在阳台上背她的语法和单词，我破天荒地走上了阳台，轻

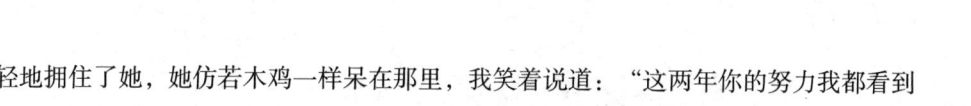

轻地拥住了她，她仿若木鸡一样呆在那里，我笑着说道："这两年你的努力我都看到了，演讲你肯定能行的，你有一颗火热的心，那天你提着水我都看到了。"

演讲那天，她果然一鸣惊人，往日的结巴早已不见踪影。那天紫歌得了一等奖。这成了整个校区的特大新闻。

捧回奖杯的那天，我们特意去饭馆庆祝了一番，在饭桌上，我说出了紫歌的打水和打扫宿舍的秘密。那晚，我突然发现，大伙已经不再排斥她了；那晚，我们哭得一塌糊涂；那晚，我们郑重向紫歌道歉。摇曳的灯光下，大伙泪水涟涟。

那晚，校园的道路上第一次出现了一道亮丽的风景：我们姐妹六个并排走在校园里，一人手里提着一个水壶，歌声飞扬，笑声串串。引得男生目瞪口呆，不明所以。

再后来毕业，老大选择了考研，老二回地方成了一名老师，而紫歌却去国外当了一名义工，她的举动再次震惊了我们，一次和老大聊天的时候，老大说："紫歌有一颗善心，她的这颗心在哪都会开花结果的。"

和紫歌视频的时候，紫歌更自信了，已经没有了昔日的自卑，在我祝贺她的时候，紫歌说："老三，你还是那么漂亮。"泪水瞬时涌满我的眼眶，我匆匆切断了视频，我的泪水簌簌而落：紫歌，你知道吗？在你这颗善心面前，丑陋的不是你，而是我们。

给海盗的电话

［英］玛丽·哈柏　译/庞启帆

这是一个阴冷潮湿的星期天下午。我正驾车送12岁的女儿回家，她和她的朋友刚参加完一个生日聚会。我感到很疲惫，心情也很烦闷。

"妈妈，妈妈，"女儿娇嫩的嗓音从后座传来，"我想打电话给海盗。"

在这之前，我已经反复多次给"天狼星"号邮轮上的索马里海盗打电话。女儿一直在我旁边听着。

每次，船上的海盗都接通电话，但一听我是BBC记者，立刻就把电话挂掉。我对自己发誓，一定要采访到他们。我已经把他们的电话号码存在我的手机电话簿里面。

"妈妈，妈妈，我能不能替你给海盗打电话？"

"哦，宝贝。你就别闹了。"

"求你了，妈妈。你就让我试一试吧。"

此时，雨水正打着挡风玻璃，路面堵塞了，车子寸步难移。我的心情糟糕到了极点。除了让女儿折腾一下，我也不知还能做什么。

"好吧。"说着，我把手机扔到了后面。

"海盗的电话号码在字母P开头的目录里。"女儿"咯咯"笑着拨通了那个号码。

"喂，我可以与海盗聊聊天吗？"女儿说话的语气带着十足的孩子气。

我能听到有人在回应她，随后是一段很奇怪的对话。通话结束时，女儿在后面兴奋得手舞足蹈。

感谢上帝！这是一个突破，与海盗的对话终于建立起来了。

第二天，我回到伦敦布什大厦BBC索马里新闻部的拥挤办公室，把这个故事告诉了同事们。

"我们现在再试一试。"我们的头萨德·穆萨说。说实在的，他长得就有点像海盗。外形粗犷不羁，目光如炬，走起路来神气活现。

他马上拨打海盗的电话号码。海盗居然很快就接了电话。

"对不起，"海盗用索马里语大声说道，"我们老板正在睡觉。为了预防受到攻击，昨天晚上我们一直处于戒备状态，老板也一宿没睡。你可能也知道，晚上是我们最忙的时候。你两个小时后再打过来。"

两个小时后，一个名叫迪巴德的海盗接受了我们的采访。他说的是索马里语，声音冷静而自信。他说索马里人除了采取海盗行动，已经别无选择。

"18年了，我们一直处于无政府状态，我们根本没有生活可言。我们的最后资源是海洋，但是外国拖网渔船正在掠夺它们。"

这名海盗说，被劫持的全体船员都得到了很好的对待。

"船员可以在船上随意走动，他们可以睡自己的床，并且他们还有自己的钥匙。他们唯一失去的就是下船的自由而已。"

突然，我听到电话那头传来一个讲英语的声音。

"你好，我是'天狼星'号的船长。"

船长是波兰人，名叫马立克·尼斯基。他虽然是人质，但声音听起来很平静，这让我们非常惊讶。

他说他没有任何理由抱怨，每个人都很好。海盗允许全体船员跟他们的家人通话。当我提出的问题越来越尖锐的时候，他的声音比先前紧张了些。我几乎可以看到几个海盗就站在他的身边。很快，他就说我们必须结束对话，然后很客气地感谢我对他们的关注。

电话挂断了。但是我们已经成功对索马里海盗和"天狼星"号邮轮的船长进行了采访，并且录下了采访全程的对话。这次采访的内容立刻通过BBC的所有频道播放了出去。

我和我的索马里新闻部的同事通过这次采访，成功进行了一次独家报道。我们每个人都感受到了成功带来的喜悦。

但是如果不是我女儿坚持、自信地要打电话给海盗，谁知道事情将会怎样呢？

 # 在无人处跳舞

郓燕玲

　　一直以来，我都是一个很容易害羞的人，但这并不妨碍我展现各种各样美妙的舞姿。冰冰姐在QQ签名上说："简单快乐，不如跳舞！"这也是我一向十分认同的想法。在现实生活里，在梦想旅途中，它简单却可以让人快乐，它平常却能够令人陶醉！

　　身体在舞蹈，也是心灵在舞蹈。用心舞蹈的人，都显得美丽，也很可爱！不论命运所赐的容貌，最初是美是丑！不管岁月变迁，我们依然年轻或已是苍老！

　　只要有着活泼的心情，放开自己的手脚，荡起一片片思绪，放飞一个个梦想，自信从容地展现出内在的优雅，那一定会焕发出许许多多迷人的光彩！

　　音乐，在跳动着。笑意，挂在岁月的脸庞。在没有其他人的地方，在自己的家中，或那些风景秀丽的所在，我独自起舞。动作或许青涩，但总能渐是自然，也总能感动自己。一次次旋转，一个个侧面，一回回仰望，都是一片片旖旎的情怀。或低头沉吟，或渐行跟进，或蓦然回首，里面有着我往事的情节，有着生命的内涵，也有着一股乐观向上的意志。

　　生活，本也是一场舞蹈。生命一路歌唱，世事不停起伏。我们可以唱得十分动听，也可以舞得无限美好。舞蹈中，可以融入曾经的角色，也可以体会不同的情思。我总想：内心敏感、思想丰富、钟情深爱之人，在人多时总会显得比较腼腆，不善言语，容易羞涩。因为他们内心的真实，因为情爱本是脆弱，因而他们跳舞是自己很私密的事情，不需要任何人好与坏的点评。他们不常在人群之中表现，他们有着一份内敛，只适合一个人舞蹈！

　　在自己之外。那无人处，显得安逸，显得寂寥。那无人处，只属于一个人，属于一份心情。哭也好，笑也罢，都是在深入自己的内心。是回忆，或是体验，一切都由心而生。我就像是一只五彩的蝴蝶，在红尘世界，在自然风光之间，翩翩起舞。或快或缓，翅膀的每一次舞动，都是心里的一片风景！

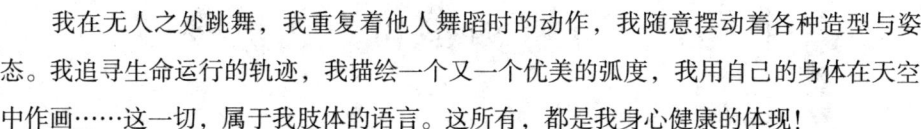

　　我在无人之处跳舞，我重复着他人舞蹈时的动作，我随意摆动着各种造型与姿态。我追寻生命运行的轨迹，我描绘一个又一个优美的弧度，我用自己的身体在天空中作画……这一切，属于我肢体的语言。这所有，都是我身心健康的体现！

　　跳着、跳着，远离了人间，跳出了红尘。没有了算计与安排，放下了各种喜怒哀乐！时光流淌，生命是如此美丽。在只有自己一个人的地方，我越跳越是宁静，越跳越是空阔。灵魂溢到了体外，闭上眼睛也不会迷路，闭上眼睛更是自然。而后，看不到他人，也看不见自己。只有那飞舞的思绪，只有那漫天的绚烂。在这无人处，是最优美的舞姿！

别让"手掌心煎鱼"打倒你

纳兰泽芸

如果你满怀豪情地对某人说，我要成为怎样怎样的一个人，而那人嗤之以鼻地回答你："嗨，你要是能做成，我用手掌心煎鱼给你吃！"

这时候你应该怎么做？

——别让他的"手掌心煎鱼"打倒你！

相信自己，不要怨天尤人，不要说自己没天分，不要说自己没条件……

想想林肯吧。他住在荒野中一个黑洞洞的小木屋里，简陋得连窗户也没有。他的生活里，没有学校、教堂、铁路，没有报纸、书籍，更没有钱。他要在荒野中跋涉50里，才能借到几本书，白天劳作，只能晚上拖着疲惫的身体借着木柴的火光阅读。

窘迫的家境让他一生在学校里只接受了不满一年的教育，不得不休学去挣钱养家，如果这时候，林肯对别人说，我要成为美国总统，恐怕别人说的不仅是"手掌心煎鱼"了，而会骂他"疯子"！

然而，正是这种严酷的环境，磨炼出了一位世界伟人，造就了美国最伟大的总统。也许你会说，林肯的确杰出，但是林肯离我太遥远，对我来说太虚幻。那么，我就对你说一位我们身边的青年吧。但他却又"不平凡"，因为他是一个不肯被"手掌心煎鱼"打倒的人。

他叫梅傲。1999年到2004年的五年间，他是一个整天一身煤灰，只看到两只眼睛在转动的锅炉工。而2011年夏天，他却以笔试面试总分第一名的成绩成为西南政法大学国际法博士，并获一等奖学金，全免3年学费。6年不到的时间，他完成了大学专科、大学本科、硕士、博士四级跳，其间还通过了国家司法考试、证券业从业资格考试。

不知那个当初对梅傲说"你要是能考上，我就用手掌心煎鱼"的人如今作何感想。当有人问起梅傲实现这个比"手掌心煎鱼"更让人热血澎湃的梦想秘诀时，梅傲坚定的眼神透露出刚毅的光，他说："自从到西南政法大学读书的那一天，我就有了

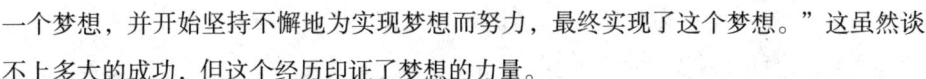

一个梦想，并开始坚持不懈地为实现梦想而努力，最终实现了这个梦想。"这虽然谈不上多大的成功，但这个经历印证了梦想的力量。

不要为自己出身的卑微而抬不起头，不要哀叹自己不如权势之家的孩子那样"有机会"。事实上，如果你仔细观察一番，会发现，凡是做出一番大事业，能够成就自己梦想的人，往往是那些"没有机会"的苦孩子。

如同我们身边这位"平凡"的青年梅傲，出身于四川某偏僻小镇一个普通工人家庭，中考之后考虑到家境，他放弃了读高中，而去读了一所技校，想早点毕业走上社会挣钱。技校毕业之后，他去了一家热电厂锅炉间当了一名锅炉工。锅炉四周是堆积如山的煤炭，到处都是黑黑的煤灰，一把铁火钩就有好几米长，几十斤重。17岁的梅傲刚刚还为自己终于走上社会挣钱而激动不已，转眼就被一瓢冷水浇了个透心凉，即使炉内上千摄氏度的高温散发出来的灼人热浪，也暖和不了他的心。

对于一名锅炉工来说，给锅炉"打焦"是艰苦且危险的活。炉膛内一千多摄氏度的高温，即使离观火孔数米远都感到热浪灼人，更何况是靠近火口？有次梅傲正手拿大铁火钩奋力打焦，突然，一团火煤跳了出来，飞溅到他的手脚上，立刻冒起了一大串大血泡，他咬紧牙关仍疼得流下了泪水。

成天与黑黑的煤灰打交道，成天从里黑到外，要不是两颗会动的眼珠，乍一看就像个"鬼"。这样的生活，梅傲熬了6年，他的内心满是痛苦，满是困惑，他觉得与工作环境的"暗无天日"相比，心里的"暗无天日"让他更加无法忍受。

2004年，22岁的梅傲踏进了位于重庆的西南政法大学大门，他参加了成教学习。他深知自己初中底子，比别人薄了很多，因此学习格外刻苦。没想到第一学期的期末考试，在100多名同学里他的成绩独占鳌头，并获得了奖学金！这给了他莫大的惊喜与信心——原来只要努力，我也能行！

2006年，大学专科毕业之后，他又报了法律系本科自学考试，专业课程总共15科。梅傲第一次报考了9门，一次性全部通过。第二次报考了剩下的6门课程，又是一次性通过！一般人要用三年甚至更长时间才能通过，因为自考难度较大，一定要全部科目都通过才能获得文凭，不少人甚至到最后选择放弃。而他，在短短9个月内通过了所有科目！

旁人只是为他的惊人成绩而感叹。而这9个月所经历的一切，只有梅傲甘苦自知。梅傲以前读书时英语就是弱项，而且只有初中程度，高中阶段是空白。报了本科自考之后，他每天9点到深夜2点进行封闭式学习。尤其是英语，底子差，他规定自己每天必须背300个单词，不完成不睡觉。那年冬天母亲来重庆看他，天很冷，看到儿子深夜还在苦读，母亲很心疼儿子劝他睡觉，他坚决地说："我今天的任务没完成，不能睡觉！"

这样懂事而刻苦的儿子，让母亲既骄傲又心疼，在被窝里悄悄流泪。法律系本科毕业以后，梅傲又有了更高的目标——考上国际法硕士研究生！

周围的人都觉得这是不可能的事，劝他放弃，还有人半开玩笑地说："你要是能考上，我就用手掌心煎鱼！"

但梅傲却不这样看，他感觉自己的心仿佛变成了一支灼热的箭，而考硕士的目标就像那远处的红心，只要自己屏息凝神，全力以赴，灼热的箭头一定会熔化所有阻碍，直取红心。

有人称经历考研就是经历"炼狱"一般的磨难。而这，对于梅傲，更是如此。

多少个深夜，阒寂无声，只听到笔在稿纸上演算的沙沙声；多少个黎明，曙前的"技校生"，终于戴上了沉甸甸的硕士帽，享受国家半公费待遇。读研第一学期，他既通过了国家司法考试，又通过了证券师考试。他还担任研究生部部长，荣获重庆市三好学生。最后以第一名的成绩硕士毕业。

硕士还未毕业，他又向博士发起了冲击。在导师的指导下，他全面向法学的深度和难度挑战。最后，以笔试面试总分第一名的成绩考上国际法博士研究生，并获得一等奖学金，3年学费全免。

他说："在我看来，成功有三个关键词：一是计划，有长期和短期的规划；二是努力，有通向梦想的执行力；三是自信，相信只要努力，自己就能行。"

"泪水与汗水的化学成分相似，但前者只能为你换来同情，后者却可以为你赢得成功。"当梅傲在厚厚的煤灰包围的日子里，他流过泪。但是他终于明白，流泪，是无济于事的。

只有相信自己，只有不让"手掌心煎鱼"打倒你，只有为自己的人生流下足够的汗水，而且，要让这些汗水沸腾起来，才能变成蒸汽产生推动力，推动我们人生的列车一往无前！

我用自考创奇迹

雅　菲

十八岁那年，我落榜了，无钱继续复读的我，在离家乡不远处的一个草原站，做了一名草场看管员。

春天的草原常常狂风大作，看着漫天的黄沙，我的心沮丧到了极点。在上了一个月的班后，我实在坚持不住了，哭诉着给姐姐打了一个电话。

就在我绝望之际，姐姐骑着自行车灰头土脸地赶了过来。看到姐姐我喜出望外，原来姐姐是利用工作的空暇时间来看我的。我让姐姐留下歇息一下，姐姐却说："不了，下午还有事。姐给你报了自考，这是给你的学习资料。"

在我接过布包的时候，发现姐姐的手擦破了皮，渗着殷红的血。姐姐却宽慰地说道："不碍事，路上风大，摔了一跤。还好你的学习资料没有被大风卷跑。"

霎时，我的眼泪滚滚而落，轻轻地拥住姐姐，姐姐含着眼泪，拍拍我的肩膀，说道："人生之路千万条，虽然高考这条路失败了，但只要你敢于面对，自考一样可以拿到学历，一样可以出人头地，姐等你的好消息。"

送走姐姐后，我坐在简易的桌子边，开始了人生的漫长复习。

冬来夏往，几易寒暑。六年后，我终于拿到了梦寐以求的北大学历证书，并顺利地在上海找到了一份令人艳羡的工作。

当我把这个好消息告诉姐姐时，姐姐欣喜地说道："成功属于有志的人，是你的志气和自信战胜了挫折，是你的坚持迎来了胜利，祝贺你。"我说道："难道你就不担心吗？"

姐姐说道："当千军万马过独木桥的时候，千里马也会失蹄。但换一个场地，我相信你定会遥遥领先，春风得意。"

我点头称是，并在心里默默地说："姐姐，谢谢你，其实，是你的爱让我创造了奇迹。"

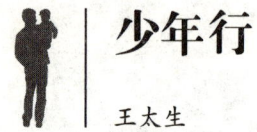

少年行

王太生

人在不同时期，会有不同的出行。少年行，二三少年结伴而游。

关于旅行，梁实秋说，"出门要带行李，那一个几十斤重的五花大绑的铺盖卷儿便是旅行者的第一道难关。要捆得紧，要捆得俏，要四四方方，要见棱见角，与稀松露馅的大包袱要迥异其趣"。这是说成人，少年的身上则不会有这么多的羁绊。

人生的许多第一次，前面的路上，有什么在等待着我们，会发生怎样的故事，就像人生一样扑朔迷离。

舟楫年代，阡陌上依稀稚小的背影，是王维的"咸阳游侠多少年"，行走江湖、风姿勃勃，瘦小而精悍。

一千多年前，天才诗人李白，混搭着游侠、刺客、隐士、道人、策士的多重气质，"仰天大笑出门去"，更是一个人最初的踌躇满志。

人多地少的徽州，少年稚嫩的肩膀，背着行囊，漂泊异乡去经商。那时候，雄鸡尚未打鸣，山还在熟睡，樟树隐在晨雾里。当他坐在山头回望，脚下是一片粉墙黛瓦。

路上永远是美好的，出门要带上四件东西。一要带自信。浪迹江湖是少时的梦里追求，切不可怕怕失失，闪闪烁烁，支吾其词，心有怯怯。二要有方向感。拿着一张地图，胸中辨不清上北下南，左西右东，不知道下一步自己该往何去。三要不耻下问。不论是老者、青年、妇人，还是孩童，只要他站在路边，都有可能知道你所要去的地方。四要像骆驼一样善良，忍饥挨渴，眸子里映着的，始终是前方的路。

少年行，犹如古人穿芒鞋，手执一根竹杖。外表凛然，其实内心不够强大。尚未脱精神哺乳期，需要一种柔韧的扶持支撑，才能走下去。江南好，风景旧曾谙。回想起我的第一次旅行，那还是十八岁，和一个朋友去苏州。游罢沧浪亭、拙政园，在观前街上转悠，晚上睡在北寺塔附近八毛钱的通铺。第二天，顺着沪宁线到无锡。

不再顾忌，衣衫敞散、油光满面，汗流浃背地向前走去，可还是与许多风景错

过。那次，在无锡的运河边，见到家乡的客船，倒是想家了。当我们小心翼翼，试探着上前问路，谁知船上的人异常热情，不仅免了船票，还招待吃喝，把我们捎带回家。原来朋友的父亲是那家轮船公司的。

少年出门，一般去有山和海的地方，那里有爱的朦胧和辽远，在山水间寻找和整理。20岁去黄山，头脑中有一种特别的《山行》，"我没见过山，却常做大山的梦。梦中，你是一条清清的溪流，我是一块冥冥的石头。你说群山是奔马，是凝固的波浪，是沉思的老人。我们一边看山，一边读着山的纹路，山的气度……"

那个"她"，子虚乌有，是旅行过程中产生的浪漫幻想。大海洋溢的是一种永远的青春呼吸。在博鳌的河海分界处，眼前的一片黄沙岗，海天一色的雄浑蔚蓝，细沙与涌浪、美女与野兽、蓝天与碧海迎面扑来。想起离家出门，前面是未知的纷繁世界，回首是梦里依稀的熟悉故乡，但我并不怯懦，如果面前有条船，即便是不会游泳，也会毫不犹豫地跳上船，随打鱼的船民一同出海。

有时候，为了看风景，我们不知此身漂泊何处。有一年，去武夷山，滞留在闽北小城，等车的间隙，我向夜的深处走去，发现游离于时光之外的另一种舒缓。我想起一个诗人的名句："黑夜给了我黑色的眼睛，我却用它来寻找光明。"

少年行，仰天大笑出门去。

西装与衬衫

[英] 爱卡丽　译/谢素军

　　我站在镜子前，不断地端详自己，说实话，我真的很紧张。这次面试对我至关重要，只要打败最后一个竞争对手，那将是人生的新起点。所以，我万事力求完美，每走一步都谨小慎微。

　　坦白说，我有一个致命弱点，就是长相有点儿对不起观众，而据我的智囊团调查，本人的竞争对手来自牛津管理系，据说是个超级大帅哥，闻此噩耗，他们一脸严肃，很是语重心长地对我说，在阿古斯塔·韦斯特兰公司做传媒可是要经常露脸的，这个问题你要认真考虑。

　　整容这种事我是不会干的，身体发肤受之父母，再说，明天就要面试了，也来不及。当然，请不要就此认定我输定了，再怎么说，我也是过五关斩六将杀到最后了，至于形象问题，仙人自有妙计。

　　所谓三分长相七分打扮，按威特斯的话说就是兄弟虽然经不住细看，但那副骨架还是很man（男人）的，配上一套西装，简直活生生就是《黑客帝国》的男主角。这评价或许有点儿水分，但也不无道理，因为女友爱丽芬在帮我穿上那套黑色西装时，脸上那陶醉的表情盖都盖不住，那一刻，我有种"西装一出，谁与争锋"的豪迈。

　　你们已经知道，我是很谨慎地在准备这次面试，所以，关于西装的问题，也许你们已经考虑到一个细节，没错，领带，我是否要给自己配上一条领带，这个问题让我很纠结。

　　女朋友是这样说的，这种面试介于严肃与轻松之间，穿西装那是一定要的，那代表着对面试的重视，但打不打领带就要看阿古斯塔·韦斯特兰公司考官的个人偏好了。这简直就是废话，我在镜子前把领带打上又取下，如此反复，可谓心力交瘁。

　　临近出门，终于决定还是不要让西装与衬衫之间少点儿什么。

　　我西装革履，领带飘扬，但内心紧张，时不时握紧拳头。你们一定想问我面试到底怎么样吧。不要急，作为一个过来人，我想有必要给你们讲讲我的竞争对手。他果

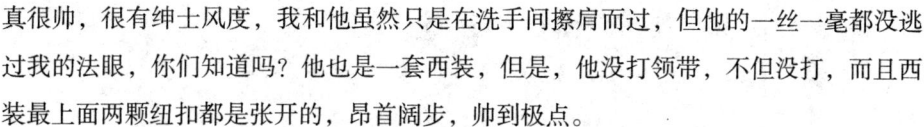

真很帅，很有绅士风度，我和他虽然只是在洗手间擦肩而过，但他的一丝一毫都没逃过我的法眼，你们知道吗？他也是一套西装，但是，他没打领带，不但没打，而且西装最上面两颗纽扣都是张开的，昂首阔步，帅到极点。

我突然有点儿后悔，还是不打领带好啊！我的西装与衬衫之间虽多了条领带，但少了种洒脱，亡羊补牢，或许未晚，我在洗手间利索地把领带解了下来。如果你认为我的举动有东施效颦的味道，我也无话可说，你也可以骂我卑鄙，但我告诉你，如果你知道接下来发生的事情，一定会原谅我所做的一切。

那个叫斯蒂芬的考官竟然叫我们两个同时进去，说互相先认识一下。我们都是读书人，礼貌性的问候还是很客气的，但当我们双手紧握，脸上却并没有露出职业性的微笑，而是一脸僵硬，可谓大失风度。

你一定猜不到，他竟然不知何时打上了领带，而他也一定迷惑我什么时候解下了领带，当然，短暂的尴尬后，我们很快便恢复常态。

幸好，故事的结局是一场喜剧，我们两个人都被阿古斯塔·韦斯特兰公司录取了，如今，想起那次面试，我和他总会哈哈大笑，西装与衬衫之间到底少了什么？其实只有两个字：自信。

林书豪的中文奖

[美] 布鲁泰斯　译/谢素军

　　从全球各大报纸杂志的报道可以获悉，林书豪的中文实在是够烂，当然，这并不能阻挡十几亿人对他的无限追捧，我之所以在背地里说这位华裔球星的坏话，不是嫉妒，更不是要哗众取宠，而是发现里面的确有点儿东西不得不讲讲。

　　美国《NBA特刊》里面有描述这样一个细节，林书豪在帕罗奥图市的帕罗奥图高中就读时，曾参加过校内的一个中文夏令营，而且连续参加了三届，但更为惊奇的是，据当时的组织者西勒尔先生透露，林书豪的语言天赋很是"一般"，每届都是勉强"及格"，林书豪之所以能够连续三次参加，只是因为他是NCAA（美国大学体育总会）的明星，夏令营常常因为他的存在而进行得更为火爆。

　　只不过，林书豪本人不这么认为，他在自己博客里记录的一句话曾被帕罗奥图高中的校刊摘录："我之所以对中文夏令营乐此不疲，不是因为有着强烈的中国情结，而是我不相信自己拿不到中文奖，我一定要拿到。"

　　在球场上，最重要的就是自信和执着，林书豪具备这种气质，但这种气质却并非完美无瑕，如果在生活中有一样东西他无论怎么努力都得不到，或者说，他根本就没有这方面的天赋，那么，这种打击会摧毁一切的优秀，让整个人沉沦下去。林书豪学不好中文，《时代周刊》记者奈安娜从林书豪的母亲吴信信那里得到证实："我从未责怪他，在中文的学习上，我愿意不择手段地去满足他。"

　　为什么用"满足"来形容自己儿子的语言学习，我们暂且不提，如果大家细心的话，一定可以看到《时代周刊》中列举的林书豪所获奖项里面，竟然有一项是"中文奖"，而颁发的单位正是帕罗奥图高中。

　　这岂不与如今中文很烂的报道大有出入？这个问题并不只是我一个人看到了，《NBA特刊》自述栏目这期选了林书豪的故事，而故事的亮点正是那个中文奖。

　　多年以后我才知道，林书豪坦然解释："当时的情景我记忆犹新，高三毕业前七天，西勒尔先生打电话给我，说中文夏令营决定给我颁发一个奖项，他让我猜是什么

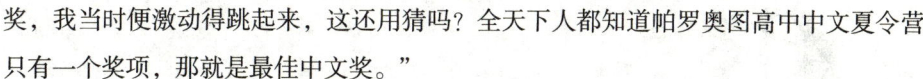

奖，我当时便激动得跳起来，这还用猜吗？全天下人都知道帕罗奥图高中中文夏令营只有一个奖项，那就是最佳中文奖。"

你们千万不要以为学校是可怜林书豪，在美国，这一切都是讲原则的，所有奖项的颁发都遵循一个最基本的原则，那就是对获奖者有利，对学校有好处。或许你们无法相信，吴信信女士为了让自己的儿子把自信带到哈佛，带到人生的每个阶段，竟然给帕罗奥图高中捐助了两百万美元，并陈其利害，要求学校给儿子颁奖。

这个中文奖到底合法与否，现在看来并不重要，关键是它合情合理，事实也的确证明，当林书豪多次被NBA各球队"踢皮球"时，他所表现出来的永远是自信，他对篮球的执着终于在这个赛季爆发，无数的奖项也纷至沓来，但是，谁又会知道，这位年轻的球星最喜欢的奖项竟然是高中时代的那个中文奖，而且，获奖的过程还不那么光彩！

# 伞

[英]费德罗·约翰斯　译/谢素军

早在来英格兰之前，我就听说剑桥镇四季多雨，但我万万没想到，小镇的雨是如此频繁，伴着阵阵雷声，一下就是半个月，没有伞是绝对不行的。

但是，我没伞，两年来从未有过一把伞，所以常常被淋得像个落汤鸡。当然，并不是没有伞卖，而是我很不习惯，拿着一把伞在路上，总觉得别扭。同学说："约翰斯真是洒脱呀！"我听了只是微微一笑，洒脱的又何止我一个，走在剑桥大学的校园里，不打伞的同学满地皆是。

淋雨的心情是复杂的，到底是要狂奔还是悠然自得地在雨中散步，我很矛盾，但看到那些同样不打伞的人我就释然了，小雨散步，大雨狂奔，一阵狂呼中，大家欢天喜地各奔去处，还颇有一番意境。

在我的记忆里，印象最深的一场雨发生在去年暑假，同样是没有伞，但遭遇的那场雨却特别大，我在图书馆门口徘徊了很久，到底要不要来一场引人注目的雨中狂奔，看着有伞的同学骄傲地撑开一把把伞，红蓝绿紫煞是好看，我一下子便变得伤感起来，伞于我而言，到底有多重要？

可惜，我还没来得及思索，就被一声轻轻的问候惊醒了，一位可爱的小师妹问我："要不要一起撑伞回去？"人家一片好意，我当然没理由拒绝。也就是那一天，两个人走在雨里，我突然发现，有伞的感觉真好，不管风吹雨打，胜似闲庭信步。简简单单的一把伞，可以为我遮去风雨，也免却了许多烦恼。

对伞的认识加深了，但我依旧没有去买一把，因为如今的我，每每遭遇风雨，那个小师妹，也就是我现在的女朋友，总会及时地来到身边，两个人紧紧依偎在伞下，风景虽然没以前那么开阔，但温馨却增添了许多。望着身边没伞的同学，我总会忍不住狂呼："喂，快跑哦！努力跑哦！"

没有伞的孩子必须努力奔跑，这是我作为一个过来人的深切感悟，两点之间，当你遭遇风雨，千万不要抱着侥幸之心稍有停留，风雨从来不讲感情，只有用力狂奔，

用最快的速度到达目的地，才能最好地保护自己。

　　我想有把属于自己的伞，这个念头来得很突然。上个周末，女朋友说，去面试，带把伞吧，别淋出病来了。我笑笑，自信地告诉她，自己很强壮，放心。可惜，等面试结果公布后，我却大失所望，明明自己排在第一位，却偏偏被刷了下来，所谓的皇家直属（英国皇家直属的一种安全单位）还大牌得很，竟不给任何理由。望着那些成功者被一辆辆小轿车接走，我忍不住哀叹，伞这种工具，其实有很多种，它不仅可以遮风挡雨，还可以为一个人的前程铺平道路。

　　淋了一场雨，我竟然大病了一场，女朋友每天守在我身边，对我说，不管外面风雨有多大，她都会陪我一起地老天荒。我点点头，紧紧握住她的手，那一刻，伞于我而言，已经不再是一把伞那么简单，不仅仅是因为它连接了两个人之间的感情，更因为在茫茫人海中，它可以给每一位有爱的人带来希望。

每一个人都是可以被激励的

段奇清

　　她从小就长得很瘦，后来，她的个子虽说长得还挺高的，可依然瘦。人们于是开始叫她"绿豆芽"。这不仍然是说自己长得丑嘛！本来就一直不自信的她更是自卑得不行。

　　她总算有了自己的梦。还是她在上小学、初中时，爸爸总要求老师们能多让她发言，就是这样一些锻炼，使得她的普通话讲得很标准，朗读及作文也很突出。她也就被选为校广播站的小主播。

　　1996年，高考前夕，爸爸拿回一本《高考学校报考及填报志愿指南》。她随手翻阅着，突然，她的目光就被"北京广播学院"几个黑体字吸引了。爸爸鼓励说："既然你喜欢，你就去考一下试试吧！"

　　她的家在沈阳，按规定她得到当地一所学校报名并参加前三轮的考试。第二天，当她到了学校后，那刚刚萌生出来的一点儿梦的芽儿就被自己自卑的寒霜一下子击倒了。那可是3000多人争夺10个名额呀！"我平时跟人说话都胆怯，我敢与这些人去竞争吗？"于是她瑟瑟地退了回来。

　　得知她根本就没敢报名，爸爸并没有给她施加过多的压力，只是与一旁的妈妈叹气："如果她连试一试的勇气都没有，说明她不打算替自己争取，我还有什么可说的呢！"就是这样的几句话，深深触动了她，让她又增添了去试一试的勇气。

　　第一轮考试很顺利地通过了，复试接着也过了关。然而在要进行第三轮考试时，她却又打退堂鼓了。原来第三轮考试要去辽宁电视台录像。

　　爸爸妈妈对她的决定，也没说什么。只是在考试那天，妈妈就拉着她上街买东西。东绕西拐的，母女俩居然就到了辽宁电视台大楼。她蓦然想到，那大楼中本应该有自己的一席之地啊，可惜自己轻易就把它放弃了！她忍不住后悔地对妈妈说："也许我不应该放弃。不管结果怎么样，我都应该坚持到最后。"妈妈说："是啊是啊，做事要善始善终，抱着负责任的态度才行。"就这样，没做任何准备的她就进入了考

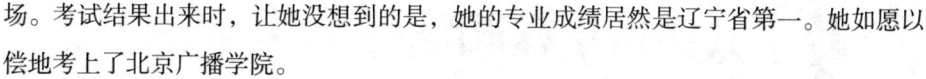

场。考试结果出来时，让她没想到的是，她的专业成绩居然是辽宁省第一。她如愿以偿地考上了北京广播学院。

其实，那天母亲领着她东逛西走，结果却来到辽宁电视台，就是她爸爸一手安排的。2000 年临近毕业时，她的实习单位就是她梦寐以求的中央电视台。那时中央电视台正筹备开辟一档叫《国际时讯》的资讯栏目。她是以首选人员参加实习的。只要她有一点儿差错，那位置也就得易主了。她忍不住又给爸爸打电话："我很担心自己出差错。"

爸爸却在电话那端告诉她："你不能给自己太大压力。越是压力大的时候，你越是要让自己放松下来，过度紧张，反而不利于自己水平的发挥，就像一块坚硬的土地，即使撒下再好的种子也很难生根发芽。"就是这句话，她明白了这些年来爸爸在教育自己方面的良苦用心——

其实，爸爸又何尝不是在给自己传授一种人生的经验与理念啊！一个人面对压力的时候，要在充满自信的前提下，做到努力放松自己，这样才能少犯错误获取人生的成功。

就是这样，一个自卑的"丑小鸭"，成为中央电视台的中坚力量，是公认的台里最漂亮的女人。

她就是李梓萌。

每一个人都是可以被激励的，即便自卑得总想一次又一次逃离自己梦想的土地，但只要那片土地不太坚硬，也就是说总能做到循循善诱，总让她处在一个适度宽松的环境中，那她也照样能够扎下希望的根来，成长为令人瞩目的栋梁之材。

其实当年我很酷

田 野

　　2010 年央视春晚，王小利在小品《捐助》中扮演的白闹逗得观众捧腹大笑，平均每6 秒钟就要爆发一次掌声。随后，《乡村爱情故事》在央视播出，王小利扮演的刘能再次引起了观众的关注，赢得了数以亿计的粉丝。于是，一个光头、结巴、幽默的丑角笑星呼啸而出，红遍了大江南北。

　　1969 年3 月12 日，王小利出生在黑龙江省大庆市林甸县一个民间艺人家里。上学的时候，王小利并不是一名好学生。因为学习成绩差，王小利上到初中二年级就辍学回家，跟着父母走村串户唱二人转。王小利虽然长得不是那么酷，但是，他很自信。他凭着一副好嗓子，很快就成为林甸民间舞台上的小明星。王小利并不满足自己的成就。2000 年，王小利要跳出林甸，跳出大庆，到长春去演出。这时候的王小利已经结了婚，并且有了一个儿子。妻子是王小利的二人转搭档，对他的能力了如指掌。她不同意王小利离开林甸。因为，她知道，王小利再红，充其量不过是一个小县草台班子中的草根演员。但王小利坚信自己天生是一个演戏的料，他一定能够成功。为此，夫妻俩大吵一架，离了婚。

　　王小利独自来到长春，很快就凭着一副好嗓子在长春站住了脚。可是，王小利并不满足现状。他要找一个好搭档，进驻长春和平大剧院。长春和平大剧院是东北有名的剧院，以唱二人转著名。王小利这个愿望也有点太大了。一次，王小利与一位同行打台球。王小利再次对同行抱怨搭档难找。这位同行戏弄王小利，对王小利道："辽宁有个叫李琳的，二人转唱得好，你去把这个大美女追到手，一定能红！"王小利一听，还真的背着一根台球杆子，到辽宁去了。

　　王小利来到辽宁沈阳，才知道自己与李琳的距离太大了。李琳是科班出身，芳龄20 岁，又是沈阳电视台二人转节目里的名角。王小利比李琳大11 岁，离过婚，王小利这头老牛要想吃到李琳这棵嫩草，真是比登天还难。可是，王小利很自信。他认为自己年龄虽然比李琳大，但是，自己的嗓子好，扮相酷，一定会成功！他通过关系，

先认识了李琳的父亲。李琳的父亲是一个二人转迷，王小利很快就把老人"摆平"了。有了这个基础，王小利又顺藤摸瓜，把李琳追到了手。

王小利有了李琳，事业如日中天。他带着李琳回到长春，很快与和平大剧院签了约，接着又上了央视《梦想剧场》，再接着，通过高秀敏牵线，拜在了赵本山门下，成为赵本山的第五位弟子。

《乡村爱情故事》拍摄的时候，赵本山原本没有打算让王小利上。那个刘能的角色是给范伟留的。可是，范伟因故不能参加。赵本山一着急，就给了王小利。王小利看了剧本，就愣住了。刘能是一个重要的人物，戏很多。还有，刘能是一个结巴，演好刘能，就要学会结巴。可是，说结巴话是范伟的专利，要想成功，不能学范伟，必须结巴出自己的风格才行。王小利不停地琢磨，还真结巴成功了。

于是，一个光头、结巴、幽默的刘能赢得了观众的认可。在2010年春晚之前，赵本山曾经多次预言："2010年，王小利必火！"

春晚过后，《乡村爱情故事》又在央视连播，王小利不火也很难呀！谈起当年追老婆的经历，王小利用剧中角色刘能的腔调说："其……其实，我当年……那……可……可是酷……酷毙啦……"

其实当年我很酷！这虽是王小利的一句戏话，但是，这句话却道出了王小利成功的秘诀：一个人长相好坏基础高低并不重要，关键是要有一颗自信的心！

他们凭什么脱颖而出

白露为霜

这是一个竞争激烈的社会，任何一个工作机会都会引起许多人的关注，可为什么有些人能够超过别人被用人单位接受呢？究其原因是他们有不同的过人之处，不但看得准，看得清，而且坚持自我、乐观自信、勇于表现、善于把握机会，这些成功者的特质，能够让他们脱颖而出。

蒋雯丽：不卑不亢被看重

蒋雯丽中专毕业后，被分配到了化工厂做抄袭员。不甘平庸的她开始留心其他职业准备跳槽。她并没有急于求成，而是在尽力做好本职工作之后，利用业余时间进行职业规划。她觉得自己的外形和良好的表达能力适合做演员，于是，她便毫不犹豫地开始利用业余时间继续充电，将重心放在了演员这个职业上。

天分加努力，让蒋雯丽很快便充满了信心。

这时，恰好北京的一个剧组正在招人，她知道之后，立刻赶了过去。应聘人数之多，远远超乎她的想象，如果没有特殊的能力，很难在如此多的竞争对手中脱颖而出。轮到蒋雯丽上场的时候，她并没有选择唱歌跳舞来展示自己，而是主动要求考官说出一个题目，她再根据这个题目现场自编自导自演一段小品。

考官随口说出一个题目，蒋雯丽几乎连想都没想便立刻将一个感人的场景演绎了出来，在场的所有人都惊得目瞪口呆！性格鲜明的蒋雯丽给大家留下了极其深刻的印象。她被当场通知可以参加复试。

复试那天，应试者们八仙过海，各显神通，考官们一杯水还没喝完，便会同时有七八个人抢着倒水，以期给对方留下好印象，蒋雯丽则稳坐在一旁耐心等待自己上场。到她面试的时候，考官并没有考她专业技能，而是出人意料地问她为什么没有像其他人那样为考官们添水。蒋雯丽不卑不亢地告诉对方："我努力让自己发挥出色，就是对各位考官最好的回报了。你们希望见到的，应该是每个人优秀的发挥，而不是其他。"一席话说完，考官们面面相觑，短暂的沉默之后，当即通知她第二天就可以

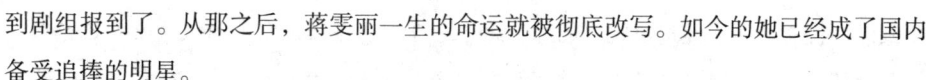

到剧组报到了。从那之后，蒋雯丽一生的命运就被彻底改写。如今的她已经成了国内备受追捧的明星。

蒋雯丽的成功至少给我们三点启示：一是在选择职业和面试前，一定要有所准备，挖掘自己的优势，突显特长；二是面对难得的机会，要把自己与众不同的特长发挥出来，这才是最智慧的；三是面试时不卑不亢、个性鲜明的人更容易得到他人的尊重和青睐。考官们招聘的不是一个工作机器，而是一个有理性、有独特个性、能创造价值的人。所以，人的品质是最被看重的。

黑海涛：无人引导就毛遂自荐

20世纪90年代中期的一天，"歌王"帕瓦罗蒂到北京音乐学院参观访问，很多有头有脸的人都想让他收自己的子女为徒，便请他听自己子女唱歌。帕瓦罗蒂出于礼节，只得捺着性子听，一直没有表态。

黑海涛是农民的儿子，凭着自己的刻苦努力考入了这所著名的音乐学院。他也想得到帕瓦罗蒂的指点，但他知道自己没有背景，没机会在大师面前演唱。难道就让这样好的机会白白从眼前溜走？黑海涛不甘心。他灵机一动，就在窗外引吭高歌帕瓦罗蒂的经典曲目《今夜无人入睡》。

一直茫然的帕瓦罗蒂立即有了反应："这个年轻人的声音像我！他叫什么名字？愿意做我的学生吗？"

黑海涛就这样幸运地成为这位世界"歌王"的学生。要想毛遂自荐获得成功，你至少应具备三大要素：一是胆大心细，一有机遇，就要适时果断出击；二是表现方法独特，能够一下子就吸引考官的注意；三是真才实学。如果没有真功夫，就是唱破了嗓子，也没人理你。

所以胆量是前提，技巧是关键，水平是保证，三者缺一不可。

李咏：急中生智耍幽默

毕业于北京广播学院播音系的李咏平时喜欢看新闻，没事的时候手中常拿一台小收音机，听天下大事，了解世界动态。没想到，这些平时的见闻积累，为他的求职带来了帮助。

1991年7月，李咏毕业了，正巧这时中央电视台来北京广播学院招聘主持人，李咏积极地投递简历。经过电视台的筛选后，李咏的名字被画在了面试人员的名单中。

面试那天，中央电视台把内部的闭路电视全部开通，台里所有的人都能看到面试考场的画面：考场的台下黑压压的全是人，初出茅庐的李咏有点慌。他及时调整自己的心态，随着面试的进行，李咏逐渐适应了这种场面。

当时海湾战争正在进行，考官就问海湾都有哪些国家，李咏搜肠刮肚说了一些，唯独少了伊拉克，台下马上就有人质问，李咏想都没想，脱口而出："联合国正制裁呢，那是'敌'国呀！"

一句话，台下的人全乐了，李咏由此给考官留下了深刻的印象，顺利地进入了中央电视台，而他的幽默，也为今后成就事业奠定了坚实的基础。

其实，李咏的辩解可以说是答非所问、风马牛不相及，为什么效果却出奇地好呢？这是因为中央电视台招的是主持人，不是历史学家。考官要的就是应聘者处理危机时的镇静自若、答辩时的反应敏捷以及潇洒的台风，哪管你答对答错呢？

所以，应聘者在面试遇到危机时，要镇定自若，尽自己的最大努力见招拆招，不要太计较答对答错。因为也许面试题有时根本就没有正确答案，或不看你的答案，而看你答题的表现呢！

没有丑女孩儿，只有懒女孩儿

邓小远

在校园里，常有一些自以为"丑"的女孩，觉得自卑，小洁就是其中的一个："同学说我很丑又很胖，穿衣服不好看，经常在背后议论我，同学都用异样的眼光看我，尤其是那些男同学，特别讨厌我，我也非常恨他们，我不想跟他们说话，我不喜欢这个班，很想调到别的班。"

小洁平时在学校独来独往，不愿意跟任何同学打交道。把自己封闭在自己的世界里独自伤悲。小洁说："本来我并不觉得自己很丑，只是不漂亮而已，可能是我不会打扮，平时有些邋遢，上高中以后，在他们的影响下，我越来越觉得自己真的很丑，现在我连镜子都不敢照，厌烦自己的样子，我很气愤！"小洁因此而产生报复心理，但凡别人看她一眼，她都认为别人是在嘲笑她的相貌，而对别人恶语相加。

班主任不明就里，找小洁谈话，语气里充满责备，这更让小洁气愤，甚至产生了厌学心理。每个女孩到了十四五岁，便开始对自己的相貌在意起来，爱美之心人皆有之，无可厚非，但是美并不只是容貌的靓丽、吹弹可破的肌肤、窈窕的身材、挺拔的鼻子、星星般的眼睛。美的姿态有千种，最基本的就是整洁，纯净，自然。而有的女孩认为自己"丑"，便放弃了对美的追求，一边在穿衣仪表方面听之任之，不求讲究，一边抱怨人人都在嘲笑她的样子，连心仪的人也从来不把目光落到自己身上，自尊心受到打击，甚至会生出激烈的对抗方式。

《粉红女郎》里面的万人迷说，这个世界上没有丑女人，只有懒女人。在现实生活中，即便是美若天仙的女孩，也敌不过邋遢的习惯。要知道美的对立面不是丑，而是邋遢与自卑。

怀揣一颗坦然的心

崔鹤同

那是一场规模很大规格很高的电视模特大赛。

20位模特儿在参加完第一轮比赛后，主持人说："这一轮我们评选一名最差的模特儿。"

现场观众和电视机前的观众都感到诧异，以前的大赛都是评前几名，但从来没有一次大赛评选最差的。

经过评委和工作人员的紧张忙碌，最差模特儿被评了出来。主持人当场宣布并请最差模特儿向前一步，大家都为那位女孩难过。

在数千万观众的注视下，她面带微笑从模特儿队伍中走了出来。

这时主持人和评委都你一言我一语轮番对她进行点评："你的表情不够自然"，"你的着装搭配不够合理"，"你的内在气质不足"，"你的上镜效果不佳"。面对这些与其说是点评不如说是责难，女孩却始终面带微笑，只静静地听着，很大方得体地点头，并且很礼貌地说："谢谢！下次我一定会注意。"

就这样，众目睽睽之下她微笑着听着，真难为她了。

其他的模特儿有的居然笑了起来，这种笑是一种幸灾乐祸的笑，是一种落井下石的笑，是一种少了竞争对手、有望获得胜利的暗自庆幸的笑。

而这位女孩，却神态自若地面对最差，以微笑来接受评委们的意见去迎接第二轮和第三轮的比赛。

观众都以为这个女孩会心灰意冷、自暴自弃。可她的表现却一次比一次好，到最后她夺得了冠军。

事后有记者问她，你如何能正确面对评委们的责难。她笑着说："因为我怀揣一颗坦然的心。"

她就是吕燕。2000年11月，她代表中国参加世界超级模特大赛，一举夺得大赛的亚军。这是中国模特取得的最好成绩。如今她是中国首席模特，2009年被获封为60年

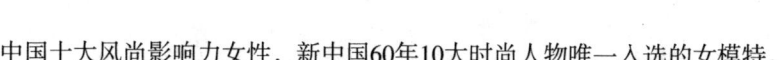

中国十大风尚影响力女性，新中国60年10大时尚人物唯一入选的女模特。

其实第一轮评选最差是评委们设计的一个陷阱，旨在考验最佳模特的心理素质，如果她过不了这一关，冠军便会失之交臂。

坦然是一种从容，也是一种自信。如潺潺溪流，如巍巍山岳。

唐代文学家韩愈，在初次应试时曾名落孙山。但他毫不气馁，坚信自己写文章的水平和能力。在后来的应试中，面对同样的考题，他把上次写的文章一字不落地再次写出呈上，竟金榜题名。同时代的刘禹锡，被贬长达23年之久。但他仍振作豁达，心存坦然，"沉舟侧畔千帆过，病树前头万木春"，"种桃道士归何处，前度刘郎今又来"便吟出了他的乐观与坦然。

拥有溪流般的从容，拥有阳光般的自信，人生的脚步便会更加坚实，更加稳健，便会迎来天高地阔，柳暗花明。

"背包客" "闯进" 美国名牌大学

崔鹤同

　　缪茹这孩子，虽说是独生女，但父母也从不娇惯。因妈妈在星级酒店工作，常常早出晚归，许多事都让她自己动手解决，从小就让她学会独立，这也养成了她活泼开朗、敢作敢当的秉性。

　　缪茹从小就喜欢跟着妈妈到酒店去，东瞧瞧，西看看，对富丽堂皇的酒店里的一切，都充满了新奇。年深月久，对于酒店就有一种特别的情感。她曾梦想着，将来要超过妈妈，管理好多好多漂亮的大酒店。

　　随着一天天长大，缪茹对酒店的喜爱与日俱增，从事酒店管理工作的愿望也越来越清晰、越来越强烈。进入高中以后，学习之余，她最大的爱好就是旅游。当然，主要目的是观赏和考察各具特色的酒店，并把不同风格酒店的饮食和住宿细节等方面的内容仔细记录下来。由于父母平时工作忙，她就自己变身"背包客""独闯江湖"，四处旅行。对此，她身边的不少同学和朋友都觉得这个"独行侠"有点怪异，"不务正业"。而她的父母却"悉听尊便"，并不干涉，只是嘱咐她一些注意事项。

　　但在高一暑假时，当她发现美国布朗大学有一门为期一个月的体验课程时，激动不已，决心前往。爸妈考虑到她年龄还小，路途遥远，并不赞成她的这趟"游学之旅"。但最终要强的她还是瞒着家人，自己办理申请并只身一人飞往布朗完成了整个体验课程。回来后，父母也没有责备她，还暗暗称赞她的勇敢精神。这次"单飞"回来之后，到了高二，她就下决心要出国求学，而且她的"主攻"目标就瞄准了美国著名的"常青藤联盟"高校之一的康奈尔大学的酒管专业。父母也很支持。于是，在高二升高三的"黄金暑假"，同学们都在抓紧分秒补习功课时，她却兴致勃勃地选择到国际青年旅舍实习"热身"。

　　成绩关过了。今年2月，进行申报面试。面试地点是在上海一座豪华的办公楼内。缪茹对妈妈说，自己报考的是酒店管理专业，应该与普通专业有所区别，要显得郑重些，给面试官留下个好印象，应该穿"职业装"。妈妈也点头称好。于是她没有

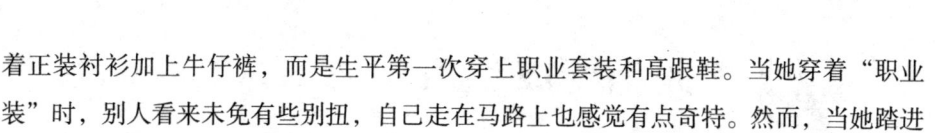

着正装衬衫加上牛仔裤，而是生平第一次穿上职业套装和高跟鞋。当她穿着"职业装"时，别人看来未免有些别扭，自己走在马路上也感觉有点奇特。然而，当她踏进办公室时，与同样西装笔挺的面试官交流时，一切都变得恰如其分了。

当时面试缪茹的是一位康奈尔毕业的校友，现在已经在一家酒店任职副总的德国人。与来自学校的面试官相比，这样一位有丰富酒店管理工作阅历的校友显然更难"应付"。但缪茹机敏过人，在常规提问结束后，她"反客为主"向这位校友抛出了一连串问题。"您在校期间有没有体验过康奈尔的'爬树课'？""在进康奈尔'酒管专业'前要做哪些准备？"在一轮"主动出击式"提问后，不仅拉近了和面试官的距离，也让面试官看出了这个中国的小姑娘可是做好了"预习功课"有备而来的。其实，这正是缪茹的"游学之旅"帮了她的大忙。

缪茹在康奈尔大学的自荐材料中，将自己到青海旅行看到朝圣时的一段感悟也写入其中，受到了校方老师的认可和青睐。美国院校历来很重视学生的独立性和积极的生活态度，所以缪茹的一些独自旅行的经历也成了她申请康奈尔大学的"敲门砖"。18岁的她已被美国康奈尔大学酒店管理专业录取。这事，在南京一中被传为佳话。

把眼泪变成钻石

崔鹤同

一个女孩，1976年出生在美国的宾夕法尼亚州的艾伦敦市。父亲是从爱尔兰移民来的泥瓦匠，母亲是一个售货员。她出生时小腿就没有长腓骨，已完全丧失了行走的功能。一岁生日那天，她被截掉了膝盖以下的小腿。女孩刚懂事时，母亲就对她说："孩子，你生来就是为了历经不平凡之事的。悲伤没有用，你要把眼泪变成钻石。"

女孩记住了母亲的话，一扫悲悲切切的阴霾，变得活泼开朗起来，充满了挑战和冒险精神。

然而，那时当地的诸多工厂纷纷倒闭，一场"美国梦"被残酷的现实击得粉碎。父母不能为她提供良好的教育环境，更别提时时保护她不受外界侵害了。但是，父母却没有丝毫地娇惯她，而是教育她和其他所有孩子一样去上学。随着身体的发育，她的残肢必须进行相应的修正，为此，她总共接受了5次矫正手术。因为她长着棕色的头发，因为她跑得慢，因为人们爱拿异样的眼光看待她，所以，孩子们总拿她取笑。为了释放精神上的压力和烦恼，她就泡一个热水澡，然后就是和两个小弟弟踢球或是去骑车。为了增强体力，她每周日起床后都要做104组"醒神操"。

上大学时付不起学费，她听说国防部在乔治敦大学开设了一项国际关系奖学金后，她果断地报了名，结果成绩优异如愿以偿。而且，她还有幸结识了一名优秀的田径教练老师。那位老师对她说的第一句话就是："嗨，强壮的小姑娘！"这给了她巨大的鼓舞，使她眼前一片光明。老师教她练跑步和跳远。

有一次她参加学校的田径赛100米跑，跑到一半，她的义肢突然掉了，她重重地摔倒了。所有的人也惊诧不已地望着她，她看了看老师，老师纹丝不动，只是挥了挥手，叫她装上义肢再跑。后来，老师对她说："人生也如赛场，停顿只有失败。"从此以后，女孩更加顽强，不屈不挠。

后来，她第一次参加全国田径赛就打破了100米跑国家纪录。这也点燃了她征战亚特兰大残奥会的渴望。果然，1996年，20岁的她，用碳纤维特制的义肢刷新了两项

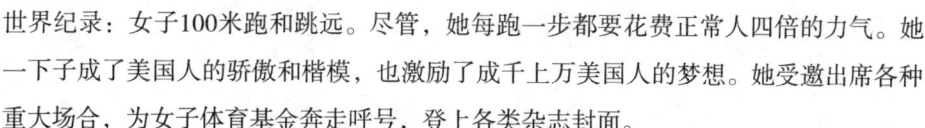

世界纪录：女子100米跑和跳远。尽管，她每跑一步都要花费正常人四倍的力气。她一下子成了美国人的骄傲和楷模，也激励了成千上万美国人的梦想。她受邀出席各种重大场合，为女子体育基金奔走呼号，登上各类杂志封面。

1999年，英国服装设计大师亚历山大·麦坤邀请她为服装模特。T台上，她那高高的木质义肢像双靴子一样，她又显得那样从容不迫，仪态万方，婀娜多姿，令人赞叹不已。走秀后，很多人到后台向她祝贺。

如今，她已是名扬世界的残疾模特，她叫艾米·穆林斯。

现在，艾米又荣登全球知名化妆品牌欧莱雅形象大使的宝座。有人说，艾米是一出戏，一个传奇。艾米说："真正的残疾是被击败的灵魂。"只要灵魂不败，就有成功的希望，就能把眼泪变成钻石，活出光辉灿烂的自己。

人生总有机会

崔鹤同

一个女孩，1973年2月6日出生在河南郑州，父母都是乒乓球高手。似乎遗传，女孩从小就爱打乒乓球。然而她个子矮，手脚粗短，最终身高仅1.55米，似乎不是打乒乓球的料，根本不符合体校的要求，体校的大门没能向她敞开。于是，年幼的她就跟父亲学起了乒乓球。

刚开始练球时，她站在球台前，就只能露出一个小脑袋，父亲找来木板垫在她脚下，才勉强够得着。因为她的个子长得慢，身矮臂短，防守显然困难，父亲就专门教她练进攻，"女攻父推"或者"父女对攻"。也就是说，只练进攻并不练防守。长球攻，短球攻；高球攻，低球攻；右方攻，侧身攻；能攻的攻，不能攻的也要攻。而且，父亲规定她每天在练完体能课后，必须还要做100个发球接球的动作。女孩虽然只有七八岁，但为了能使自己的球技更加熟练，基本功更加扎实，便在自己的腿上绑上了沙袋，而且把木拍换成了铁拍。

这对一个孩子来说，不但会使身体备受煎熬，心理方面也要承受巨大的压力。小小的她，每闪展腾挪一步，都显得举步维艰！腿肿了！手掌磨破了！这是家常便饭！但她从不叫苦、不喊累！负责训练的父亲，有时心疼得掉眼泪！

付出总有回报，由于她的勤奋执着，10岁的她便在全国少年乒乓球比赛中获得团体和单打两项冠军。她就是邓亚萍。

进入国家队后，邓亚萍都是超额完成自己的训练任务，有时为了训练经常误了吃饭，她就自己泡面吃。在队里练习全台单面攻时，她依旧往腿上绑沙袋，而且面对两位男陪练的左突右奔，一打就是2个小时！在进行多球训练时，教练将球像连珠炮一样打来，邓亚萍每次都是瞪大眼睛，一丝不苟地接球，一接就是1000多个。她每天接球打球1万多个！

凭着苦练，以罕见的速度，无所畏惧的胆色和顽强拼搏的精神，邓亚萍获得过18个世界冠军，连续2届获得4枚奥运金牌。她是第一个蝉联奥运会乒乓球金牌的球手，

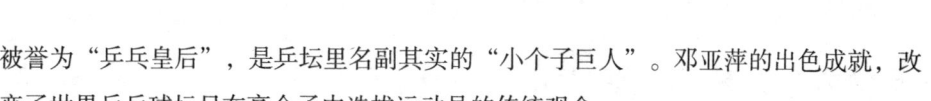

被誉为"乒乓皇后"，是乒坛里名副其实的"小个子巨人"。邓亚萍的出色成就，改变了世界乒乓球坛只在高个子中选拔运动员的传统观念。

1996年年底，邓亚萍被提名为国际奥委会运动委员会委员。这既是国际奥委会的重用和信任，也是一次严峻的挑战。奥委会的办公语言是英语和法语。然而，这时她的英语基础几乎是零，法语也是一窍不通。

1997年后，她先后到清华大学、诺丁汉大学和英国剑桥大学进修学习，并获得英语专业学士学位和中国当代研究专业的硕士学位，后又获得经济学博士学位。她用心血和汗水又一次证明："运动员不仅能够打好比赛，同时也能做好其他事情。"

2002年，邓亚萍在国际奥委会道德委员会以及运动和环境委员会两个委员会担任职务；2003年，她成为北京奥组委市场开发部的一名工作人员，并出色地完成了2008年北京奥运会期间所担任的工作。

2009年4月16日，她就任共青团北京市委副书记。

2010年，她被任命为人民日报社副秘书长、人民搜索网络股份公司总经理。

从所向披靡的金牌运动员到一心向学的学生，从响当当的博士到勤勤恳恳的政府公务人员，邓亚萍职场生涯的每一次华丽转身都扎扎实实、可圈可点。

邓亚萍说过："因为我矮，所有来球对我来说都是高的，都是进攻的机会。"

在前进的道路上，都会遇到困难和挑战，只要我们奋勇向前，不屈不挠，把劣势变成优势，人生总有机会，去赢得成功和辉煌。

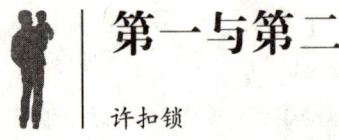

第一与第二

许扣锁

为什么NBA职业篮球高手"飞人"迈克尔·乔丹的表现远远优于其他运动员？为什么他能多次赢得个人或球队的胜利？是天分吗？是球技吗？抑或是策略？在一次谈话中，乔丹解释说："NBA里不乏有天分的球员，我也算是其中之一，可是造成我跟他们截然不同的原因是，你绝不可能在NBA里再找到像我一样这么拼命的人。我只要第一，不要第二！"

运动史上赢得奖金最多的赛车选手理查·派迪，一直称霸赛车界，许多项纪录到今天还保持着，没有被打破。在谈到自己的成功经验时，他深情地讲述了当他第一次赛完车回来，向母亲报告结果的情景。

"妈！"他冲进家门大喊，"有35辆车参加比赛，我跑了第二。""没拿第一，你就是输了！"他母亲显得异常冷淡。"但是，妈！"他抗议地叫道，"您不认为我第一次就跑了个第二，确实很棒吗？""理查！"母亲厉声呵斥，"你用不着跑在别人后面！"

从此，理查的心里就有了"永远争第一"的信念。不难看出，能正确地激励自己、对自己始终充满自信的人，往往就能获得成功的垂青。

［逆境菩萨］

　　是的，上帝只给了她苹果。但这并没有影响她创造生命的辉煌。兴趣是人生的"雕刻家"，而专注便是一把灵巧的刻刀。有了这些，就足够了，就可以雕出芬芳而璀璨的人生。

雕花人生

崔鹤同

辽宁省西北辽阔的农村，有一个小姑娘叫吴桂花。人们都说她比较笨。也真是，小桂花上小学时，算术、语文从未及格过。上初中，学校不收，父母百般恳求，再加上初中是普及，学校总算收下了。但学校规定，如果一年没有长进，就自动退学。

眼看一年快到了，小桂花真的没有进步。怎么办？父母十分着急。

一天，孩子的老舅从城里来了，知道了桂花的情况，就把桂花带到他开的饭店去当学徒。这一年，桂花才15岁。

老舅开的是一个很大的饭店，很有名气，来吃饭的都是商贾名流，生意非常红火。

小桂花穿上工作服，在餐厅当服务员，几个月后，显得很神气。

一天，老舅来到一个雅间，看到桌上一小盘摆着的雕花，是用苹果雕的，玲珑剔透，百看不厌。老舅端详欣赏，赞不绝口，随口问道："是谁雕的？"

这雅间服务员是桂花。桂花说："是我。"

舅舅抬起头，怔怔地看着她："真的？"

桂花马上拿出一只苹果，当场雕了起来。她的刀法非常娴熟，几分钟，一只雕花苹果便成功了。

舅舅万分激动："真没想到，你还有这个特长。"

吴桂花说："我没事就到苹果园去。地上苹果多，我就拿一把小刀削着玩，渐渐地就开始雕刻。我天天都去果园，从不中断。现在已经七八年了。"

"太好了，这回你有用武之地了。"

从此以后，饭店宴席上，摆上吴桂花雕的龙凤鲜花。席面增辉，顾客称赞不已。有时客人要求见见雕花人。当他们一看站在面前的是个十五六岁的小姑娘时，都惊诧不已。客人兴致高时，要吴桂花当场献艺。为此，桂花小费没少得。

吴桂花17岁那年，参加了在美国举行的世界宴会雕花大奖赛，吴桂花一举夺冠。

吴桂花走上领奖台。一个中国小姑娘站在大家面前，身材小巧，脸上带着天真稚气，会场沸腾了，掌声雷动。桂花的父母激动得流下了眼泪。

当桂花走下领奖台，记者们一下子都围过来，争着问道："你的天才是怎么发展起来的？"

当翻译把问话告诉吴桂花时，桂花用西方人习惯的语言回答说："我不是天才，我是一个笨女孩，上帝只给我苹果。别的什么都没有了。"

是的，上帝只给了她苹果。但这并没有影响她创造生命的辉煌。兴趣是人生的"雕刻家"，而专注便是一把灵巧的刻刀。有了这些，就足够了，就可以雕出芬芳而璀璨的人生。

上帝的孩子

崔鹤同

1987年3月30日晚上，洛杉矶音乐中心的钱德勒大厅内灯火辉煌，座无虚席，人们期望已久的第59届奥斯卡金像奖颁奖仪式正在这里举行。在热情洋溢、激动人心的气氛中，仪式一步步地接近高潮——高潮终于到来了。主持人宣布：玛莉·马特琳在《小上帝的孩子》中有出色的表演，获得最佳女主角奖。全场立刻爆发出经久不息的雷鸣般的掌声。一位漂亮的年轻女演员，一阵风似的快步走上领奖台，从上届影帝——最佳男主角奖获得者威廉·赫特手中接过奥斯卡金像。

手里拿着金像的玛莉·马特琳激动不已。她似乎有很多话要说，可是人们没有看到她嘴动。她又把手举了起来，可不是那种向人们挥手致意的姿势，眼尖的人已经看出她是在向观众打手语。内行的人已经看明白了她的意思：说心里话，我没有准备发言。此时此刻，我要感谢电影艺术学院，感谢全体剧组同事……

原来，她不会说话。

玛莉·马特琳是一个聋哑人。在她出生18个月时，一次高烧夺去了她的听力和说话的能力。

但这位聋哑女对生活充满了激情。她从小就喜欢表演，8岁时加入伊利诺州儿童剧院，9岁时就登台表演。她还能时常被邀请用手语表演聋哑角色。她利用这些演出机会不断地锻炼自己，提高演艺。

1985年，女导演兰达·海恩丝决定将舞台剧《小上帝的孩子》拍成电影。可是为了物色女主角——萨拉的扮演者，她大费周折。她用了半年的时间在美国、英国、加拿大和瑞典寻找，但都没有找到中意的。最后，她在舞台剧《小上帝的孩子》中发现饰演次要角色的玛莉·马特琳的高超演技，决定立即起用她担任女主角。结果，在全片中没有一句台词，全靠极富特色的眼神、表情和动作，成功地揭示了主人公自卑和不屈、消沉和奋斗的内心世界，表演惟肖惟妙，令人拍案叫绝，最终一举折桂，从而成为奥斯卡金像奖颁奖以来最年轻的最佳女主角奖获得者，成为美国电影史上第一个聋哑影后。

玛莉·马特琳说："我的成功，对每个人，不管是正常人，还是残疾人，都是一种激励。"

是的，每个人都是上帝的孩子，都会受到上帝的宠爱。不管我们的身体条件如何，只要有一颗健全的心，全力以赴，锲而不舍，都会得到命运的垂青，成为生活的主角，赢得辉煌的未来。

鞋匠

韦盖利

迪奥曼德·麦姆多12岁时开始制鞋，那时他喜欢打篮球，鞋子容易坏，每次鞋坏了就自己补。"我们没钱买新鞋，我只好自学补鞋子。有一天，我想，如果我能自己做一双鞋就好了。附近没有学习做鞋的地方。我去看皮匠们做工，并摸索出了自己的方法。"

他很快发现了自己对制鞋的热情。他说："从某种程度上说，所有的工作都跟赚钱有关。但对我来说，制鞋跟爱有关。我喜欢做鞋，我想做出人们喜爱的鞋子。我喜欢为他们做点儿事情，让他们高兴。"

迪奥曼德本来是象牙海岸人。但他喜欢南非，他说既然选择了来南非，这里就是我的国家，我要在这里做出一番事业。1998年，他28岁的时候，他开创了自己的制鞋生意，但最终失败了——他在这里不认识一个人，没有启动资金，作为一个操法语的人，他只知道那些材料的法文名称。

一年后，他遇到了萨勒美，他的妻子，两个人从此再也没有分离。1999年，他们在兰加建立了一家修鞋店。但是那地方很乱，那家修鞋店经常被人破门而入。后来，迪奥曼德和萨勒美夫妻俩不得不搬到温贝赫，在那里租了个车库来存放东西，每天在家里做鞋，用人力车推去街上卖。

4年前，他在长街的非洲女人市场找了一个铺面，可是他没有足够的鞋来摆满铺面里的架子。他以前习惯了每天只做一双鞋。所以，他开始晚上也做工，争取尽快把架子摆满，也向人们展示他的制鞋能力。

迪奥曼德和他的助手现在每天制作三双鞋。他说："好鞋需要精工细作，我不想批量生产。我的鞋都是纯手工制造，百分百的皮料——鞋面、线，都是皮料。我做一双鞋所用的料够外面的人做两双用的，这也是花时间长的原因。我们要一块皮一块皮地剪，并确保缝合得很完美。"

他做的鞋都是量足定制的，他要先为客户测量脚弓、脚长，并问想要什么形状

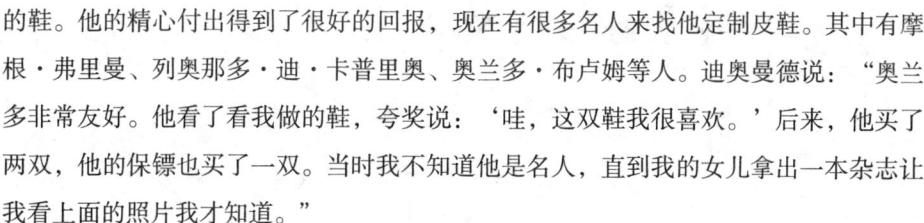

的鞋。他的精心付出得到了很好的回报，现在有很多名人来找他定制皮鞋。其中有摩根·弗里曼、列奥那多·迪·卡普里奥、奥兰多·布卢姆等人。迪奥曼德说："奥兰多非常友好。他看了看我做的鞋，夸奖说：'哇，这双鞋我很喜欢。'后来，他买了两双，他的保镖也买了一双。当时我不知道他是名人，直到我的女儿拿出一本杂志让我看上面的照片我才知道。"

美国著名的制表商迈克尔·科波尔德也来到迪奥曼德这里订做表带，迪奥曼德也接了订单，但他承认，自己最喜欢的还是做鞋。

现在，迪奥曼德已经有三个助手，但他还想再培训一些。他很自信，相信单用手，不用任何机器就能做出一些很好的鞋。

喝涂料与吃河豚

梁阁亭

一位朋友到我装修好的新房参观。随口问我："你刷墙用的是什么涂料？"我说是能喝的涂料。朋友眼睛瞪得像鸡蛋那么大：吹什么牛？涂料能喝？

我告诉了他这样一件事。北京有家涂料厂在《北京晚报》百姓报道版刊登了题为"真猫真狗喝涂料：真不是跟您开玩笑，家装安全庄严大承诺"的广告。两天后，在试验场地，大批动物保护协会成员认为这种试验是对小动物的残害，前来"营救"这些小动物。

这家涂料企业总经理蒋和平辩解说自己的涂料没有毒，不会伤害到小动物。有人起哄："没毒那你喝吧。"

蒋和平从容不迫："我喝也行，以前也不是没喝过。"言毕，蒋和平舀起富亚牌涂料倒进杯子，脖子一伸，足足喝了大半杯。蒋和平要用这种方式证明自己的涂料VOC接近零（VOC是涂料中的挥发性有机化合物的缩写，它是把涂料中一些有害物质综合在一起衡量的一个综合指标）。

朋友走时，丢下一句话："我后面装修肯定也用这个牌子。"

有一个年轻人，因为厨艺高超，被派到日本深造，专门学习烹饪河豚。河豚是富商名流津津乐道的稀世美味，但河豚体内含有剧毒，只需0.5毫克河豚毒，就能置人于死地。于是，河豚厨师必须接受专门培训，时间至少一年，只有考试合格后，才能发给执业资格证书，持证上岗。

这个年轻人学得很用心，从理论到实践，循序渐进，每道工序都用心揣摩、严格要求，丝毫不敢越雷池半步。到了快结业的时候，他已经熟练掌握了烹制河豚的全套技术。

结业考试中，他成功地烹制了一盘美味的河豚。考官告诉这位年轻的中国厨师，只要他把自己做的河豚吃了，就算合格，当场发证。年轻厨师夹起一片河豚生鱼片，刚要往嘴里送，刹那间却犹豫了，拿着筷子的手悬在半空中，表情凝固，一动不动，

仿佛一尊雕塑。两分钟后，他放弃了。本来不可限量的前途因此而暗淡无光。

涂料的配方是自己研制的，蒋和平信心十足，敢于当众喝下涂料，赢得了市场；河豚是自己烹制的，年轻厨师诚惶诚恐，不敢品尝自己的作品，让机遇擦肩而过。这可能就是成功者和失败者的分水岭，岭上有一块大大的牌子，上面写着两个字：自信。

做人做事光靠踏实认真显然不够，还必须有源自内心的足够自信。若要别人相信你的"产品"，首先你自己在内心要相信。

一张感动世界的支票

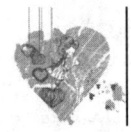

张达明

母亲对阿特拉斯说："孩子，该走了，别误了归队。"

天，还锁在黑暗里。树木、屋舍及一切，仍模模糊糊。阿特拉斯看了一下表，才5点钟不到。可母亲又对他说："孩子，该走了。"

门外，仍是那般的暗。微微地，脸颊上有湿湿的感觉，用手摸摸，竟是一层薄薄的水汽。阿特拉斯抬头用力地望了一会儿，这才恍然：天地间，正弥腾着团团的雾障。

阿特拉斯想：自己总算帮了家里一把，也不枉此生做了一回父母的儿子。

雾，更浓了，天和地已厚厚结合在了一起。

从渥太华开往所在军营的列车行进于茫茫雾海中，阿特拉斯的思绪也不禁回到自己少不更事的荒唐岁月：20多年前，为了改善贫穷的家境，父母从非洲的厄立特利亚移民到加拿大，由于没有技术，父亲只能四处打零工，母亲则在一家酒店做清洁工，虽然收入微薄，但仍竭力要将包括阿特拉斯在内的5个孩子抚养成人。然而，阿特拉斯却体会不到父母的艰辛，随着年龄的增长，他反而与社会上一些不良少年厮混在一起，学会了酗酒、吸毒，还常偷家里的钱供自己挥霍。父母虽多次规劝他改邪归正，但他依然我行我素，并在18岁时违背双亲的意愿，决意要去从军。父母劝他："像你这个样子，是不会成为一名合格军人的。"他目光顿时暗淡了下来。倏然，目光又凶凶地放射出来："我的事不要你们管，以后是死是活，与你们没有任何关系！"并在当兵后与家里断绝了来往。

在服役3年后的一天，阿特拉斯突然得到父亲去世的消息。母亲在给他的信中说："孩子，既然你执意选择了从军这条路，我们也只能依从。你知道，你的父亲是个老实人，他除了努力干活让全家过上好日子外，再无任何奢求。你父亲临终前，最放心不下的就是你，他说，他不奢望你大富大贵，只要你平平安安，他也就瞑目了。"

　　反复读着母亲简短的来信，阿特拉斯的心灵在战栗，过去的一幕幕也从眼前闪过，他禁不住大喊道："上帝啊，请宽恕我的罪过吧！我发誓，从现在开始重新做人，以行动赎回自己的罪孽！"

　　阿特拉斯从母亲的信中还得知，父亲去世后，母亲按揭了一套房子，为归还房贷，家里的日子已捉襟见肘，如果单靠母亲一个人的力量，归还房贷谈何容易？想到这里，阿特拉斯不由打了个寒战，暗下决心：虽然自己年薪只有3万加元，只要不买汽车，不去餐馆，彻底戒除酒瘾、毒瘾，就能帮上母亲，"我在部队住军营，不用支付房租，再将伙食费支出降到最低程度，几年下来，也能节省一笔可观的加元。"

　　经过两年拼命节省，阿特拉斯终于在今年4月30日他23岁生日这天，请假回到加拿大首都渥太华的家，将一张5.7万加元的支票亲手交给满头白发的母亲，"我看见，母亲在接过支票的那一瞬，完全控制不住情绪，泪流满面地喃喃自语：我不是在做梦吧？我一把抱住她说，妈妈，这一切都是真实的，这钱也是干净的，您就放心吧！"

　　天，已完全放亮了。徐徐升起的太阳光芒，将雾障驱赶得四散逃遁。这情景更让阿特拉斯充满了自信，他决定：回部队后，将自己这段心路历程制成视频，贴在视频网站上，名字就叫"我亲爱的妈妈"，一定能打动那些依然在人生十字路口徘徊的同龄人。

　　视频自5月1日贴上后仅4天，竟引来160多万人观看，数量仍在与日俱增。网民们被他的孝心所打动，纷纷留言予以赞扬。阿特拉斯却说："对于这段视频会如此引人注目我很欣慰，将具有正面意义的能量传播开来肯定是好事。但这个故事的主角不应该是我，而是我的母亲。"

残缺的翅膀也能飞翔

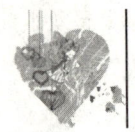

陈之杂

　　他出生在北京宣武区的一个普通家庭，由于母亲妊娠中毒，他在娘胎里仅待了7个月就提前降临人世。

　　刚出生时的他只有2斤7两，患有新生儿肺炎、败血症等6种疾病，甚至无法自主呼吸，只能被放在暖箱监护。对着这个脆弱的小生命，就连医生都摇起了头，他的父母流着泪对医生们说："只要有一口气，就一定要尽全力抢救！"

　　12天后，他被确定脱离了生命危险，在医生把这个消息通知给他的父母时，夫妻俩相拥而泣，医生却叹了一口气说："或许，这孩子的磨难才刚刚开始！"

　　3个月时，他的败血症发作，父亲为他输了8次血才算冲淡他血液中的炎症，再次把他从死神手里夺回来；满1岁时，他还不会坐；直到3周岁，他还不会站立；父母抱着他去医院进行测试，结果诊断出他的智商水准只有64——患有不可治愈的脑瘫（相当于永远只有6岁的智商），脑瘫和白内障、右翻足等疾病一起，集中在了他那幼小而脆弱的身躯上。

　　这个世界上，最不离不弃的爱，恐怕只有父母对孩子的爱！哪怕如此，父母依旧没有放弃他，尽管他无法喊出爸爸妈妈，只会一个劲地傻笑，但父母还是觉得特别欣慰，他们开始尝试挖掘他身上的优点。

　　在他6岁的时候，有一次，父母带他去逛街，在一家音像制品店门口，父母惊奇地发现，他竟然愿意跟着音乐咿呀学语，还能哼出一点儿音调，他的父母欣喜若狂。为培养孩子的音乐天赋，尽管家里已是负债累累，父母还是咬紧牙关，足足吃了一个月的白菜包子，才攒够钱买回一台录音机。每天围在录音机边听音乐成了他最开心的事情。

　　在他8岁的时候，父母把他送进了一所培智学校，可是他的接受能力非常弱，老师在教他时，需要突然地刺激他一下才能记住，比如严厉的责骂甚至打手掌心才会有效，有时连老师都狠不下这个心，但为了让他学会唱歌，父母流着泪鼓励老师说：

"打吧！一切都由老师做主。"

就这样，老师经常在自己的泪眼中，陪着他练习唱歌。周末，老师也经常放弃休息来他家"开小灶"，一到周末，在他家的楼下，就常常能听到一声清亮的女声后跟着一个断断续续、含糊不清的小男声……

渐渐地，他的音乐天赋开始一点点显现，而老师们也总是尽可能创造机会让他发挥特长，只要学校有歌唱演出，总少不了他的身影，并让他担任领唱，他的演唱技巧也有了突飞猛进的进步。

16岁那年，他参加了"中华青少年精英演艺人才选拔赛"，作为唯一的残疾选手，他在83位参赛选手中脱颖而出，获得铜奖。捧到奖杯后，师徒俩相拥而泣。

就在父母的鼓励和老师的指导下，他的歌唱技艺不断提高着。2005年，19岁的他在区政府的帮助和支持下，举办了个人演唱会。演唱会上，他神情庄重地唱响了《父亲和我》《我像雪花天上来》等具有极高难度的歌曲，全场观众给了他最热烈的掌声。

两个小时的演唱，他完成了在音乐舞台上的一次完美展现！

他，就是在第五届全国特奥会开幕式上，和成龙、韦唯等明星同台演出的中国第一脑瘫歌手——张明！

2013年6月15日上午，在首都图书馆举行的"2013北京榜样故事会"现场，张明和他的父母一起，与现场近400名观众共同分享了"中国第一脑瘫、智障歌手"的成长经历，他们不放弃希望、努力追求梦想的精神感染和激励了在场的所有人。当时正值父亲节来临，为了表达对父母的感恩，张明还现场演唱了一首《父亲》："听听你的叮嘱，我接过了自信，凝望你的目光，我看到了爱心……"

智商仅相当于6岁儿童的张明，用完美的演唱、动听的歌声诠释了对父母的感恩，全场响起了经久不息的掌声。

"不管我们这一辈子要陪着明明吃多少苦，我们都不会放弃他！"父亲张经华抹着泪说，"因为我们相信，只要心怀梦想，残缺的翅膀也能在蓝天翱翔！"

自信，好梦随云远

段奇清

自信心是孩子远飞的翅膀。

张维加小学升初中时，许多家长忙着给孩子找门路择校。爸爸张云东没有门路，也不想这样做，征求儿子的意见，儿子却轻描淡写地说："爸爸，不自信的才择校啊，我就上区中学。"爸爸如释重负，也欣慰地笑了。

儿子的自信不是从来就有的，开始时，爸爸信奉"虎父无犬子"的教育理念，总虎着脸，使得儿子对他惧怕几分。小维加四岁时，一次在墙上涂鸦，见爸爸回来了，赶紧用小手去擦。

爸爸刚想训斥，却被儿子的画吸引住了：小维加画的是一家三口，下面分别还画有"88"、两只"小蚂蚁"、一个英文单词"me"。爸爸好奇地问："这是什么意思？"儿子低着头小声解释道："88是你，两只小蚂蚁是妈妈，me是我。"儿子那时并没有专门学识字，可他能将自学的不多几个字，结合想象力来表达自己的意思。

儿子超强的想象力，令张云东情不自禁地脱口而出："嘿，不错！"爸爸居然没有批评，还赞扬了自己，让小维加高兴不已："妈妈一直不反对我在墙上涂鸦，今后我再到墙上画画，你也不会批评了？"张云东说："是啊，你妈妈是对的，今后你想怎么画就怎么画吧！"

自信就像白云一样，给它一缕风，它就会在高高的天空中舒卷自如。可不是，小维加受到鼓励后不仅画画，还写诗，高兴时写，生气时也写。爸爸妈妈说他的诗"特别有趣"，这让他更加乐观自信，于是又开始有计划地认字、做算术。由于早期智力得到开发，上小学时他成绩非常优秀。

张维加在选择上区中学后，又选择了普通班，他认为上普通班，自己能掌控的时间更多。可不是，初二时，他已把初三的课本学了好几篇，同时还阅读了许多课外书。

2004年，张维加报考杭州第二高级中学，爸爸这也是为了让孩子更为自信。因为

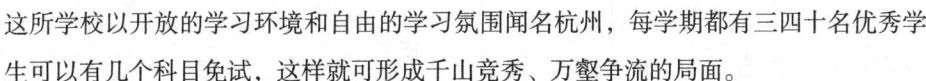

这所学校以开放的学习环境和自由的学习氛围闻名杭州，每学期都有三四十名优秀学生可以有几个科目免试，这样就可形成千山竞秀、万壑争流的局面。

入学不久，在爸爸的鼓励下，张维加就来到校长叶翠微的办公室，说："校长，有些课我能不能不上？我已经自学过了。"学校立即进行评估，最终张维加大部分课程获准免试，他自主学习的时间也就更多了。

念高二时，学校组织学生参加全国青少年科技创新大赛，他主动报了名。爸爸故意问："你没有什么发明，拿什么参赛呢？"儿子信心满满地说："就凭我的脑袋啊！"

三个月后，张维加撰写的1万多字的论文《寒武碰撞性大陆起源与生命进化的研究》脱稿。张云东找到杭州一位大学地球物理学教授，想让他指点一下，教授看了，叹了口气说："对不起，我看不懂。"

"难道是儿子的文章逻辑混乱？"回家的路上，张云东思考着，"不会的，看不懂，或许是我们的知识没能与时俱进。"当然，在儿子面前不能这样说教授。

回到家，张云东对儿子说："教授说你写得不错。"儿子说："真的？其实我也这样觉得。"

爸爸又说："教授说你的论文一定能获奖，不过他又说了，还得修改。"儿子说："这是自然的，文章不厌百遍改嘛，还有三个月的时间，我一定能将论文改得更完美。"说完就到房间里修改起来。这时，爸爸和以往一样，在满是儿子涂过鸦的墙上写道："维加，加油，你是最棒的！"

儿子的论文如期参赛，北大地球物理系宁杰远教授看到这篇论文惊叹道："作者怎么可能是当前应试教育体制下培养出来的孩子，他的思想完全是'野'的。论文融合了物理、地理、生物、天文等各个学科的知识，观点大胆而新颖。"评委们对他的论文一致看好，最终获得了大赛第三名。

2008年，张维加被保送到北京大学元培学院，第二年分专业时，张维加很想听听爸爸的意见。爸爸说："儿子，爸爸听你的，我相信你能作出最恰当的选择。"

于是，他念了自己喜欢的物理专业。根据高二时论文竞赛的经验，他尤为注重拓宽知识面，因此他加修了化学、古生物学、地质学、分子学及信息科学等一系列学科。

　　知识面广，视野开阔，他的能力也开始呈井喷之势。大学四年，他在世界著名的科学期刊上发表论文27篇，俨然一位跨学科的青年优秀学者。大四那年，他申请牛津大学航天工程物理专业攻读博士学位，以专业第一名的成绩被录取，并获得每年40万元的全额奖学金。2012年6月，在导师的推荐下，继中国六位天文台台长、一位科学院院长后，张维加作为第八位中国人成为英国皇家天文学会最年轻的会员。

　　自信是孩子的天性，只要人们不对它加以压抑，并多加引导和鼓励，孩子的自信会如涌泉一样，迸发出一种巨大能量。孩子的梦想也就会逐云飞扬，领略到人生远处最美丽的风光……

自信如盐

［爱尔兰］吉安弗拉莉·玛丽亚　译/庞启帆

　　派拉蒙国王的六十大寿到了，一大早，他就坐在自己的宝座上等待他的三个女儿来给他献上生日礼物。首先进来的是大女儿碧安卡，她高昂着头，满脸都是自信的笑容。接着是二女儿布鲁娜，她穿着华丽的服装，看上去兴奋极了。最后跳着舞步进来的是小女儿兹左拉。她脸上粘着面粉，身上还带着一股调味品的味道。兹左拉刚刚在厨房里帮助厨师普莉娜准备父王的生日盛宴。

　　"生日快乐，父王！"碧安卡边说边献上她的礼物。

　　派拉蒙往礼物盒里面瞧。

　　"父王，你就像我献给你的钻石一样珍贵。"碧安卡说，"这些钻石是我从深海中的洞窟内采来的。"

　　深海底下的钻石！派拉蒙非常高兴。

　　接着，布鲁娜靠近父亲的宝座。"生日快乐，我最尊敬的父亲！"她鞠着躬说，"在我的眼里，你比钻石珍贵一千倍。"说着，布鲁娜呈上她的礼物。

　　派拉蒙打开盒子，顿时两眼放光。

　　"父亲，我对你的爱就像黑珍珠一样珍贵。这些只有在大溪地岛才能找到的黑珍珠就是我对你的爱的证明。"说完，她瞥了一眼一旁的姐姐。

　　派拉蒙国王深受感动。现在轮到兹左拉了。

　　"亲爱的父亲，生日快乐！"兹左拉说。

　　"你的盒子里面是红宝石吗？"国王问。

　　"不，爸爸。"兹左拉说。

　　"翡翠？"

　　"不，爸爸。"

　　国王皱起了眉头。"蓝宝石？"

　　"不，爸爸。"

　　派拉蒙国王慢慢打开了盒盖。盒子里面放着的是一小瓶普通的盐。

　　"盐？"国王惊愕地瞪大了眼睛。

　　"你就像盐一样珍贵。"兹左拉说。

　　"像盐一样珍贵？你的姐姐对我的爱就像钻石一样无价、黑珍珠一样宝贵，你的爱只像盐这么不值钱吗？如果你想给我吃的东西，我希望是鱼子酱或者巧克力，而不是盐。""但盐是……"

　　"好啦。"国王淡淡地说道，"现在回你的房间去吧。"

　　"可是我想帮助普莉娜……"

　　"够了。我想你需要一点儿时间来考虑你的礼物代表的爱是什么。去吧，带着你珍贵的盐。"兹左拉回到她的房间，哭着扑倒在床上。就在她躺在床上的时候，一位仆人来敲门。

　　"进来。"兹左拉喊道。

　　是普莉娜。"你好，兹左拉！"她说。

　　兹左拉忽然想到了一个主意。"普莉娜，我需要你的帮助。我给父亲的礼物将是一顿特别的晚餐——一顿适合国王的晚餐！我打算亲自为他做这顿晚餐！"

　　"兹左拉，你想做什么？"

　　"你很快就会明白的。"兹左拉马上穿上仆人的衣服，来到厨房大干起来。在普莉娜的帮助下，她做了炸糕点、小馅饼、烤猪里脊等十几样食物，每一样都是她父亲爱吃的。最后，兹左拉做了一锅美味的银耳冬菇汤。

　　每一道菜，兹左拉都从中分了一点出来给她父亲，都不加盐。做好晚餐，兹左拉混入了仆人的行列当中，来到了用膳大厅。

　　用膳号声响过后，派拉蒙国王进入用膳大厅，那里已经坐满了前来祝贺他的生日的宾客。看到宴席上还有一个位置空着，他觉得有些难过。

　　"谁还没到？"邻国的一位女王问道。

　　"兹左拉，我的小女儿。"派拉蒙国王答道。

　　布鲁娜冷笑道："她把盐作为礼物献给了我们的父亲。"

　　"对我来说，我的父亲就像钻石一样珍贵。"碧安卡自夸道。

　　"我的父亲就像黑珍珠一样珍贵。"布鲁娜也自夸道。

炸糕点端上来了。

"祝大家胃口好。吃！吃！"派拉蒙国王命令道。

派拉蒙咬了一口炸糕点。马上，他的眉头皱了起来。没放盐！他悄悄把炸糕点吐到了餐巾上。其他人都在津津有味地吃着。

然后，汤端上来了。兹左拉看见他的父亲只喝了一口，而其他的人大口大口地喝着。

烤猪里脊是派拉蒙国王最爱吃的菜肴。他夹了一小块烤猪里脊放进嘴里。他慢慢地嚼着这无味的肉。但其他人仍然吃得很开心。派拉蒙国王不禁迷惑了。然后他尝了一块碧安卡盘里面的烤猪里脊。

"我的食物怎么回事？"他问，"它少了点儿什么东西！"

装扮成仆人的兹左拉走上前，行了个屈膝礼，然后说道："我的父亲像盐一样珍贵。"每个人都瞪大了眼睛。

"兹左拉，是你？"

"是的，爸爸。"

"盐！我怎么这么愚蠢呢？"

兹左拉从口袋里拿出一小瓶盐，从中倒出一点儿，撒在父亲的食物上。

派拉蒙国王尝了一口，笑了。"聪明的姑娘！谢谢你这么珍贵的礼物！我想'最简单的礼物可能是最珍贵的'这句话说得没错。"

从那天起，派拉蒙国王很高兴他可爱的兹左拉把他看得和盐一样珍贵。

自信助我飞翔

李　静

　　北京时间7月12日凌晨，在乌克兰顿涅茨克举行的2013年世界少年田径锦标赛男子100米"飞人大战"中，他以10秒35的骄人战绩获得冠军，成为历史上首位在世界少年田径锦标赛上夺得男子百米冠军的中国运动员，同时他也将少年组男子百米的世界最好成绩提高了0.02秒。他年仅17岁，叫莫有雪。

　　从小就聪明好动的莫有雪，一直希望能成为一名运动员。2009年，莫有雪从电视上得知深圳南山区被国家评为奥林匹克高水平短跑基地，就央求父母把他送到深圳训练。那年莫有雪才13岁，从没离开过父母身边，父母很纠结，但每每看到他企盼和执着的眼神时，父母就心软了。母亲非常舍不得莫有雪去参加艰苦的训练，但父亲劝母亲说："让他去吧，你别看他信心满满的，还不知道是不是练短跑的料，要不是他就会彻底死心，就当去旅游，很快又会回来，你也别想太多了。"在父亲的劝说下，母亲勉强答应了，将莫有雪从广西送到了深圳，可心里的想法却和儿子的期盼背道而驰。

　　到了深圳短跑基地，教练并未从莫有雪身上发现突出的适合短跑的条件，然而他精瘦的身体倒是给教练留下了深刻的第一印象。看着教练的表情，母亲心里一阵窃喜，觉得这下儿子无话可说了。

　　在接下来的一系列测试中，莫有雪表现出了惊人的爆发力，短跑的技术不错，而且跳远和三级跳的成绩也都不错，这令教练刮目相看，当即决定留下了他。母亲疑惑地看着教练，她怎么也不相信刚进来时教练明明是频频摇头的，怎么现在就留下儿子。倒是莫有雪欢呼雀跃起来，看着母亲怜惜的表情，莫有雪说："相信我，我会好好努力，练出好成绩的。"母亲勉强笑笑，和父亲返回了广西。

　　进入深圳田径队后，莫有雪同时也成了福田中学的一名学生，每天上午上课，下午训练。莫有雪训练非常刻苦，也很自觉，还经常找教练增加一些训练内容。即使这样，到2010年，莫有雪百米短跑的成绩仅为11秒5，一起参加训练的队友有的已经出成绩了。和莫有雪一样成绩不是很突出的队友有的开始打退堂鼓，有的甚至想退出田

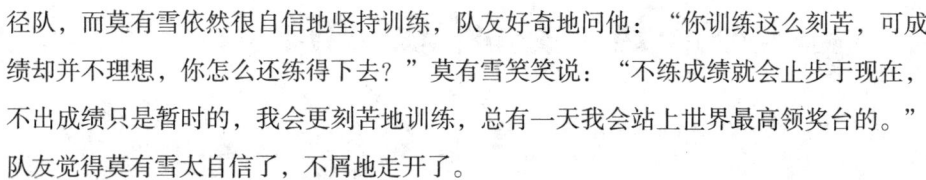

径队，而莫有雪依然很自信地坚持训练，队友好奇地问他："你训练这么刻苦，可成绩却并不理想，你怎么还练得下去？"莫有雪笑笑说："不练成绩就会止步于现在，不出成绩只是暂时的，我会更刻苦地训练，总有一天我会站上世界最高领奖台的。"队友觉得莫有雪太自信了，不屑地走开了。

2011年，田径队组织队员到青岛集训，莫有雪上课时总是特别认真地听讲，将重要的内容一字不漏地记录下来，下课后又追着教练问一些没理解透彻的问题，回到宿舍他又拿出笔记，温习上课时所讲的内容，他要将这些知识充分发挥在田径赛道上。

经过一段时间的努力，莫有雪在队里的成绩不仅追赶了上来，甚至超过了先前成绩不错的队友。2012年8月，因成绩优异，莫有雪被送到了广东队，12月跟队到美国训练。能得到这样的训练机会，是莫有雪长期刻苦努力的结果，这难得的机会让他格外珍惜。以前深圳队的队友们听说莫有雪到美国训练都羡慕不已，曾经对他的话不屑一顾的队友也开始对莫有雪钦佩起来。

今年3月，莫有雪随队从美国训练归来，4月27日参加了全国田径大奖赛广东肇庆站的比赛，莫有雪在男子100米中获得第五名，以10秒41创下了他个人的最好成绩，这是他第一次参加大赛。令所有人没想到的是，7月12日，这是莫有雪第一次参加国际大赛，却以10秒35的成绩获得了100米短跑少年组的冠军。

夺冠后，莫有雪成为多家媒体争相采访的焦点，有记者问莫有雪未来的目标是什么？莫有雪自信地说："我要争取早日冲进10秒大关，为实现中国短跑的新突破而奔跑，成为新一代中国飞人。"记者听到莫有雪的"豪言壮语"好奇地追问："你如何能做到？"莫有雪淡定地说："爱迪生曾说过，自信是成功的第一步。相信自己，相信自己能行，只有自信才能助我飞翔。"

17岁的莫有雪眼神中透着坚毅的自信，"只有自信才能助我飞翔"这句话得到了现场记者的赞叹。生活中有许多事也是如此，相信自己能行，自己就一定能行。就像自信可以助莫有雪飞翔一样，自信同样可以助所有人取得成功。

住在达·芬奇隔壁的孩子

龚细鹰

晚饭后，芩芩把一张语文试卷交给我。她怯怯地站在我面前，两只手不安地攥着衣角。这个学期，芩芩的语文成绩直线下降，我想，一定是她不够努力的缘故。一个个红色的"×"触目惊心，看着看着，心底的火气噌噌噌地向上蹿，我呵斥着她："去！每个错别字抄写30遍！"

寂静的夜里，只有挂钟"嘀嗒嘀嗒"响着，写完最后一个字时，已是深夜11点钟，芩芩疲惫地趴在桌上睡着了。

这样的情形，每晚都要重复，我感到心力交瘁。去学校向芩芩的班主任了解情况，她说芩芩上课非常认真，她也为芩芩的变化感到诧异。热心的老师建议我带孩子去医院做检查。

周日，我带芩芩去了医院。医生说，芩芩患了"阅读障碍症"，这种病多发生在小学阶段的孩子身上，主要表现为阅读及书写困难，如汉字偏旁部首的顺序写反、音节及字母写反、计算困难。所幸的是，若让孩子接受康复训练，可以减轻症状。

在康复训练中心的第一天，老师让我体验一项试验。她给我笔与纸，示意我把纸放在前额写自己的名字。写完后，我大吃一惊，纸上的字如战场上的伤兵残将，四处逃窜，溃不成军。

老师说道："为什么自己最熟悉的名字会写成这样？因为写字时你的视觉能力无法指挥行为能力。患有阅读障碍症的孩子也是如此，从表面上看，他与正常的孩子没什么不同，但他的视觉能力不能控制自己的行动能力。现在，你就能理解孩子为什么常会写错字了。"

我站在一旁，看着芩芩在一群孩子中玩得兴高采烈，往事一幕幕浮上心头：我气愤地把芩芩的作业本撕碎；她饿着肚子去上学，那是我惩罚她接二连三犯同样的错误，以让她长"记性"；情绪失控时，我甚至好几次动手打了她……可是，那时她正如盲人一般，孤独无助地行走在无边的"黑暗"中。

　　"宝贝，对不起，你能原谅爸爸的过错吗？"我在心里一遍又一遍地向女儿忏悔。芩芩回过头，惊愕地睁大眼睛。她走过来，用小手轻轻抹去我脸上的泪水，问道："爸爸，你怎么哭了？"

　　在学校，芩芩的同学并不知道她的病情，总会有人嘲笑她的考分。芩芩最害怕的是，考试后大家争相看对方的考分。那时，她总是默默地把试卷藏进书包，不参与同学们谈论的话题，远离那些热闹的群体。

　　一天，放学后我去接她。班上的孩子三五成群、打打闹闹地走出学校，芩芩如一只落单的孤雁，耷拉着头，落寞地走在操场上。听见我叫她，她抬起头，脸上挂着两行晶莹的泪珠。她哽咽着问我："爸爸，我是不是真的像同学们说的那样，笨得像一只呆头鹅？"我把她拥在怀里。有些伤害，她无法避开。

　　经过深思熟虑，我决定向芩芩的老师和同学公开她的病情，并与老师商量让芩芩每天下午接受专门的辅导。但我的想法遭到芩芩的反对，她担心从此自己会被同学们耻笑，在我的反复劝说下，她答应先试几天。第三天，芩芩就爱上了那间只有她一个学生的教室。在那里，她度过了许多快乐的时光，渐渐地，自信的笑靥重新出现在她的脸上。

　　芩芩在绘画方面很有天赋，她笔下的女孩，或天真活泼，或高贵典雅，每一个女孩都穿着她设计的服装，风格各异，精美之至。一天，她问我："爸爸，长大后我可以像同学们那样去读大学吗？"

　　"当然可以，你可以报考服装设计专业，在这方面，你非常出色。"

　　"可是为什么我会与别人不同呢？"我告诉她，世界上有不少杰出的人物都曾患过阅读障碍症，比如达·芬奇，但他在绘画方面出类拔萃，颇有造诣，达到了一般人无法达到的境地。我对她说："很多身患阅读障碍症的孩子都在某一方面具有卓绝的天赋，正如你，你是一个住在达·芬奇隔壁的孩子，只要你付出足够的努力，达·芬奇会在天堂用他睿智的眼睛关注你，并庇佑你抵达成功的彼岸。"

　　芩芩笑了，重新拿起笔，沉醉于她的漫画世界里。一个个漫画人物被她用简洁的线条勾勒出来，栩栩如生。在寂静的夜里，她与笔下的人物深情对话，她把自己的忧伤、快乐与憧憬通过画笔倾诉出来。我将陪伴我的女儿走过每一个黑暗的日子，静静等待某天的到来。那天，她将如一只美丽的蝶，破茧而出。

孩子的爱好可以转化为自信

段奇清

　　一个孩子有爱好就容易出成绩，成绩能给人带来自信，自信却是一个人学习进步的根本动力。

　　大概谁都喜欢懂礼貌、文文静静、学习认真成绩好的孩子。知名教育家、新东方创始人之一的徐小平有两个孩子，他的大儿子徐超学习成绩一直很好，小儿子徐赶的成绩一度却不怎么样。从上小学开始，徐小平总会对小儿子加以引导：眼前在学校里一定要读尖子班，将来念大学时必须上名校。可徐赶对父亲的"名校情结"并不看好，一天他问父亲："如果上了你说的名校，但是不开心，那上名校还有意义吗？"

　　徐赶的话一下子将徐小平内心的一根弦击中了，因为徐小平的教育理念就是"让孩子自由自在，开心成长，这样的孩子将来才一定有出息"。徐小平还说，倘若把18岁之前的人生都叫作童年，一个孩子即使达到了家长所谓的成功标准，但整个童年都不快乐，就像是服刑一样熬过来的，人生四分之一就白活了！

　　由此，徐小平不再在徐赶耳边唠叨什么上"尖子班""名校"了，但徐赶那成绩不好的滋味也不好受，就有那么一段时间徐赶情绪整天不佳，甚至走路也低着头，放了学就闷头闷脑地待在家中。一天，徐小平对他说："徐赶，你要多出去交朋友。喜欢交朋友，受人欢迎，这样的个性对你的今后会有帮助。在一个团队中，别人就会喜欢你，愿意成全你，给你机会。"

　　徐赶觉得这样整天无精打采地待地家中也不是一个办法。果然，在与人交往中，他变得活泼开朗了。特别是在10年级的时候，他的那种热情好动的潜能彻底暴发出来了。不过令徐小平没有想到的是，徐赶居然迷恋上了音乐，迷恋上了街舞。一度徐赶的兴趣不断刺激着徐小平的神经，尤其当徐赶第一天告诉父亲，他要学街舞时，徐小平竟有几分不开心，甚或以为徐赶这样的选择简直就是丢人。因为徐小平宁愿自己的孩子是跳芭蕾的王子，也不喜欢他们是街头的霸王。

　　不过，徐小平的思想很快就转过弯来了："我们面对的是有独立人格、独立思

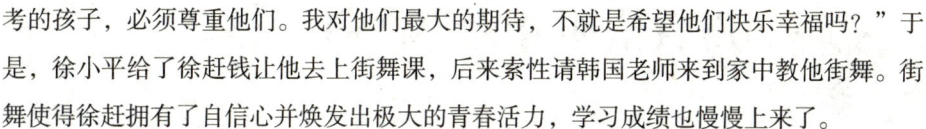

考的孩子，必须尊重他们。我对他们最大的期待，不就是希望他们快乐幸福吗？"于是，徐小平给了徐赶钱让他去上街舞课，后来索性请韩国老师来到家中教他街舞。街舞使得徐赶拥有了自信心并焕发出极大的青春活力，学习成绩也慢慢上来了。

后来徐小平发现徐赶的街舞跳得激情有余，却韵味不足，很难成为优秀舞蹈家。于是徐小平对他循循善诱，刻意带领他参观了美国的一些大学，让他感受到大学的氛围和吸引力，最终使得他放弃了以跳街舞为职业的人生定向。

徐赶放弃专门在家学习舞蹈愿意上大学了，可他又有了一个新的梦，就是将来上一流的烹饪大学，做一个烹饪大师。有一次，徐小平陪徐赶办理入学手续，在众多的选修课中，徐赶竟然选择了烹饪班。徐赶的这一选择也让徐小平感到惊讶。但惊讶也只归惊讶：这样的爱好也并不比跳街舞差啊！如果徐赶在这方面确实有发展前途，说不定能搞出一个比肯德基、麦当劳、星巴克更好的企业，能创造一个新的流行品牌呢！想通了的徐小平很热情地说："徐赶，我一向支持你发展自己的爱好，走，我们去报名！"

假日里，徐赶和同学们出去玩，带着烤箱、拉风，做野炊，非常受同学们的欢迎，让他更是充满了自信心。特别是有一次，他们家中的保姆请假回了，徐赶将在烹饪班学到的知识加以运用，居然一个人给全家做出了色香味形俱全的六菜一汤。当一家人吃得开开心心时，徐赶憧憬着自己将来快乐幸福的日子，也就更为积极乐观。

当然，最后徐赶发现如果只是将烹饪作为调剂生活的一种佐料，这样对自己的人生会更有好处，他同样也没将烹饪定位为终生职业，而是在哥哥上了耶鲁大学后，他又上了纽约大学经济学院。在大学里，徐赶除了是大学街舞队的队员，时不时为同学们捧出一份精神大餐外，还经常下厨露一手，为伙伴们奉献出一份物质的大餐。在同学们的"叫好"声中，同时他也得到同学们的一份尊重。

徐小平在家庭教育上的经验是：孩子的好奇心、好学心，是人类最伟大的天性，只要不是恶习，就应该鼓励。

一个孩子，爱好舞蹈，或者烹饪什么的，作为家长应该欣赏着。尽管你也许觉察到，他们并没有显示出巨星的特征，但这没有关系，鼓励孩子自由发展，鼓励他们追求自己的兴趣。不知不觉，孩子的兴趣可能会改变，而爱好所出来的成绩让他们找到了自信，人生的方向也就会一点点找到了。

这也许走的是一种曲线路线，但好的教育从来都是春风化雨、曲径通幽的……

用自信叩开大学之门

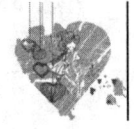

田一笑

2013年6月22日，四川省高考成绩公布。广元市广元中学脑瘫患者陈超竟然考取了612分，高出四川理科一本分数线50余分，被网友们称为"中国霍金"。面对记者，陈超激动地说："感谢自信！因为，自信给了我力量，自信让我敲开了大学之门！"

18年前，陈超出生于四川省广元市一个普通的职工家庭里。陈超出生时母亲难产，造成陈超大脑缺氧，幸亏抢救及时才保住了生命。10个月后，陈超被医院确诊为脑瘫。为了给陈超治病，父母带着他跑遍了大半个中国，花光了家里的所有积蓄。可是，陈超的病情不仅没有好转，而且母亲也因此丢了工作。这对于贫穷的家庭来说，无疑是雪上加霜。于是，父母停止了对陈超的治疗，把精力转到了对他自立能力的培养上面。

苍天有眼。陈超虽然左手基本丧失功能，左脚无力，发音迟钝，但是他的思维和智力依然是正常的。这给了母亲莫大的鼓舞。由于腿脚不灵便，摔跤对于小陈超来说是常有的事儿。每次陈超摔倒，母亲从来不伸手拉他，而是鼓励他自己爬起来，以此来锻炼陈超顽强的毅力和生存的勇气，这种教育让陈超自小就养成了自信的习惯。

刚入学的时候，陈超的左手依然基本丧失功能，左脚走路颠簸，甚至连右手握笔时也会不停地发抖。看到别的孩子"唰唰唰"地写字，陈超一遍又一遍地对自己说："我能行，我一定要像他们一样写出漂亮的字！"为了控制住笔尖不再晃动，他每天坚持练习。慢慢地，陈超居然可以写字了。纵然速度很慢，却坚定了他上学的勇气。自此，陈超凭着自信心，开始了艰难而又顽强的学习生涯。

初中一年级期中考试前，陈超被班主任叫到办公室。班主任见了陈超，就喜出望外地对他说："陈超，告诉你一个好消息！"可是，当班主任把这个好消息告诉陈超后，陈超却怎么也高兴不起来。原来，班主任考虑到陈超的身体状况，积极向学校汇报，争得了为陈超单设考场、延长考时的待遇。陈超看着班主任不解的眼神，慢慢地

说："谢谢老师的关心。可是，我是一名学生，别人能做到的，我也一定能做到。"班主任看着陈超坚定的面容，满意地点了点头。

2011年中招考试，陈超以优异的成绩考入广元中学。广元中学是广元市最好的高中。踏进这所高中，就意味着一只脚踏进了大学的大门。可是，对于陈超来说，却面临着更大的挑战。因为从小学到初中，陈超一直生活在家里，起居由父母照顾。而高中需要住校，一切都要靠自己。刚入学的时候，陈超因为生活不能自理，心中渐渐地有了点儿自卑。敏感的班主任一眼便看出了问题，及时找陈超谈心，并在全班倡导互助互爱的团队精神。在老师和同学们的帮助下，陈超渐渐地走出了心理阴影，重新找回了自信，找回了当初的自己。

陈超非常注重学习习惯的培养。他相信，休息好，才能学习好。因此，每天晚上下了夜自习，陈超总是第一个入睡。开始同寝室的兄弟们爱开"卧谈会"。可是，刚起了个头，便听到了陈超睡着时安静的呼吸声。于是，兄弟们不好意思再聊下去，马上进入梦乡。由于晚上休息好，陈超中午一般不再休息，他明白自己的缺陷，只有比别人更加努力才能赶上大家的脚步。

陈超的成绩和事迹被媒体报道后，引起了网友的广泛关注。大家纷纷用"惭愧""情何以堪""中国霍金"等网络语赞美陈超，表达对陈超的敬佩之情。网友"寂寞在季末"说："真的很不容易，这其中付出的努力不是用语言就可以草草形容的。"网友"谢鑫浩"是他的校友，他说："从小就和这个人同校，一直都很佩服他。他做到的不是常人所能做到的。"于是，"陈超"这个名字在网络上已经成为"励志"的代名词，许多网友表示"比任何高考状元都励志"。

用自信敲开大学之门。陈超的志愿填报的是四川大学数学系。其事迹被报道后，引起了川大的高度重视，表示会认真对待并妥善处理陈超的录取问题。这就是陈超，一位天生脑瘫患者，一位用信心和毅力赢得未来的学生！我们坚信，陈超的明天一定会越来越美好！

扔掉手中的那把钥匙

汤园林

　　她出生在一个游泳世家，三岁时，母亲发现她有着超凡的游泳天赋，于是，她顺理成章地开始练习游泳。

　　训练艰苦得难以想象，每天早上五点多就要起床，几乎在梦游状态下走向游泳池，教练一声训斥，就得立即跳进冰冷的水中。在水中泡得久了，她患上中耳炎，可即使如此，训练也一天不能中断。

　　魔鬼般的训练让她取得了不错的成绩，10岁时参加全国比赛，一下子拿了三个冠军，50米、100米蛙泳还打破了全国年龄组纪录，她像一匹横空出世的黑马，被人惊艳地称为"蛙后"。13岁时被国家队选中，成了一名职业游泳队员，她更加刻苦地训练，希望像罗雪娟那样，有朝一日站在奥运会的冠军领奖台上，让自己的人生绽放万丈光芒。

　　眼看着梦想离现实越来越近，她却在一次训练中意外受伤，不能再参加比赛，不能再跳进游泳池。那段时间，她迷茫而无措，自己从三岁时就开始训练，几乎把所有美好的时光都贡献给了游泳，荒废了文化课，也遗失了许多快乐，好不容易取得了一些成绩，却无法再继续前行，难道就这样放弃吗？放弃自己多年来打拼的成果，真的很不甘心，可是如果不放弃，接下来的路该怎样继续呢？

　　她在放弃和继续之间徘徊，心力交瘁。那天，她从外面回家，掏出钥匙想打开房门时，发现钥匙不知何时弯曲了，她用石头砸，用手掰，折腾了两个小时，钥匙却再也无法插进锁孔里去。正懊恼时，母亲回家了，二话没说，跑到街上重新配了一把钥匙，轻轻松松地将门打开了，前后不过花了一个小时。

　　看着她若有所思的样子，母亲意味深长地说："有些时候，坚持到底未必会成功，如果你百般努力却成功无期，那就不要盲目地坚持，扔掉手中的那把坏钥匙，重新打一把钥匙，照样可以打开成功之门。"

　　母亲的话让她恍然大悟，是啊，与其紧握着手中的那把坏钥匙不放，在那里伤

心难过，不如重新配一把钥匙，虽然会花费不少精力，会遇到很多困难，但钥匙成型时，成功之门不就可以轻松打开了吗？

她勇敢地放弃了游泳，进入大学开始学习文化课，然后又到美国深造，考取了房地产经纪执照，并且参加了选美，获得不错的成绩，成为一名车模。

因为长期练习游泳，她的体型是那种肩宽体壮的，为了形象更好，她拼命减肥，不断地塑造体型。付出终有回报，现在的她不仅是名房产经纪，还是一位出场费高达10万元的车模，闪光灯下的她光彩照人，美丽而自信，外人根本看不出她居然曾经是一名游泳运动员。她终于重新为自己打造了一把钥匙，顺利打开了成功之门。

她叫张烨晗，从运动员到车模的华丽转变，让很多人惊艳不已，只有她知道，如果当初不肯勇敢地扔掉手中的那把钥匙，今天的一切都不可能实现。及时地扔掉手中的那把坏钥匙，真的很需要勇气，因为它是你拼搏努力了好多年得到的，弃之不甘，可是，抱着它不放只会让自己不断沉沦。当人生的某个坎迈不过去时，不妨抛弃过去，重新开始，努力打造另一把钥匙，这样，成功之门一定会在某个不经意的时刻为你徐徐打开。

自信的奇迹

［美］莎莉·柯斯洛 译/孙开元

如果有两个技能相同的人来应聘工作，你会看中缺少自信的那位吗？恐怕永远不会。答案很简单，一个积极的人生态度会改变你的一生。

畅销书《成功之路》的作者罗莎贝斯·坎特尔说："自信心就是对于得到一个积极的结果心怀希望。"在哈佛商学院当教授期间，坎特尔曾经做过将课本中关于成功和心态这些方面的理念转化为实际应用的尝试。她说："自信心可以让你愿意做出更艰苦的努力，并且能够获得他人的支持，从而获得成功。"

如果说自信心是人生中的一种推动剂，那么这里有几个策略可能使它更为有力，并在你以后的生活中时时助你成功。

1. 从脚尖到肩膀的试验

哈佛大学研究员罗伯特·罗桑塞尔研究发现，只要你给人们贴上"成功"这一标签，就会让他们成功。他随机选择了两组人，然后把其中一组人假定为"高潜力"，另一组人为"低潜力"，他没有再采取任何行动，可结果显示，第一组人后来取得了更大的成功。

"即使是一点点的赞赏或讽刺也能影响我们的行为"，最近发表在《知觉与技能》杂志上的一项研究显示了这句话有多大的力量。

四十位优秀的网球运动员坐在屏幕前，测试者给他们播放网球迎面而来的模拟画面。在每次球刚飞过来时，这些运动员就会看到或听到"好球"或"臭球"这样的评价。听到负面评价的运动员做出反应的次数明显下降，而这些训练有素并经常参加比赛的运动员，一般不会出现这样的失误。

为何会这样？负面信息会毁掉一个人对于成功的信心。但如果你能坚守必胜的信念，你就能付出更大的努力，也就能拥有积极的动力。

在日常生活中，自信心会从一个人的动作、行为，甚至是四周的环境中表现出来。"不要认为给自己理个好看的发型或穿件时髦衣服是件浅薄事，"坎特尔说，

"你做这些可以不是为了取悦别人，而是为了给自己建立一种通往成功的信心。"

2. 练习、练习、练习

"要懂得自我激励的重要性，并且把这些话语牢记于心，"坎特尔说，"我在那些在比赛前和比赛中这样做的运动员里观察到了这一点。最好的运动员的成功很少只是因为他们的身体素质，而是因为他们做了更好的准备。"他们能始终专心比赛，愿意尽力付出，并把积极的声音时刻记在心头。

"如果我在参加会议时感觉很糟——因为我感冒了或是生活压力，"坎特尔说，"我会尽力不让坏情绪显露于外，微笑着更努力地工作，表现得比平时更为积极。同样，假如你在生活的某个领域缺少信心，可以做自己擅长的事，以此来调节生活。

也许自我教育的最重要的一个方面是听从他人的建议，比如你的一位好伙伴告诉你：练习、练习、练习。虽然坎特尔多年来都是一位顶级顾问，可她承认自己"几乎在每次演讲前都会做超量的准备工作"，并且建议别人也这样做。最近，她去印度和一批公司总裁开会。"为了按时到达，我提前两天就动了身，"她说，"在这两天里我做的一切就是排练，当乘务员们在飞机上和我说话时，我根本就没听见。每次在我进行商务旅行时，我都会在飞机上做准备工作，连和周围的人说话的时间都没有。"

3. 没勺子，飞机照样能飞

尽量避开那些会打击你自信的损友，多接触那些能看到你的长处，并能经常以此来鼓励你的朋友，悲观主义者会给你的信心带来不良影响。在工作中尤其如此，自信会让一个人有能力把握大局，从而采取恰当的行动。

一家航空公司的老板要求每一位员工都恪尽职守，以确保飞机能按时起飞。一天，飞机起飞的时间快到了，一位乘务员发现餐饮部还没送来餐勺。她坚定地对机长说："我们无论如何也要按时起飞，我会向乘客们解释的。"事情虽小，但反响巨大，她显示出了控制局面的信心，能够相信乘客们会支持她。

4. 忙而不乱

建立自信的最好办法，就是在失败后能从头再来一次。一遇挫折就慌了手脚会导致你无法想出对策，不能智慧地思考。"如果你遇到了重大失误，给自己一段承受的时间，"坎特尔说，"不要否认自己受了挫折，也不要急于翻身。只要凝聚起你身边的支持力量，自然会走出伤痛的阴影。"

在困难面前惊慌失措会让你急着想对策，而这时你做出的决定很可能是错误的。

"你在怒火中烧时可以写一封电子邮件，但不要在你情绪激动时把它发出去，"坎特尔说。"也不要在慌张时做决定，因为这时的你太感性，慌乱中容易出错。"

5. 开始一种建立信心的游戏

每当坎特尔给公司的总裁们提建议时，她都要强调领导对下属的奖励和赞赏的重要性。汤姆·麦克劳在休斯顿棒球队执教时，经常会给在比赛中表现出色的队员100美元奖励。"这些运动员的年薪都有几百万美元，但是在比赛结束后，他们都追着我要那100块钱，"麦克劳说。钱本身无足轻重，但那是对于队员为球队做贡献的一种认可，能够让他们更加自信。

6. 成功也会有曲折

在困难面前也能坚持下去，一个人的成功往往是这样获得的。"相信自己做的事一定会有结果，保持这样一种心态做事，这就是自信。事情在中途可能会有曲折，这时你要记住：游戏还没结束，你还有很多机会。"

当然，虽然有信心，事情有时也不会像你设想的那样进行，你要能接受这个事实。如果你过度自信，鲁莽行动，这时你的自信也许就会让你变得"愚蠢"。所以，你要恰到好处地经营你的自信心，并且智慧地运用它，就会迎来新的成功。

事业成功的秘诀

夏爱华

哈佛大学曾对100位60岁以上的老人进行过调查，让他们写出五件令自己最后悔的事情来，调查结果显示：75％的人后悔年轻时努力不够，导致一事无成；70％的人后悔在年轻的时候选错了职业；62％的人后悔对子女教育不当；57％的人后悔没有好好珍惜自己的伴侣；49％的人后悔没有善待自己的身体。也就是说，在被调查者当中，一生中最后悔的事，莫过于事业没有成功，其他的尚在其次。

针对这项调查，哈佛大学进行了进一步的研究。研究的重点是，许多人心怀梦想，年轻时也都曾努力奋斗过。但为什么最终一事无成呢？经过深入的探讨，哈佛大学得出了一个关于成功的论断：人的差别在于业余时间，而一个人的命运决定于晚上8点钟到10点钟之间。每晚抽出两个小时的时间用来阅读、进修、思考或参加有意义的演讲、讨论，人生就会悄然发生变化。坚持数年之后，事业一定会成功。

哈佛大学在此观点之上，又提出了相应配套的成功准则，即适当增加追求成功的必要投资。无论你的收入是多少，都要记得分成5份进行规划投资：增加对身体的投资，让身体始终好用；增加对社交的投资，扩大你的人脉；增加对学习的投资，加强你的自信；增加对旅游的投资，扩大你的见闻；增加对未来的投资，增加你的收益。只要好好规划落实，人生就会逐步有大量盈余。

由此，哈佛大学给出了事业成功的秘诀：如果能长年坚持在每天晚上的8点钟到10点钟之间专注搞事业，同时又能将收入进行合理投资的话，成功就离你不远了。

谈到事业的成功，哈佛大学认为，一个人的成就，不是单独以金钱衡量的，而是一生中你善待过多少人，有多少人怀念你。生意人的账簿，记录收入与支出。两数相减，便是盈利。人生的账簿，记录爱与被爱，两数相加，就是成就。

也就是说，衡量一个人是否事业有成，金钱不是唯一的标准。你对社会付出了多少热忱，有多少人记得你，怀念你，也是衡量的标准之一。

别失败在表情上

李良旭

大学毕业后，我辗转于各个城市之间，历尽波折和艰辛，最后终于在一家房地产开发公司谋到一份职业。有了工作，一扫淤积在心中的阴霾，每天上班下班，我都笑容满面，仿佛沐浴在春风里。人家都说我是一个乐观、开朗，而又充满自信的人。

一天，老板把我喊到董事长办公室找我谈话。这是我进入公司后，第一次被老板召见。那一刻，心里面既激动又不安。激动的是能被老板亲自召见，这是一种荣誉，甚至有一种受宠的感觉，从其他员工羡慕的神色中就可以看出；不安的是老板召见我不知是什么事，是自己工作没做好，抑或其他方面的原因，我的心里不免有些忐忑不安。

老板见到我，和颜悦色地肯定了我一段时间来的工作能力和业绩。老板的一席话，让我内心的不安一扫而过，心里溢满了温暖和激动。

突然，老板话锋一转，对我淡淡地说了句，以后要管好你的表情，不要让自己失败在了表情上。

我听了，感到很疑惑，管好我的表情？这个问题真新鲜，我的表情难道有什么问题吗？

老板看到我疑惑的神色，一改刚才那种和颜悦色的表情，严肃地对我说道："对，管好你的表情！"这一点很重要，管好自己的表情，始终是职场上一道永恒的考题，它关系到你职场上的成败，关系到你人生取胜的武器，关系到你人生未来的走向……

老板一口气说了这么多的"关系到……"的语气，让我一下子感到了这个问题的严重性和紧迫性。我想，我在表情上难道出现了什么差错吗？

看着老板，我的脑海里忽然闪现出这样一幕情景：那时我才七八岁的光景吧，还是个少年不识愁滋味的年龄。踏着月色，我和父亲一前一后地往家里走去，身后拖着我们长长的身影，有时很长，有时很短。我在父亲的身边，欢快地用脚踩着父亲的身

影，不停地发出"咯咯"笑声，连声说道："我踩痛爸爸了！"

父亲回过头，看到我心花怒放的样子，温和地说道："孩子，这影子是没有生命的，你看我的表情就知道了，我一点儿感觉也没有。"

听了父亲的话，我抬起头，看到父亲一脸平静，看来父亲真的一点儿也不疼。

父亲仿佛想起了什么似的，对我又和蔼地说道："孩子，将来你长大了，就会知道，一个人的表情是多么重要，表情就是一个人内心世界最真实的反应。"

听了父亲的话，我向父亲做出一个鬼脸表情，还嘻嘻哈哈地在父亲前后撒着欢儿。那是我第一次，听到了关于人的表情，觉得那是一种很神秘、很深奥的东西，离我很遥远、很陌生。

今天，当老板对我说起我要管好自己的表情，我顿时意识到，我已不再是七八岁的光景了，我到了要对自己脸上的表情负责的年龄。

一次，老板带我去看望一名生病住院的员工。从医院出来，老板对我淡淡地说了句："你以后要管好你的表情。"看望病人，脸上的表情应该是沉重和温暖的，而不应该是僵硬或者是笑容满面的。

老板这么一说，一下子让我有种警醒的感觉，细细想来，我刚才的表情真的开始是一脸僵硬，后来又笑容满面了。我仿佛不是来看望病人，而是来会客的。再想想老板刚才的表情，他进了病房，首先弯下腰，伸出手，一脸深情地轻轻地询问着员工的病情，其间还用手轻轻地整理了下他的被褥。有医生进来查房，老板还走到医生跟前，神情庄重地向医生询问起了员工的病情，并再三叮嘱，一定要好好治疗。那一幕，让卧在病床上的员工，感动得眼睛里溢满晶莹的泪花。

一次，老板带我去和一位客户洽谈业务。老板因临时有事，要我先和那位客户洽谈一下，他一会儿就到。

我和那客户交谈没一会儿，就感到很不融洽，就漫不经心地和他搭着话。过了一会儿，老板不知什么时候进来了。很快，老板就和那客户热情地交流起来，脸上满是喜悦。

告别客户后，老板像想起了什么似的，对我说道，我刚才进来的时候，看到你跟客户交谈的气氛不太融洽，因为你的表情已告诉了我。

我不禁从心里敬佩老板的洞察力，心想，我这漫不经心的表情，自己没有察觉到，却早已被人一览无余观察到了。我不禁暗暗自责起来，看来表情真的是职场上一道深奥的考题啊。

两年后，我被董事会任命为开发部门的主管。老板再次召见我，他对我说道："我只想提醒你一句话，无论何时何地，都要时刻管好你的表情，这是你不断取得进步的法宝。否则，就有可能制约了你向更高的顶峰攀登，甚至毁了你的人生。"

我感动地望着老板，目光顿时变得一片朦胧。感谢我遇到了这么一个好老板，一直在提醒我要管好自己的表情，它使我在职场上少走了许多弯路，人生的路变得顺畅起来。

揭去身上弱者的标志

李红都

被医生诊断为神经性耳聋的那天，他仅11岁。从此，课余时间跟着父母四处求医问药，想治好"变笨"了的耳朵。

花了很多钱，吃了很多药，可是听力却未见好转。为了给他购买那些价格不菲的"灵丹妙药"，原本就清贫的家里早已不堪重负，但一想到失聪会给求学和就业带来种种沟壑，父母还是咬着牙想办法给他治下去。

可是，上帝睡着了，没有看到他和父母在求医路上的努力，未及行18岁的成人礼，他已彻底听不到父母的声音。几年后，听说新上市的一款数字型助听器可以帮助他听到一些声音，父母想办法帮他凑够了这笔钱。

他满怀希望地跟着父母来到一家助听器验配中心，才发现这笔好不容易才凑齐的钱，仅够买下一只数字助听器，小心翼翼地戴上一只耳背机后，听到了声音，却听不懂话意。大夫说，两只耳朵都佩戴上，并且需要长期地训练听力，才能让他由听到转变为听懂。他怯怯地问："那得多长时间？"

大夫摇摇头："不好说，每个人的情况不同，快的是几个月，但慢的可能是几年、十几年，也可能一生仍是语言分辨力不理想。这是重度神经性耳聋的特征。"

他的脸"唰"地白了。

沉思片刻，他做出一个令医生和父母都大吃一惊的决定，放弃听力康复，用准备买这只数字助听器的钱去买一台电脑。

那年，他23岁。听不到声音，也找不到满意的工作，甚至日常生活中也没有多少人愿意费半天劲跟他说话。寂寞的日子里，他便守着一台电脑，在因特网这个未知的世界里摸索。渐渐地，他发现自己对软件和网页创建特别感兴趣。于是，他开始自学html（用于描述网页文档的一种标记语言），了解创建网页和其他可在网页浏览器中看到的信息。很多关于html的资料都是英文，不得已，他在攻读网络知识的同时，坚持自学英文，从那些看似天书般的英语字母里，寻找揭开因特网奥秘的金钥匙。

没有语言环境，常人学英语也有困难，况且是他这样一个已离开校园，并且多年生活在无声世界中的聋青年呢？这种挑战的难度可想而知，但攻下网络和软件知识的强烈欲望驱使着他，他拿出愚公移山的精神，每天背几个单词、短句，坚持阅读英语新闻和英文技术博客。攻下html后，接着他又开始攻jarascript、CSS和asp等网页开发技术。两年后，他已熟悉Web等开发技术，能熟练地运用Visual studio等开发工具，并攻下了多款英文软件。

2002年，在微软推出Net Framework 1.0后，他开始转入Net开发领域的研究。2003年应聘到西安软件园工作时，他的学习和工作潜力得以激发，很快便成了公司的技术骨干，月薪高达五千元。他变得更加自信。

那段时间，微软公司常在网上发布一些软件测试版这类实验性的课题，只要有计算机知识，任何人都可以参与进来，他看到了，大胆参与课题讨论，提出了很好的建议。受益的不仅是微软，在解决那些行内公认的难题的过程中，他的能力也在不知不觉地提高，渐渐地，这位默默无闻的青年人引起了微软的注意。

由于不断帮助微软解决技术难题，自2004年起，他连续4年被微软总部授予"微软最有价值专家"称号。当时，微软在中国的MVP（最有价值专家）仅有一百多人，而残疾人MVP仅他一个人。

得到微软的认可，他的信心更足了。2007年4月，他代表当地残疾人，参加了第四届陕西省残疾人职业技能竞赛，获计算机程序设计项目第一名。同月，他被陕西省劳动保障厅授予"陕西省技术能手"的称号；2007年8月，他代表陕西残疾人，参加了第四届全国残疾人职业竞赛，获计算机程序设计项目第二名。同月，被授予"全国技能能手"的称号；2007年11月，他代表中国队远赴日本参加第七届国际残疾人职业技能竞赛，获第7名；2011年1月，他被延安市委、市人民政府授予"延安市自强模范"称号……

当很多听力残疾人还在抱怨听不到声音，难以融入社会的时候，他已赢得了在国际上享有盛名的微软公司的认可。现在，只要他愿意，很多软件公司都愿意向他敞开大门，曾经担心听不到声音，难以生存发展的顾虑，早已如烟云，从他越变越自信的心中消散。

回首往事，他感慨万千，那只戴在耳朵上没起多大作用的助听器，像一种弱者

标志，让他时不时地陷入自卑的阴影，黯然神伤。放弃那只助听器，心里不是没有痛过，但他懂得，一种疼痛的放弃，可能意味着拥有另一种充满希望的新生活。他放弃，也得到了，揭下身上那个弱者标志之后，他在网络和软件中成功地找到了与世界沟通的方式。这位令人敬佩的青年，就是生于陕西省延安市吴起县那位网名叫"陕北吴旗娃"的杨涛先生。

如果不是23岁那次坚定的选择，他可能也会像大多数渴望听清世界声音的听力残疾人一样，买下那只昂贵的助听器，艰难地一步步训练着听力，但谁又能保证他以后能像一个健听人，沟通不再会有障碍呢？与其抱紧那一点点渺茫的希望，不如用那笔钱买下一台电脑，在感兴趣的领域奋斗一番，自己来把握住自己的命运！人生就是这样，有许多不可预知的成功和失败，很多时候，输或赢的原因，就在于你选择了适应还是选择改变。

关键你要敢于"跳"出来

崔鹤同

"请您帮我看看行吗？"

那是2000年奥运会后的一次体操"选秀会"上，一位黄毛小丫闯进了中国体操女队教练组组长陆善真的视野。说真的，她貌不惊人，举手投足间也没有显露出体操队员特有的灵性。但她从人群中主动跑出来，要跳给教练看。她做了一个最基本的动作——前手翻，整个动作的韵律和节奏都很好。她的身材特别适合练体操——窄窄的胯，四肢的比例堪称"黄金分割"。于是陆指导和刘群琳教练决定收下这个"关门弟子"，进行精心培养。这个小丫就是湖北的12岁女孩程菲。

如果不是她主动"跳"出来，她就错过了一个千载难逢的机会，就不可能入选中国体操队这个世界冠军的摇篮。

2005年11月初，东亚运动会女子跳马在与劲敌朝鲜队的比赛中，程菲向陆指导主动提出跳10分起评的踺子后手翻转体180度接前直空翻540度，这一高难度动作后终因心态未调整到位，以落地时跌出白线未告成功。切不可小看这一"跳"，这是惊雷贯耳之前的一个闪电，虽然极为短暂，却令人眼前一亮。这一"跳"，是巨大成功之前的一次小小的预演。果不其然，在其后11月23日的墨尔本体操世锦赛上，程菲凭借这惊天一跳，不仅为中国摘得了女子跳马历史上的首枚金牌，而且因为这前所未有的一跳，被命名为"程菲跳"，载入了世界体操史册。这是第一个以中国女选手命名的跳马动作，重塑了中国女子体操的形象。国外媒体惊呼："女子跳马将进入程菲时代。"

程菲成功了。在2006年3月体操世界杯法国站的比赛中，她又连夺两金，被誉为"跳马王"。她还荣膺2005年度CCTV中国体坛风云人物。程菲辉煌的今天，全因为6年前那毛遂自荐的一"跳"。打开成功之门，首先需要的是"临门一脚"的勇气。关键是你要敢于"跳"出来。这是勇者与懦夫的试金石，这是杰出与平庸的分水岭，这也是失败通向成功的助推器。

有时，决定我们一生命运的，只是那敢于引人注目的一"跳"。

［伏线接笋］

这个世界，不管是过去、现在还是未来，都会一直充满伤痛和苦难。有的人在烦恼，有的人在哭泣，有人却面对不公的命运轻轻微笑，从风雨中寻回梦想起点。

第五辑

价值六万美元的自信

林华玉

　　杰克逊是一名美术学院的学生，他与寡居的母亲相依为命。杰克逊上大三的时候，他的母亲病了，是胃癌。医生对他说："孩子，你母亲需要动手术，你回去赶紧准备手术费吧！"杰克逊问需要多少，医生说大概六万美元，杰克逊犯了愁。

　　那几天，杰克逊脑海中整天转悠的就是怎么筹钱，要不是买卖器官犯法，他真想卖掉自己的一个肾为母亲筹钱。这天，他看着墙上挂着的那幅作品《夕阳》，灵机一动，心里有了主意。

　　《夕阳》是杰克逊大二时的作品，曾获全美大学生绘画作品大赛一等奖，妈妈视它为珍宝，找人精心装裱后，挂在客厅醒目的地方。杰克逊的主意就是把它拍卖掉。

　　杰克逊找了一家拍卖行，可人家说，他们这里拍卖的都是名人的作品，像他这样一点儿名气都没有的，他们不会接受。杰克逊就去找了拍卖行的负责人，负责人听了杰克逊的讲述，深受感动，答应在一个拍卖会上捎带着拍卖他的作品。

　　拍卖会开场了，因为拍卖品中不乏国际大师的作品，所以参加竞买的人很多。经过一番竞卖，九件拍卖品都以不菲的价格找到了买主。最后一件是杰克逊的《夕阳》，拍卖人介绍完之后，拍卖会就开始了。《夕阳》的拍卖底价是五千美元，但没有一个人举牌竞买，这早在杰克逊的意料中，谁会对一个名不见经传的大学生的作品感兴趣呢！

　　眼看着《夕阳》就要流拍，杰克逊急了，他站起身，冲向拍卖台，说："各位，我就是《夕阳》的作者杰克逊，我希望各位能购买我的作品……"这时，一个竞买人站起身，说："小伙子，我听说过你的母亲得了重病，你拍卖你的作品是为了救你母亲，我们对你的孝心表示赞扬，但你应该去救济署或者慈善机构寻求救助，而不是来这种场合，要知道，我们是投资人，购买作品都是为了赚钱，凭什么要我们买你的作品呢？"杰克逊不急不忙，介绍了自己在学校里的表现和展示了历年来获得的奖项，说："艺术大师也都是从普通人成长起来的，我现在是个普通人，但很优秀，我相信

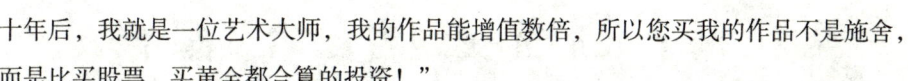

十年后，我就是一位艺术大师，我的作品能增值数倍，所以您买我的作品不是施舍，而是比买股票、买黄金都合算的投资！"

下面的人立时骚动起来。接着一位中年夫人举起牌子，说："我看好杰克逊先生，我出一万美元！"另一个青年男子也举起牌子，说："我出一万五千美元！"

价格出到两万五千美元，没有人再举牌子，拍卖师开始倒计时，正在他数到一的时候，忽然一个声音喊道："我出六万美元！"众人看去，举牌子的原来是本地的投资大亨道格拉斯，他经常出席这样的拍卖会，购买了大量的名家作品。

最终，道格拉斯拍到了杰克逊的《夕阳》，杰克逊走近他，鞠了一躬，说："谢谢……"道格拉斯说："孩子，你不需要向我道谢，我是一个商人，我从不干亏本的买卖，我相信，你的作品十年后确实能增值数倍，我这次的投资一定能够大赚一笔！"

有了这六万美元，杰克逊的母亲及时动了手术，恢复了健康，杰克逊也得以完成学业。十年后，杰克逊真的成了很著名的画家，他的画作每幅都在十万美元以上！这时，杰克逊就想找到道格拉斯先生，跟他说他的眼光没错。

道格拉斯在办公室会见了杰克逊，他听完杰克逊的讲述，说："小伙子，其实当年我并不看好你的画，使我下决心要买你的画的，是你的自信，你的自信至少价值十万美元！"

每个人都能找到自己的"椰子"

张军霞

他出生在一个贫困的家庭，从童年开始，内心深处就被极度的自卑笼罩着。大学毕业后，因为屡次求职失败，他干脆开始宅在家里，整天沉迷于电脑游戏，日子过得更加穷困潦倒。

一次偶然，他被好友安克拉着，去参观一场所谓"草根族"的才艺表演比赛。让他感到惊讶的是，来参加比赛的成员，年龄和职业各不相同，每个人都大胆登上舞台，尽情表现自己的特长。

一个八岁的小男孩，用手指顶着比萨饼面团，迅速开始转动。伴随着音乐节奏的变化，他时不时将面团放在脑袋后面，用双手互相配合着旋转，娴熟的甩饼技术，加上轻松而自信的笑容，赢得观众热烈的掌声。

一个身材特别矮胖的女孩，演唱《泰坦尼克号》电影中的主题曲，尽管她的嗓音并不优美，勇于挑战自我的精神却感动了很多人。

一个在车祸中失去双腿的男人，现场表演飞针走线，短短5分钟的时间，就将一块布料缝成了漂亮的裙子。原来，从绝望中走出来的他，选择了裁缝职业……

就在他看得入迷时，似乎一无所长的安克也登上舞台，当众表演起了吹泡泡，当他一口气吹出50多个美丽的泡泡时，整个舞台充满了如梦如幻的气息。

"现在，该你上场了！"安克微笑着对他说。"我不行！"他急忙摇头拒绝。安克却不依不饶："从今天开始，把'不行'两个字，从你人生的字典里删除！"说着，安克居然使劲推了他一把，然后大声说："热烈欢迎我们的新朋友！"

毫无准备的他，情急之下，顺手捡起了舞台边的一个椰子，将它高高放在头顶上，然后向安克示意："还记得小时候的游戏吗？动手吧！"安克想了想，会心一笑，找了一根木棍，对准椰子"狠狠"砸了过去。

"砰"的一声，椰子被击碎了，他却稳稳站在原地，而且面不改色。观众被他的"铁头功"震惊了，纷纷站起来鼓掌。站在舞台中央的他，被久违的鼓励包围着，忽

然热泪盈眶。

这次表演归来，他好像换了一个人，开始尝试从前不肯做的工作，送快递，卖鲜花，并在短短两年的时间里，成了一家房地产公司的经理，就在父母感到十分欣慰时，他又做出了一个惊人之举：辞职回家，重新做宅男！与从前不同的是，这次他不再沉迷于游戏，而是要实现童年时的梦想——当一名作家！

为了实现梦想，他关掉手机，谢绝一切娱乐活动。每天只休息四个小时，其余的时间全部用来读书和写作。就在2011年8月，历时一年之后，他终于完成了一部20万字的励志小说，书的名字就叫《被椰子改变的梦想》。

这部书出版不久，就引起了读者的高度关注。人们被他朴实而温情的文笔所打动，在此后半年的时间里，这本书一直高居畅销榜之首，并再版了三次，在这个图书市场低迷的年代，刮起了一场不小的"风暴"。

他就是来自法国的青年作家让·诺雷，在这本新书的序言里，他用这样一段话描述了自己的心路历程："那次参加才艺表演，让我忽然明白，就算一无所有，也可以凭借一只椰子赢得喝彩。其实，人生从来没有绝境，每个人都能找到属于自己的'椰子'。"

悬崖上有一棵老树

江泽涵

家迁至溪口十五年，这是第二次登雪窦山。缆车正在维修中，只好徒步去崖底，下坡路也不轻松，折腾得双腿酸软，在道旁的长椅上坐下小憩。我喜欢游赏山川名地，但难熬旅途的艰辛，因此称不了旅行者。

眺望远处的千丈岩，只得见半壁，有瀑布的音，没瀑布的影，亦壮哉矣！蓦地，生起一缕悲凉，时不时有人在这里结束了"痛"。他们或是风光一时的地方名人，或是为生活所迫的草根一族，或是被爱人抛弃的孤雁……

拾级而上的这个老妇人，头发近乎白霜，而瘦削的肩上还驮着个载满物什的大麻袋。忽然，她脚底一滑，身子就矮了下去，一大袋东西也压在了佝偻的脊背上。我正要跳起身，她已翻身站起，一手抓起蛇皮袋，朝我这边走来。

我让出了更多的位子。老妇人冲我眯眼一笑，也不坐，倒抓起蛇皮袋，掉出一个个易拉罐和矿泉水瓶。她清点了一下，又呵呵笑起来："不错唉，六十二个，有十五块呢！"她操着一口正宗的本土方言。

老妇人擦了擦汗，与我东一搭，西一搭地聊起来。我问她这么大岁数，怎么还出来做活。我猜她无儿亦无女，有，也是给教养成了不孝子。

"我儿子跟朋友合伙做生意，那天杀的……卷了钱，跑了人！儿子不想我受累，他起早贪黑要一个人扛下。"怒目金刚一闪即逝，代之以低眉菩萨。

"我做完家务，搭便车来捡些废瓶，多少能分担些。"老妇人手一扬，将袋子甩上了肩，临别说，"这里好多好看的风景，你慢慢看啊！"

我带着老妇人的话，且行且看，不知不觉就到了观瀑亭。我静下心来观赏瀑布。雪窦山多瀑布，名气最响的首推千丈岩。话说千丈，实际也就六十丈，瀑布也不宽，五尺左右，远观宛如一匹飞练。气势远不如三叠泉、黄果树的瀑布，也未必及得上本山的徐凫岩和三隐潭。

飞瀑两侧的峭壁上，爬满了青草藤条和苔类蕨类植物，它们都镌刻在我的眸子深处，没有土壤，仅靠丁点儿水汽的滋润，竟也能茁壮成长。

最稀罕的莫过于那棵在石缝中扎根的不知名的老树。根已和岩石相融。根和底杆是向前冲的，而杆子中上部分和枝条却是往高处挺起的。彩虹划过瀑布，平添气氛。瀑布从岩上飞泻而下，重重摔在岩石上，绽放出绝世的美丽。它每天都能欣赏到。

母亲来电话了。我说起那棵老树。母亲说她读小学的时候它就在了。看身材吧，我道它就十来岁，怎知竟已在峭壁上挣扎了四十多个年头。可知它何以这般矮小？哦，绝处求生，过得自然艰辛，可活下来了就是活下来了。

瞧瞧这棵老树的胸襟，纵然被命运排挤到了峭壁，它也始终坚信着破壁而出的美丽，受万人仰视的自豪。人活着当然可以天不怕地不怕，只怕丢掉一样东西——信念。生命里有了信念，做一棵悬崖上的老树，也可欢颜自在。

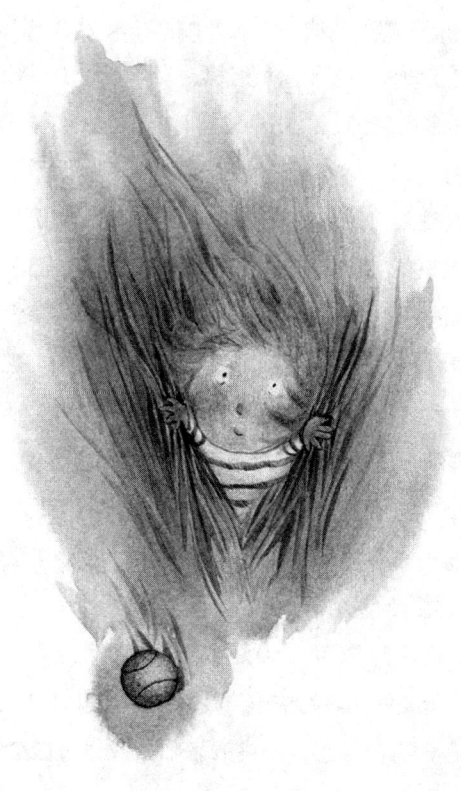

"无肢人"的正能量

梁阁亭

　　"正能量"是近来非常流行的一个励志词语。英国心理学家理查德·怀斯曼将人体比作一个能量场，通过激发内在潜能，可以使人表现出一个新的自我，从而更加自信、更加充满活力。今年30岁的澳大利亚人力克·胡哲出生时罹患海豹肢症，天生没有四肢，曾经三次尝试自杀。10岁那年，他第一次意识到"人要为自己的快乐和梦想负责"。从此，热情、好动、充满生命力，是对他最棒最贴切的形容词！他是第一位登上《冲浪客》杂志封面的菜鸟冲浪客，在夏威夷与海龟一起游泳，在哥伦比亚潜水，踢足球、溜滑板、打高尔夫球样样行。16岁那年，他第一次在小型聚会中跟同学分享自己的故事，感动的口碑就从这12个人开始。在决定以"激励他人"为生命目标后，他创设了"没有四肢的人生"非营利组织，实行各种创意行善，至今已在五大洲超过25个国家举办1500多场演讲，他在全球拥有6亿"粉丝"，给予（接受）数百万个拥抱，自称为"拥抱机器"。

　　力克·胡哲在这本雄踞纽约时报畅销书榜首的《势不可挡的人生》中，通过真诚、平实而富有真情实感的语言，围绕挫折、爱情、成长、心理等问题向大家讲述了那些他人生路上所遇到的普通人的感人故事，展示了坚定的信念和执着的行动带来的惊人力量，让我们明白，只要我们自己寓信念于行动，就能实现自己的目标，无论所面临的困难怎样看似令人却步，只要有执着的行动，我们就会活出人生的精彩。在他看来没有什么困难是难以逾越的，抱有对未来的梦想就总还有实现的可能，如果选择放弃，则一无所获。人生最终收获成功，需要有改变现状的勇气和决心，需要对未来充满希望和信心，要与他人建立起和谐的人际关系，敢于与恐惧和失败为友，拥有"跌倒七次，爬起来八次"的毅力。

　　"你只需要想着，连我这个四肢全无的人都能够环游世界，走出去面对数以百万计的人，并享受他们给予我的无限的快乐与爱。我和你日常见到的每一个人都不是十全十美的，我有时欢喜，有时忧愁，当挑战来临，我也可能会被打倒。然而我很清

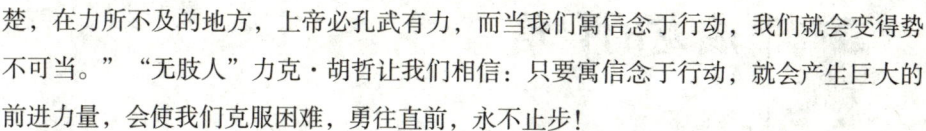

楚，在力所不及的地方，上帝必孔武有力，而当我们寓信念于行动，我们就会变得势不可当。""无肢人"力克·胡哲让我们相信：只要寓信念于行动，就会产生巨大的前进力量，会使我们克服困难，勇往直前，永不止步！

这个世界，不管是过去、现在还是未来，都会一直充满伤痛和苦难。有的人在烦恼，有的人在哭泣，有人却面对不公的命运轻轻微笑，从风雨中寻回梦想起点。人生就像是一副牌，发牌的是上帝，我们所能做的就是竭尽所能，打好手中持有的牌。当我们面对人生的困境时，所应采取的四种态度：感恩、行动、同理和宽恕。这四种态度让我们面对人生的不同困境时，都能让自己摆脱困境，感受到生活的幸福和快乐，以及生命的意义。

每个人的信念里都潜伏着惊人的爆发力，永远都不要说不可能，只要你有一颗勇敢自信的心。

成龙的自信

蔡　澜

第一次见成龙，是在电影摄影棚里。一条古街道，客栈、酒寮、丝绸店、药铺。各行摊档，铁匠在叮叮当当敲打，马车夫的呼喝，俨如走入另一个纪元，但是在天桥板上的几十万烛火刺眼照射下来，提醒你是活在今天。

李翰祥的电影，大家有爱憎的自主。一致公认的是他对布置的考究是花了心血的，并且他对演员的要求很高，也是不可否认。

现在拍的是西门庆在追问郓哥的那场，前者由杨群扮饰，后者是个陌生的年轻人，大家奇怪，为什么让一个龙虎武师来演这么重的文戏？

开麦拉一声大喊，头上双髻的小郓哥和西门庆的对白都很精彩。一精彩，节奏要吻合，有些词相对地难记，但是两个人皆念一遍就入脑，没有NG（让演员再来一次）过。李导演满意地坐下："这小孩在朱牧的戏里演的店小二，给我印象很深，我知道他能把这场戏演好，怎么样？我的眼光不错吧？"

成龙当了著名演员以后，这段小插曲也跟着被人遗忘。

这次在西班牙拍外景，我们结了片缘，两个人用的对白大多数时间是英语。

为什么？成龙从前一句也不会讲，后来去美国拍戏用现场同步收音，又要上电视宣传，恶补了几个月，已能派上用场。回来后，他为了不让它生锈，一有机会就讲。

他说："我和威利也尽可能用英语交谈。"

"我们两个人都是南洋腔，你不要学坏了哟。"我笑着说。

"是呀！你们一个从新加坡来，一个马来西亚人，算过江龙，就叫你们新马仔吧！"成龙幽了我们一默。

从故事的原意开始，成龙已参加。后来发展为大纲，分场、剧本、组织工作人员、看外景、拍摄，到现在进入尾声，已差不多半年，我们天天见面，认识也有一二。但是，要写成龙不知如何下笔，资料太多，又挤不出文字，就把昨天到今晨，一共十几个小时里所发生的事记录一下。

我们租了郊外的一间大古堡拍戏。成龙已经赶了几个日夜班，所以他今天不开车，让同事阿坤帮他驾驶。坐在车上，我们一路闲聊。

"你还记得李翰祥导演的那部古装片吗？"我忽然想起。

他笑着回答："当然，大概是十年前的事了吧？那时候我也不明白李导演为什么会找我。杨群、胡锦、王莱姐都是戏骨子，我也不知道哪儿来的勇气，只好跟着拼命！"

"大家看了《A计划》后，都在谈那个由钟塔上掉下来的镜头。到底真实拍的时候有多高？"我问。

"十五米多，一点儿也不假。"他说，"其实也没有什么了不起，我们拍之前用一个和我身体重量一样的假人，穿破一层一层的帐幕丢下去。试了一次又一次，完全是计算好的。不过，等到正式拍的时候，由上面望下来，还是怕得要死。"

成龙并没有因为他的成名而丧失了那份率直和坦白。

到达古堡时天还没有黑，只见整个花园都停满演职员的房车、大型巴士、发电机、化装车。

装灯光器材、道具、服装等的货车，也有数十架。

当日天雨，满地泥泞，车子倒退和前进都很不容易。阿坤在那群交通工具中穿插后，把车子停下，然后要掉转。

成龙摇摇头："不，不。就停在这里好了。"

"为什么？"

阿坤不明白："掉了头后收工时方便出去呀！"

"我们前面那辆是什么车？"成龙反问。

"摄影机车嘛！"阿坤回答。

成龙道："现在外边下雨，水滴到灯泡会爆的，所以不能打灯，到了天黑，我们的车子对着它，万一助手要拿什么零件，可以帮他们用车头灯照照。"

阿坤和我都没有想到这一点，因为当时天还亮着。

进入古堡的大厅，长桌上陈设着拍戏用的晚餐，整整一只烤羊摆在中间，香喷喷的。饭盒子还没有到，大家肚子咕咕叫，但又不能去碰它，这就是电影。

镜头与镜头之间，有打光的空当，成龙没有离开现场。无聊了，他用手指沾了白水，在玻璃杯上磨，越磨越快，发出"嗡嗡"的声音，其他初见此景的同事也好奇地学他磨杯口，嗡嗡巨响传到远方。

叫他去休息一下，他说："我做导演的时候不喜欢演员离开现场。现在我自己只当演员，想走，也不好意思。"

消夜来了，他和洪金宝、元彪几个师兄弟一面听相声一面挨干饭。听到惹笑处，倒在地上爬不起来。

天亮，光线由窗口透进来，已经是收工的时间，大伙拖着疲倦的身子收拾衣服。我向他说："我驾车跟你的车。"

"跟得上吗？我驾得好快哟，不如坐我的车吧。"他说。

他叫阿坤坐在后面，自己开。车上还有同事火星。火星刚考到驾照，很喜欢开车，成龙常让他过瘾，但今早他宁愿让别人休息。

火星不肯睡，直望公路，成龙说："要转弯的时候，踩一踩刹车，又放开，又踩，这样车子自然会慢下来。要不然换三拨、二拨也可以拖它一拖，转弯绝对不能像你上次那样开那么快，记得啦！"

"学来干什么？"火星说。

"你知道我撞过多少次车吗？"成龙轻描淡写地说，"我只不过不要你重犯我的错误。"

成龙继续把许多开车的窍门说明给火星听，火星一直点头。

"我们现在天时、地利、人和都在，所以我才讲这么多。有时，我想说几句，又怕人家说我多嘴，还是不开口为妙。"最后，他还是忍不住再来一句，"开车最主要的是让坐在你车子里的人对你有信心，他们才坐得舒服。其实，做人、做什么事都是这个道理，你说是不是？"

送你一只狗

刘　墉

　　看她隔着玻璃，一直逗那只小黄狗，老板娘走出来笑道："看样子它跟你挺有缘呢？"

　　"有缘？"

　　"是啊！别人逗它它都不理，却对你直摇尾巴。"老板娘把门推开，"进来玩玩！"

　　"我只是路过，随便逗逗。"她迟疑地说。

　　"又不是要卖给你，逗逗它，算同情它，一只小狗，好寂寞。"

　　那小黄狗果然好像跟她有缘，直往她身上跳、脸上舔。

　　"看，这么喜欢你，你又挺喜欢，送你好了！"

　　她一怔："送我？"

　　"是啊！而且它已经打过针了。"老板娘一边说，一边拿出一包狗粮，"连这狗粮都送你。"

　　"我没养过狗，不知道怎么养。"她还是不敢收。

　　"试试看嘛！不好养、不乖，随时拿回来！"

　　没过两个钟头，她就把狗送回了宠物店："这狗我不能养，它才进门就在地板上尿。"

　　老板娘笑着轻轻打了一下小黄的头："不乖！瞧，人家不要你了。"接着过去拿了一瓶东西出来，"这样吧！我送你一瓶喷剂，日本进口的，它在什么地方尿，你喷一下，它就不会在那儿尿了。"

　　"它是没在那儿尿了，可是在别的地方尿，而且拉了一坨屎，臭死了！"第二天一大早她又把小黄送回店里，"不行！不行！我有洁癖，受不了！"

　　"哎呀！都怪我！"老板娘拍了一下自己的前额，"忘记给你尿布了。"说完就拿出一个长方形的大盘子和一包像吸水纸的东西，"瞧！你把尿布打开，铺在盘子里，再盖上这层网子，保证会在上面拉屎拉尿，而且因为有网子，不会弄脏，喏！这盘子和尿布也送你。"

"又送我？"

"是啊！你实在养不了它，再一起拿回来还我嘛！难得结缘。"

隔天，她又抱着小黄、提着盘子，回到宠物店："你的好意，我心领了！我绝不能养它，你知道吗？它居然会咬沙发，把我新买的沙发都咬破了。"

"是吗？"老板娘眼睛一亮，"这小鬼可真健康，这么快就牙痒了，有赏有赏！"接着拿出一大包红色像猪肉干的东西，"喂它吃这个，很好吃，不信你也可以试吃一块，这是磨牙的。还有，"又转身掏出个塑料玩具，"给它咬这个，更能磨牙。"

"多少钱？"

"笑话！小东西，送你的。"

隔两天，她又打电话到宠物店："老板娘，谢谢你的好意，我看哪，我是真没本事养它，因为它乱跑乱跳，我控制不住，我是在家工作的，不能总被打扰。"

"别急！别急！"老板娘在那头喊，"你住哪里？我给你送个笼子过去。"

"笼子？很贵吧！"

"不贵不贵，借你用！你实在养不了，只要通知我，我就把它和那些东西一起接回来，反正不会坏。"

突然间，她小小的客厅好像变成了个游乐园，蓝色的塑料笼子、黄色的尿盘、红红绿绿的狗玩具，朋友来，要不是看见笼子里的小黄狗，准以为她成了未婚妈妈。

老板娘还真热心，居然主动打电话问："行不行？"

"试试看吧！麻烦，是真的！害得我每天还要带它出去散步。而且，它很臭耶！"

"臭？"电话那头似乎一惊，"对了！小黄该洗澡了，你自己不会洗对不对？我马上派人去，把它接回来洗。"

"太麻烦了吧！"

"不麻烦！不麻烦！我们有专人接送，都是包月的。"

"贵吗？"

"这次免费！你觉得好，再说嘛！"

才三个钟头，小黄就被送回来了。头上还绑了个蝴蝶结，眼睛也不一样了，原先四周的长毛被修短，露出大大圆圆的眼睛。而且，臭狗狗变成了香狗狗，看到她更兴奋得像是久别重逢，又叫又跳又舔。

隔周，她主动请宠物店把小黄接去洗澡，并且趁机会将笼子、盘子和地板好好清理了一番。看看表，怎么还没送回来啊！等了又等，她干脆自己跑去了宠物店。

"啊！你自己来了啊！我们正给它清耳朵呢！还有喂防'心丝虫'的药。"老板娘把小黄抱出来，"才两周，就大多了耶！真活泼！真可爱！"

她把香香的小黄接过来，一手抱狗，一手掏皮包："我是来给你钱的，笼子、盘子，还有洗澡包月，一共多少钱？对了！为什么我朋友的狗都有狗床？小黄也要一个，有没有好一点儿的？我还要一包狗牛肉干……还有尿布、狗粮和狗碗……"

爱上小动物，不难！只要你为它奉献、为它牺牲、为它过敏、为它脏乱……你为它牺牲得愈多，愈爱它。

做好你的配角

刘俊荣

2013年2月10日，周星驰的《西游·降魔篇》正式上映。公映六天，票房超过5亿元，刷新了内地影史的次周票房纪录。不过，一直以来，周星驰在电影中都是以配角抢戏著称，所以，这次很多观众在微博上也将目光聚集到这些"死跑龙套"的身上。片中出现的"喷血哥""韩语哥""花痴小师妹""猪八戒"等都成了网友们讨论的目标。尤其是没有一句台词的猪八戒的扮演者——帅哥陈炳强，一夜走红，更是成为网友们关注的焦点。

陈炳强是如何结缘周星驰，又是如何成为《西游·降魔篇》里面的配角并一夜走红的呢？陈炳强道："我高中毕业喜欢演戏，在不少剧组跑过龙套。尽管每次参演的只是个配角，仅有一两句台词或一个动作，有的甚至一句台词也没有。但我每次都很认真地去做，认真地做好自己的配角。后来，一个制片人介绍我去跟周星驰当助理。一听说是我的偶像，我想都没想就答应了。就是那种最普通的助理——在片场给他端茶送水，在公众场合帮他维持下现场秩序之类的。其实我仍只是个配角而已。在担任星爷助理一个月之后，一天，我鼓足勇气对星爷说：'其实，我是一个演员，我很崇拜你，希望你能给我一个机会，我不会让你失望的！'星爷听了这句话后，沉默了一下，说：'会的。'而陈炳强认为，应该就是这句话打动了星爷。"

《西游》试片后，很多女观众都对片中猪八戒的扮演者陈炳强印象深刻，《新快报》记者发现他竟然就是周星驰的私人助理。星爷也说了找助理来演猪八戒的幕后故事："一开始大家都在找帅哥，找了很久都觉得不够帅。最后觉得不就是小强吗？现成的帅哥。有人说他是助理，我说助理难道不能演吗？其实猪八戒这个角色在变身成达瑞麟之前只有一个表情，就是微笑。小强也是永远都只有这一个表情，你叫他做多一个都不行，所以找他来演真的很完美。"因为是新人，又是在偶像的电影中演出，因此陈炳强重拍了很多次。片中有个桥段是拍陈炳强和舒淇对打，陈炳强也因此被打了十多次，后来脸都被打肿了……拍片时是7月，现场热得像蒸笼……而这些苦对常

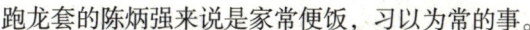

跑龙套的陈炳强来说是家常便饭，习以为常的事。

接受记者采访时，这个90后的陈炳强略显青涩，但对星途还是相当自信："尽管演的只是没有一句台词的配角，尽管吃了不少苦，但我仍然非常感谢周先生给我这次机会，依然会尽最大努力做好自己的配角。我相信未来我的星途一片灿烂！"

其实我们每个人在生活中，工作中，在人生的道路上，充其量也只是个配角而已。要想像陈炳强那样取得成功，甚至一夜成名，首先还得不怕吃苦，努力做好你的配角。然后，当机遇来临时，紧紧抓住它，你就能脱颖而出。

除了没有双臂，没有什么不可能

赵盛基

1983年，美国亚利桑那州的图森市迎来了一个小女孩的诞生。本来盼望看到一个健康孩子的年轻父母，第一眼看到这个孩子的时候却惊呆了：这是一个没有双臂的孩子。既然生下来了，父母不得不接受这个现实，给她取名杰西卡·考克斯。

由于没有双臂，到了该会翻身的日子还不会翻身，父母很着急。似乎小杰西卡也很着急，躺在床上使劲踢蹬两只小脚丫。踢着蹬着，她居然一骨碌翻了过来。后来又能用脚丫代替手向前挪动身体，开始了爬行。或许是这些动作使脚得到了更多的锻炼，她竟然比同龄的孩子会走路早。可是，由于没有双臂的平衡和支撑，她常常摔倒，被摔得鼻青脸肿，脸上多次缝针。父母心疼，就搀扶着她，她却很倔强，甩开父母自己走。

5岁时，父母请医生为小杰西卡安装了假肢。尽管如此，她还是常常看到人们同情的眼神，好心人也经常帮助她，提醒她，时时刻刻让她感到自己是个残疾人。那副假肢也时时刻刻在提醒她：你就是个残疾人。她讨厌透了那副假肢，14岁时，她不听任何人的劝告，彻底拆掉了假肢，永远扔进了壁橱。然后，她拼命多走路，学习游泳，有意识地锻炼自己双脚的柔韧性。此后，她学会了用脚做任何事情，不但学会了用脚写字、操作电脑、弹钢琴，还获得了亚利桑那大学的心理学学士学位和跆拳道"黑带"二段的称号。

如果说这都是些"粗活"的话，那么细活她干得照样漂亮，让人不可思议。

她长得漂亮，又是个爱美的姑娘，嫌戴眼镜影响美观，有损形象，就决定配戴隐形眼镜。她来到医院把这个想法告诉了眼科医生，医生瞪大了眼睛说："不！不！不可能！你无论如何也不可能用脚把隐形眼镜放进眼里。"她对医生说："我一定能！"结果，她成功了。医生连连摇头："啊哦！不可思议，简直不可思议。"

她就是这样不服输，别人都以为她不可能，她都变成了可能；别人都把她看成残疾人，她却做得比正常人还好。

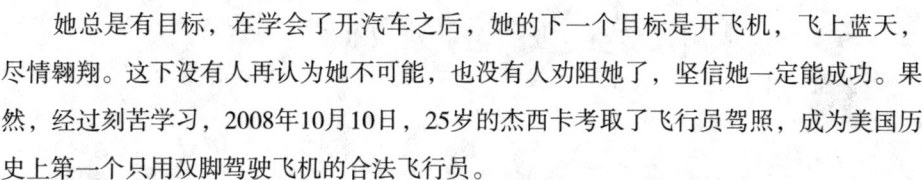

　　她总是有目标，在学会了开汽车之后，她的下一个目标是开飞机，飞上蓝天，尽情翱翔。这下没有人再认为她不可能，也没有人劝阻她了，坚信她一定能成功。果然，经过刻苦学习，2008年10月10日，25岁的杰西卡考取了飞行员驾照，成为美国历史上第一个只用双脚驾驶飞机的合法飞行员。

　　杰西卡已经不满足于自己的成功，她要把自己的经历告诉全世界。为此，她周游世界，到各国进行演讲。2013年，30岁的她已经前往世界各地的17个国家进行了巡回演讲，她的励志故事激励了千千万万的人。

　　杰西卡说："我不需要别人的同情，也不依靠别人的帮助，我还要成为别人的榜样。我有自己实实在在的目标，我相信，我自己能够实现自己的目标，这没有什么不可能的。"

　　是啊！对于自信而坚毅的杰西卡来说，除了没有双臂，没有什么不可能。

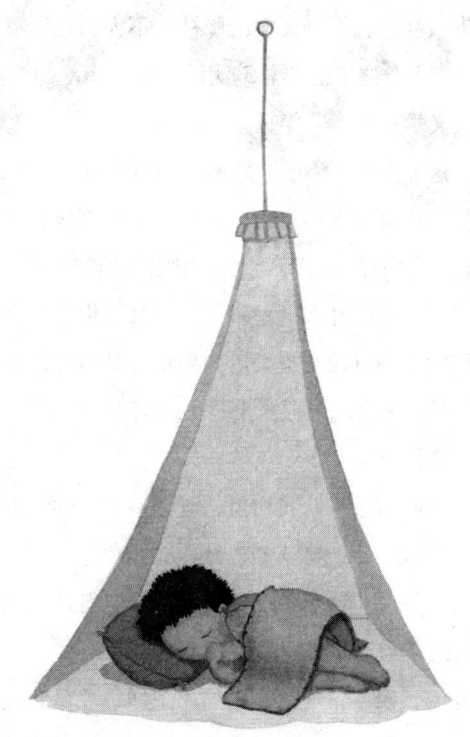

自信是最好的敲门砖

宋传太

    22年前，人民文学出版社的办公室里来了一个二十来岁的年轻人，他要找总编当面询问书稿的出版事宜。三个月前，他给总编寄来了自己的一部长篇小说，却一直没有收到回复或退稿信。事实上，一进门，他就看到自己的书稿原封未动地躺在总编的办公桌上。

    一名默默无闻的文学青年居然上门"兴师问罪"，这让总编感到很意外。尽管很忙，他还是抽出时间接待了这个年轻人。

    总编问："你写的是什么内容啊？"

    年轻人说："关于警的故事。"

    "那你应该寄到群众出版社，我们是文学出版社，不大出这种写警察的东西。何况邮寄来稿的采用率，也只有千分之一。"总编实话实说。

    "写警察的东西就不是文学了吗？"年轻人反问道。

    "群众出版社更愿意出这种类型的稿子。要不我们帮你寄？"总编好心提醒。

    的确，为了保证发行量，出版社更愿意出版知名作家的稿件，一般而言，文学新人的作品很难引起读者的共鸣，所以一直不受大型出版社的青睐。

    年轻人有些赌气地说："书稿已经在这里躺了三个月，你不妨先看一点儿，如果你咬一口，觉得是石头，那就不必再往下咬了。如果觉得是馒头，那你就再咬一口。我相信，你会看下去的。"激动的语气中透露出强大的信心。

    总编反问："你就这么自信？"

    年轻人笃定地点点头："我写的东西我知道，看完一章，你觉得不能往下看了，你就退给我。也有可能你看完第二页，就能有吃到馅儿的感觉。"

    总编一下子记住了这个自信的小伙子——他的文字究竟有什么魅力，居然能让他如此理直气壮？总编打开信封，细细品读他的稿……

    离开总编办公室，年轻人长出一口气，无论结果怎样，总算有人肯认真阅读他的

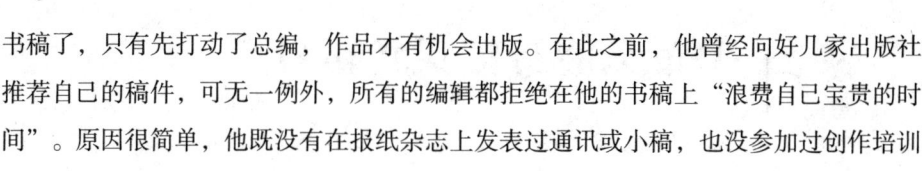

书稿了，只有先打动了总编，作品才有机会出版。在此之前，他曾经向好几家出版社推荐自己的稿件，可无一例外，所有的编辑都拒绝在他的书稿上"浪费自己宝贵的时间"。原因很简单，他既没有在报纸杂志上发表过通讯或小稿，也没参加过创作培训班，更没有写作小说的经验。

一个月后，他的长篇小说《便衣警察》正式出版。这部小说一问世就引起了轰动，获得首届金盾文学一等奖、全国首届侦探小说佳作奖，由它改编而成的同名电视剧《便衣警察》一举问鼎金鹰奖、飞天奖、金盾奖三项桂冠。《便衣警察》的火爆，让人们渐渐记住了一个叫"海岩"的作家。

实际上，海岩小学都没有毕业，只读到四年级就辍学了，退伍后当了一名普通的人民警察。海岩写小说则是一时兴起，之前，他看了几本在书摊上买的长篇小说，结果大失所望，就起了自己写一部小说的念头，创作素材正是他被派到天安门当便衣警察的经历。

一切准备就绪，他每天八九点钟准时回到自己的小屋，偷偷摸摸地写小说。那时，家里还没有空调，小屋里闷热极了，但他天天坚持写到深夜，写完的稿纸都锁在抽屉里。海岩就是在这样的状态下，写成了自己的第一部长篇小说《便衣警察》，共47万字。

有一天，海岩的父亲在找东西时，无意中发现了藏在壁橱里的手稿，并成了他的第一个读者。父亲虽然文化水平不高，却被海岩构思的故事所吸引，每过几天就向他要下面的手稿。父亲的兴趣无形中打消了海岩的顾虑，进一步增强了他的自信——好的文学作品应该是雅俗共赏的，正如白居易的诗，连不识字的老婆婆都能读懂。

修改完毕后，海岩抱着书稿，信心满满地四处推荐自己的作品，虽然屡经挫折，可他的信念始终坚定。最终，他的自信引起了人民文学出版社总编对他的书稿的重视，这才有了《便衣警察》的问世，才有了日后的"海岩"。

在通向成功的路口，自信才是最好的敲门砖，只有自信的人才能散发出耀眼的光环，第一个赢得伯乐的赞赏，走上成功的捷径。当然，自信并非空中楼阁，它需要坚强的支柱，比如真才实学。

# 上帝只能帮你找到伤口

古保祥

乌戈七岁那年冬天，在一次意外事故中，昏迷不醒，唯一的亲人外公在野地里发现了他，他人事不知，醒来后感觉胸部疼痛难忍，在好几个资深医生反复检查后，依然找不到问题所在。他们说可能是有一种坚硬的物质撞击了乌戈的胸部，致使他的神经产生了一种紧迫感。

在那个年代，还没有像现在这样先进的仪器可以检查。因此，外公和乌戈相信了医生的话，他在医院住了一段时间后，病情有所缓解，便出院回家治疗。

之后的几年里，每逢阴雨天气，乌戈总会被胸部的疼痛折磨得死去活来，外公总是站在旁边，不停地为他做着祈祷和念着赞美诗，但乌戈还是坚持不了，他想一死以了却自己。在外公的安排下，乌戈重新住进了市里的一家高档医院，那里的医生说可以帮助他找到问题的所在。

经过仔细的检查，发现乌戈的胸部有一根钢针别在肉里，可能是当时跌倒时无意中碰见的钢针，正是这条钢针，在无声地折磨着乌戈，医生说要通过手术取出。这令外公和乌戈喜出望外。

手术很成功，钢针取出来了，但锈迹斑斑的钢针还是破坏了乌戈的胸部细胞，他仍然感到时时有疼痛发生。

乌戈开始不相信有主的存在，不相信医生是救人的上帝，他大骂他们昏庸无知，为自己找到了病根却不能解除自己的痛苦。外公在一个迷人的黄昏，向乌戈讲述了自己的故事：

外公年轻时参加了委内瑞拉内战，并且有一颗子弹深深嵌在腿肚里。外公说着，将自己的裤管挪开，乌戈第一次看到外公的腿，崎岖不平的腿，弯曲的腿，佝偻的腿，令人心痛不已的腿，外公告诉他，这子弹一直长在肉里。

十年前，有一位部队医生说可以将子弹从我的腿里取出，但经过检查后他们认为：子弹镶嵌太深，如果取出的话，我的这条右腿会残疾，我不愿意有那样的结局，

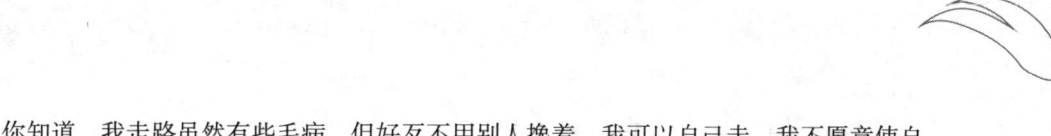

你知道，我走路虽然有些毛病，但好歹不用别人搀着，我可以自己走，我不愿意使自己成为别人的累赘，所以，我选择了放弃治疗。现在，我的肉里依然有一块沉甸甸的子弹残存着，它无时无刻不在折磨着我，让我伤痕累累，你说能怨恨医生吗？孩子，天使只是帮你找到了伤口所在。真正能够治疗自己伤口的是你自己，你需要自信、坚持、执着，用一颗横亘在天地间的恒心战胜它，就好像在战场上，它是你的敌人，你要用一条钢枪死死顶住死神的胸膛，你是一条真正的男子汉。

这是乌戈所听到的最为震惊的一则故事，外公的故事深深地震撼了他幼小沧桑的心灵，他在努力想着，既然上帝已经帮我找到了伤口，那我就不能辜负上帝的期望，我要用坚定的毅力舔舐它，用取之不尽的信念温暖它，使它成为我的战俘。

乌戈·查韦斯长大后成了委内瑞拉的总统，上帝并没有可怜他的伤痛。55岁那年，他不幸罹患癌症，残酷的折磨重新开始，他乐观向上地与癌症做着斗争，同时不忘幽默地与国民亲切交流，"他坚持病中工作，时刻想着该做的事情与职责，他是一位伟大的、乐观的、热情的总统"，这是选民对他的最高评价。

查韦斯在回答记者提问时，曾经这样讲过："亲爱的朋友们，在这世间，上帝帮你找到的只是你的伤口，而想要治愈它们，天地间，唯有你自己。"

方向性失误

尹玉成

早在16世纪，英国就企图征服北极。但由于频繁的战争加之对北极知之甚少，北极探险一直未能成行。1815年，英国及其盟军在滑铁卢战胜了他们最主要的敌人——不可一世的拿破仑；同时，在战争中，英军拥有了众多的舰艇并培养出大量的航海人才，于是北极探险正式被提上议事日程。他们决心以此展示大英帝国在海上的霸主地位，并趁机扩大版图。

1818年6月17日，由4艘军舰组成的北极探险队扬帆启航。此行虽然发现了生活在地球最北端的爱斯基摩人部落，并深入兰卡斯特海峡达80.4公里远，但并未打通英帝国最为渴盼的西北航道。

英国政府决定设立两项巨奖：2万英镑奖励第一个打通西北航线的人，5000英镑奖励第一艘到达北纬89度的船只。重赏之下，必有勇夫：1819年，约翰·富兰克林爵士勇敢地接受了海军部之命，率领一支队伍从陆地进入北极地区，沿北冰洋岸行进了340公里，并绘制出地图。然而，此行并不顺利，10名队员因饥寒交迫而死，富兰克林侥幸逃命，西北航道仍未被打通。

两次出师未果，使得英国不敢再贸然行进。他们决心做好最充足的准备，以确保下次一举成功。

二十多年后，他们终于认为时机成熟了。用于探险的舰艇不仅装备有当时最先进的蒸汽机螺旋桨推进器，在需要时还可以将这种螺旋桨缩进船体之内以便于清理冰块，而且装备了前所未有的可以供暖的热水管系统。人们认为，这种新式的舰艇完全可以冲破西北航线上的冰障。为确保万无一失，经过精心甄选，海军部再次任命已年近六旬的具有丰富的北极航行经验的约翰·富兰克林爵士来指挥这次意义重大的探险，而且为他选派了最有力、最干练的助手班子。

身负重任的富兰克林爵士也立即着手进行精心的准备。从后来公开的资料中我们可以看出，富兰克林的准备精细到何种程度：他精选了1200本图书，一架大型手摇风

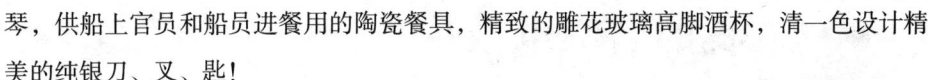

琴，供船上官员和船员进餐用的陶瓷餐具，精致的雕花玻璃高脚酒杯，清一色设计精美的纯银刀、叉、匙！

1845年5月19日，富兰克林率领"埃列巴士"号和"特罗尔"号两艘当时最为先进的远航船只，装载了132名精心挑选出的经验丰富的船员和足以应付3年的供应物品，沿泰晤士河出发了。当时所有的人都认为，成功将如探囊取物，那两项巨额奖金肯定会被富兰克林和他的船舰获得。然而自从7月下旬几位捕鲸者曾在北极海域看到过富兰克林的船队以后，他们便再无任何音讯了。

若干年后，探险船队神秘失踪之谜才逐步被揭开，让人们惊讶万分的是，导致这次探险全军覆没的最主要原因，竟然是准备严重不足。

原来，两艘船舰在进入寒冷的北极之后，很快被浮冰包围，甲板、桅杆、绳索也都被冻上一层厚厚的冰，就连船舵也被冻住了，船被冰牢牢困住，陷入了绝望的境地。水手们开始自我解救，但北极恶劣的天气使不少缺乏足够御寒服装的水手在凛冽的寒风和严寒中丧了命。船舱内的情况也非常糟糕，每个人除了海军部所分发的制服外，再无御寒衣物，与足以应付3年的供应物品相比，他们所配备的供暖蒸汽发动机所用的煤炭只能维持短暂的12天！作为主食的大批牛肉罐头，竟然是不合格品，牛肉早已变质。最具讽刺意味的是，人们后来在距出事船只几千米处发现了船长的尸体，他身着精致的蓝色制服，配以丝织镶边，还裹着一条精美的丝绸围巾，胸前甚至还佩挂着两枚荣誉奖章，这身着装无疑会让人觉得尊贵而华美，却丝毫无助于抵御严寒。

任何准备都应该是为了满足需要，偏离了需要的准备，无论多么自信、细致、周全，都于事无补。

我的名字也带花

张小花

那年，我跟着爸爸到了城里上学。

第一天上课就闹了笑话，老师点名——张小花。我还没应，下面就爆发了哄笑。大家摆着手说没这个人。还有人说，多土的名字啊。谁也没注意到，最后一排站着瘦瘦的我。

我不明白父母为何给我起这个名字，我的长相和花没有任何联系，眼睛小，鼻子塌，嘴唇厚。也许是朵狗尾巴花，我看着镜子自嘲。

少女的自卑像是蔓长的藤纠结着我，我用疏离保护自己，不和别人说话，习惯坐在教室的后面，像孤独的鼹鼠。直到初三，来了新的语文老师。

漂亮的新老师是上海毕业的大学生。踏进教室的瞬间，像一阵清风吹过湖面。

"今天咱们先讲评暑假作文。"她的声音很好听，甜甜的，带着大城市的气息，"我念一篇咱班写得最好的文章。"

只听了一句，一种巨大的幸福感向我袭来——这是我写的。

她读完了说："这是张小花同学写的。"

"啊，张小花。"有人重复一下，继而全班大笑。

年轻女老师没想到大家如此反应，脸上有些愠色，马上又恢复了平和，问："你们笑什么？"

下面安静了，刚才说笑的都哑了。他们也不知道自己为什么笑，只是从第一次听到这三个字起，就习惯了笑，就像骄傲的少年习惯嘲弄一切和自己不一样的人和物。那是少年的特权，更是少年的残忍。终于有人说话："她名字，带个花，挺……俗的。"

女老师睁大眼睛，笑了，嘴角有两个酒窝。她在黑板上写了三个字——陈翠花，说："真巧，我的名字也带花。"

教室里变得很静很静，大家无论如何不能把这个高雅的老师和翠花联系起来。女老师走到我身边，摸了摸我的头。晶莹的泪珠中，我看到漂亮女老师对我微笑。

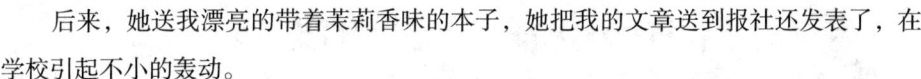

后来，她送我漂亮的带着茉莉香味的本子，她把我的文章送到报社还发表了，在学校引起不小的轰动。

中考的时候，她送我一支英雄钢笔："你一定能考上重点高中。"然后她轻轻抱了抱我。她的头发挨着我的脖子，上面有清新的薄荷香。那个溽热的夏天，一下子安静清凉了。后来我考上了重点高中，再后来我去了上海，在她曾经上学的校园读大学。

在暗哑无言的青春时光中行走的女孩，有人用一句"真巧，我的名字也带花"，把你拉出自卑张皇的泥沼，让你自信满满，一直把你送到春暖花开、鸟语花香的大路上。

我很幸运，我遇到了。

 # 当你心中有"鬼"的时候

刘墉

"不公平！不公平！"你今天一进门就喊，原来是体育课考"仰卧起坐"，由学生自己做、自己数，再报给老师登记。

"好多同学根本做得不标准，还没坐起来，已经躺下去，还没躺平，又坐起来，也算。"你嘟着嘴说，"报的时候还偷偷加几个。害我跟他们比起来，好像特别差的样子。"

接着，你说了一堆同学作弊的例子，而且愈说愈气。孩子，你有什么好气呢？随着年龄增长，你可能见到的作弊会更多。因为小时候，学的东西少，大家很容易应付，上了高中，要学的知识愈来愈多，那些应付不了又希望拿好成绩的人就可能作弊。我学生时代也见过不少作弊高手，说几个给你听吧！

我高中班上有个同学，每次语文科考默写，他都早早到校，先用钢笔在桌子上抄一遍。他不只写哟，写完之后还站在桌子上踩，课桌上蒙了一层灰，免得老师看见下面的字。等到考试的时候，考哪段，他就对着那段哈气，已经干了的钢笔字迹，一哈气就显现出来。有一回他哈得太凶了，监考老师还跑过去问他是不是哮喘病发作，要送他上医院。

提到监考老师，让我想起大学联考，有一题——中国最早的毛笔出现在什么时候？我有个朋友不会，就用手捅前面的人，一边捅一边小声问："笔，什么时候？"

那被捅的先不作声，接着把一支钢笔隔肩递了过来，结果被监考老师看到，我这朋友只好假装打开递来的钢笔，硬挤几滴墨水在自己的笔里。偏偏他的笔已经满了，几滴墨水全滴在了考卷上。

再说个更有趣的事给你听——

联考前，我有个同学做了个十分精致的不到4厘米宽的"旋风装"小抄，上面用工笔小字写得密密麻麻。我当时叹为观止，请他考完之后送给我收藏。只是，联考完了，他却迟迟没给我。有一天，我问他要。

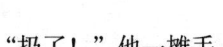

"扔了！"他一摊手。

原来，当他走出考场的时候，看见地上有个小纸片，拾起来，吓一跳，是个小抄本子，居然比他那个还精巧。他一气，就把自己的小抄扔了。好！爸爸的笑话说完了。表面看起来，那些同学都很会作弊，但是你知道结果是什么吗？

结果是：占小便宜，吃大亏，得不偿失。大学联考做小抄的同学，考了三次，好不容易进了一所学校，却在毕业前两个月因为作弊被勒令退学。

爸爸的这些同学，我至今都有联系，甚至在写这篇文章之前，还打电话给其中一位，问他我能不能写。

他说可以，还半开玩笑地说了一段感性的话："其实何必作弊呢？作弊只是拿一时的分数，却没得到真正的学问。我后来想想，如果用做小抄的时间好好念书，恐怕分数还会高些，因为作弊紧张，看小抄都看不清，又一心想着作弊，原来会的也不会了。"他长叹道，"作弊真是害人不利己的事！如果我作弊得高分，让别人落榜，我是害了人；如果我作弊，不踏踏实实用功，学问不如人，是害了自己。"

最后，我再讲两则新闻给你听——

第一则新闻：

美伊战争时，一个偷巴格达博物馆的男人被抓。

"我起先只是看别人抢、别人偷，愈看愈觉得手痒，于是也跑了进去，进去才发现贵重的东西全没了，只好随便拿了两样，结果进去最晚出来最慢，反而被抓。"那男人辩白。他偷的东西虽不值钱，却被判了重刑！

第二则新闻：

几个就读于中国台湾的学生考试作弊被抓。

"大家都作弊，为什么就我们倒霉？"那几个眉清目秀，甚至得过楷模奖的准毕业生，在亲友的陪同下开了记者会，请求谅解。但作弊就是作弊，他们还是被勒令退学。孩子，你知道我为什么讲这两则新闻吗？

有太多人，原先不作弊，只因看别人不劳而获，心里不平，由心痒到手痒，最后也"上了船"。

希望你能了解爸爸说这一番话的道理。我知道你不齿作弊，但不能不说这番道理，一个人只有自信而又坦荡了，才会问心无愧，这会让你受用一生。

惩罚"告密者"的美国女教师

杨海亮

下课了，我班的一小男生喊报告，说另一孩子老缠着他。男生走后，数学老师递给我一篇《惩罚"告密者"的美国女教师》的文章是这样的：

前不久，美国一所中学的师生来学校访问。接待过程中，我结识了一位名叫马里昂·琼斯的女教师。在聊到"惩罚"这个话题时，琼斯饶有兴致地向我说起了一个发生在她与学生之间的小故事：

一天，有同学在教室的门楣上放了一只装满颜料的气球。不知情的卡利尔——这个在班里有着"淘气包"绰号的大男孩推门而入时，预先备好的注射器针头正好刺破了气球。顿时，卡利尔彻头彻尾变成一只五彩缤纷的"落汤鸡"，教室里四处响起乐不可支的欢笑声。一向喜欢捉弄别人的卡利尔总算尝到了被捉弄的滋味。

没多久，索里奇走到教师办公室，将这个恶作剧的前后一五一十地告诉了琼斯老师。最后，索里奇还把握十足地说："这是哈里斯惹的祸！他最讨厌的人就是卡利尔。"

就这样，当天傍晚，琼斯老师将索里奇留了下来，并进行了小小的惩罚。

"这是为什么啊？"我大惑不解，"凭什么惩罚一个不吵不闹的学生，却让肇事者逍遥法外呢？在我们中国，做老师的，还巴不得有学生主动站到自己一边呢！有的老师还会在班级里适当地'安插'几个'眼线'。"

琼斯笑了笑，说："这可能是文化差别吧。其实，告诉和告密是不一样的，告密是'让人遇到麻烦'，而告诉是'不让他人有麻烦'。比如，一个学生遇到危险，老师当然希望有人告诉自己。所以，当班里有不安因素或者隐患时，我也希望有人来告诉我，因为这是为团队好，为别人好。可是，如果不是什么大错误，最好不要'出卖'他人。哈里斯的做法没什么大不了，索里奇不必打小报告。"

"这又是为什么呢？"我感觉琼斯的话虽有几分道理，但对她的说法不太理解。

"在美国的中小学，老师是多半不鼓励学生告密的，有的甚至会对告密者加以惩

罚。这样做，实际上是为了培养学生独立解决问题的能力。试想，如果学生一遇到问题，就想到老师，就依赖老师，不就失去了学生自己解决矛盾的机会？"

"也就是说，老师不让学生互相'出卖'，是为了培养学生自己处理问题的能力。"我若有所悟。

"是这样的！学生学着去解决问题，这也是一个锻炼的过程。卡利尔尝到了被捉弄的滋味，受了教训，也就会懂得尊重别人的重要。再说了，很多时候，学生之间的小摩擦，也不那么紧要，如追追闹闹，推推碰碰，或是性格使然，或是一时之气，只要没有违反学校纪律，不牵涉道德品质问题，也就不必太在意。如果一个小问题，有人来偷偷告密，然后老师去追究责任，小题大做，推波助澜，那就大煞风景了！"

"是啊，这也不准，那也禁止，什么都中规中矩的话，学生一个个都成了装在套子里的人，就没有任何快乐了。"我不由附和。

最后，琼斯老师意味深长地告诉我："最重要的是教学生解决问题的办法，而不为学生代劳。"

原来，为了培养学生自我解决问题的能力和自信心，同时保持团队的和谐，美国女教师惩罚了告密者。

儿子，自杀前请记得穿戴整齐

颜纯钩

半夜两点多钟他打电话回家。

"爸，我现在在离岛，我不会回家了，我对不起你们，会考考成那样，阿娟昨天又说要分手，我没脸再混下去了。"

爸爸静了好一会儿，缓缓地说："你要这样，我也没办法，我也老了，到哪里找你去？你考得不好，大概是我们没有遗传给你天分；你被阿娟甩了，大概是我们把你生得太丑。错在我们，怨不得你！"

"爸，你们自己保重，我不能尽孝了。"

"我们的事你就别管了，但你要自杀，有两件事不可不注意。一是要穿戴整齐，别叫人笑话；二是别在人家度假屋里，人家还要靠它赚钱呢！弄脏了地方，对不起人家。"

他想了想，说："爸，你想得周到，我会照你吩咐的去做。"

爸爸说："我没吩咐你什么。"

"爸，我最担心的是妈妈，我不敢打电话给她，你帮我编一个谎话，暂时骗骗她，好吧？"

"生死大事都由不得我们了，这种小事倒计较做什么？她不会怎么样的，总得活下去。我们不像你们，一辈子什么苦没吃过？早就铜皮铁骨了！都像你这样，考试成绩差一点儿，女朋友跑掉，就要死要活的，我们早就死好几回了，还等得到把你生下来？把你养这么大？还等得到三更半夜来跟你说这些不知所云的话？"

他被这几句话镇住了，半晌说不出话。

"爸，那就这样了……"他突然不知说什么好啦，"都半夜了，你怎么还没睡？"

"我今晚又失眠了，肚子饿，起来煮一包公仔面吃。"

"爸，你又吃公仔面！医生说老吃公仔面缺乏营养。"

"做人不要太认真。肚子饿就管不得医生了，没有鲍、参、翅，先拿一包公仔面顶顶饿也可以。"爸爸的口气突然轻松起来，"你知道吗？我发现了一种公仔面的新吃法，一包公仔面、四粒芝麻汤圆一起煮，香甜糯滑，味道妙不可言。从前都不知道公仔面有这么好的吃法。有时候，平平常常的东西，变个样子来吃，就吃出新味道来了。"

爸爸停了停，仿佛咂咂嘴，把方才的美味再体味一次，然后说："不过跟你说这些都没用了。"

放下电话，他呆了好久。公仔面芝麻汤圆，这种新鲜的配搭简直太有创造性了，亏老爸想得出来！

或许是半夜的缘故，他肚子也饿了，想起老爸在家里独享美味，小小的客厅，窗台上有一盆云竹、一个日本人盛汤面的精瓷大海碗、一双黑漆描金纹尖头木筷子，他突然想：也许明天先试试这公仔面再说。

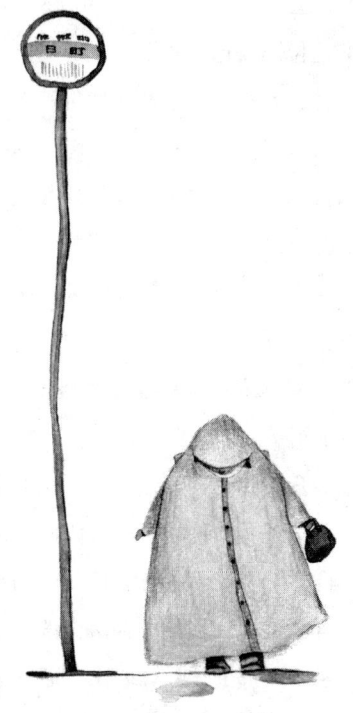

你也可以成为"金点子"大王

[英] 罗伯特·爱普斯顿　译/庞启帆

客人们都到了，但酒水还是暖的。大热天的，我又一次忘了冰酒水。"别着急，"一位朋友对我说，"我马上可以帮你把酒水变冰凉。"

五分钟后，她捧着已经完全冰凉的酒水从厨房里走出来。我们惊喜地向她请教她的妙招。

"这太容易了。"她说，"我先把酒倒进一个塑料袋里，然后扎紧袋口，把它丢进冰水里泡几分钟，这酒水就变冰凉了。不过，把酒倒回瓶中倒有点儿困难，因为我找不到漏斗。最后，我只好用蜡纸做成锥状来代替。"

我和客人们不禁鼓起掌来。"这个点子真是太妙了，如果我们都能那么聪明该多好啊！"其中一位客人叹道。

我们真的无法像我的这位朋友这么聪明吗？通过十年的研究，我现在可以自信地告诉大家：我们能做到。普通人与爱迪生、毕加索甚至莎士比亚的不同之处并不在于创造力的大小，而在于是否有善于开发利用这种潜力的能力，即是否有鼓励创造性的冲动，并且有付诸实践的行动。我们大多数人为什么达不到爱迪生等人的成就，就是因为很少发挥出自身的创造潜力。

几年前，我在实验室中对鸽子进行了一些实验。一些鸽子经过不断引导后，能爬上小箱子，啄食悬挂在自己头顶的玩具香蕉，它们的这种行为换来了我的食物奖励。之后，我教导它们去推地上的小箱子。最后，我给这些鸽子出了道难题：将香蕉挂在鸽子能触及的范围外，而小箱子则被放在离香蕉正下方约5分米的地方。

在这种情况下，鸽子表现的行为与我们人类所做的十分相近。一开始，它看起来很迷茫，前后走来走去，努力把身体往香蕉的方向伸。过了一两分钟，奇迹出现了：它开始去推那个小箱子，将箱子停在合适的位置，然后爬上箱顶，啄食香蕉。

如果一个鸽子都能这样，那么我们的内在潜力该有多大呢？我曾目睹几个学生解决一个难题：将一个掉入水管底部的乒乓球取出，而这根水管是垂直的，并且底部封

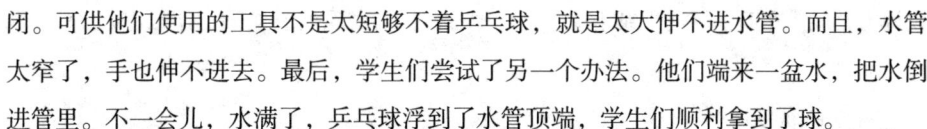

闭。可供他们使用的工具不是太短够不着乒乓球，就是太大伸不进水管。而且，水管太窄了，手也伸不进去。最后，学生们尝试了另一个办法。他们端来一盆水，把水倒进管里。不一会儿，水满了，乒乓球浮到了水管顶端，学生们顺利拿到了球。

以上这些实验向所有人展示了增强创造力的具体做法。那么，增强创造力有哪些重要的技巧呢？

及时抓住灵感

一个好的点子就像一只兔子，它"嗖"地跑出来，有时没等你反应过来就消失得无影无踪了。所以，要抓住它，你必须做好准备。爱迪生等这些富有创造力的人时刻准备着行动，这可能就是他们和我们唯一的区别。

1821年，贝多芬在给朋友的一封信中讲述了一个创作的故事。那天，贝多芬去拜访一位朋友。路途有些远，他在马车上打了个盹。打盹时，他的脑海中涌现了一首优美的曲子。"但是我一醒来，那首曲子就飞走了，"他写道，"更糟糕的是，我无法想起其中任何一个片段。"幸运的是，第二天在同一辆马车上，这首曲子又回到了贝多芬的脑中，这次他抓住灵感，马上将它写了下来。

当一个好点子涌现时，马上记录下来。如果有必要，写在胳膊上也无妨。当然，不是每个点子都有价值。但我们不妨先抓住它，然后再作评定。

做白日梦

超现实主义画家萨尔瓦多·达利挖掘自己的创造潜力的方式有些奇特。经常，他手握汤勺躺在沙发上睡觉。就在他迷迷糊糊地快要睡着时，他手上的汤勺会滑落到地上的一个盘子上。汤勺碰击盘子的声响将他惊醒，他立即爬起来，拿起画笔勾画出自己在半梦半醒时脑海中所出现的景象。

每个人都在半梦半醒之间看见过那种光怪陆离的奇幻世界，也都可以对此加以利用。试试达利的诀窍，或者任由自己想入非非吧。对很多人而言，"3b原则"是颇能让人有所收获的。这3b分别代表：bed（床）、bath（浴室）和bus（公交车）。在这

些地方，或是在其他任何思维不受干扰的地方，你会发现点子"呼啦啦"地喷涌而出。

寻求挑战与刺激

当你被关在一间陌生的屋子里面时，那些曾让你重获自由的措施都会迅速在你的脑海浮现：你也许会推拉房门的把手，捶门，甚至大声求救。科学家们把这种困境中往日行为的再现称作苏醒。这样的行为苏醒得越多，可能产生的相互联系就越多，新点子也就更有可能出现。

你可以试着邀请不同领域的朋友和生意伙伴来参加聚会。将两代甚至三代人凑在一起。这会让你用新的方式思考问题。

埃德温·兰德是美国的一位多产的发明家，宝丽来相机就是他的众多发明之一。而他说，宝丽来相机的面世多亏了他三岁女儿的一个想法。1943年，兰德全家到新墨西哥州圣达菲市旅游。在广场照相时，女儿问兰德为什么不能马上看到刚拍的照片。女儿的问题激发了兰德的挑战欲望。在接下来的一个小时里，兰德绕着圣达菲城走了一圈，所学的化学知识全部涌现，随即灵感喷涌而出。兰德说："相机和胶卷的概念逐渐清晰起来。在我脑海中它们是如此真实，我花了几个小时来描述它们。"不久，兰德发明了即影成像的宝丽来相机。

放些新奇、疯狂的玩意儿在你桌上，比如小孩的玩具。把橡皮泥放在最上层的抽屉里，在处理难题时，拿出来捏一捏。把照片颠倒或者侧着看看。我们受到的刺激越是多种多样，新点子产生的速度也就越快。

拓宽你的视野

许多科学、工程学和艺术上的发现都融合了不同领域的思想。不妨想一想"双绳问题"。一块天花板上悬挂着两根相距甚远的绳子。虽然你不能同时拉到这两根绳子，但是只用一把钳子，有没有可能将它们的末端连在一起呢？

一位大学生几乎马上想出了办法。他将一把钳子系在一根绳上，然后让它做钟摆运动。当它前后摇摆时，他快步走向另一根绳，抓住它，把它尽量向前拉。当那根正

在做钟摆运动的绳子靠近他时，他就抓到了它，将两根绳子的末端系在了一起。

有人问他是如何想到用这种方法解决这个问题的，这位学生笑着说他刚上完了一节有关钟摆运动的物理课。他把在一个环境中学到的东西运用到了另一个截然不同的环境之中。

这种道理也适用于实验室之外。一位朋友告诉了我一件生活中的趣事：如何让他的两个儿子将蛋糕平分为两半。"我告诉他们，两个人都享有特权。一个人负责切蛋糕，另一个人可以先挑自己喜欢的那半块。这样，切蛋糕的孩子肯定总是将蛋糕在中间线上笔直地切开，而挑蛋糕的人也占不到便宜！"

我不由叹服："这个点子真是太完美了！"然后我问他是怎么想到的。"是一个有关国际谈判的电视节目启发了我。"他笑着说。

著名的家居用品公司乐柏美最近将生产范围扩大到了办公家具制造领域，但采用的技术同样是生产家用塑料产品所用的吹塑法。该公司前执行官布德·海尔曼说，这个想法是在视察乐柏美的一个野餐冰桶加工厂时产生的。而促使他们最终涉足办公家具制造领域还有进一步的原因。"如果不是高层领导鼓励我们调研了公司其他一些技术，我们也许永远都只会生产家用品。"乐柏美公司的另一名执行官查克·哈塞尔说。

如果你想提高你的创造力，那就学点儿新的东西！如果你是银行家，不妨学学跳舞。如果你是护士，试着读一点儿神话。每个人都可以这么做：读一本你对那一学科知之甚少的书，换一换你每天读的报纸。这些新鲜事物会和你已知的东西以一种新奇也可能美妙的方式结合在一起。当然，有一点最重要，就是留意那些突然产生的奇思妙想，抓住它，并付诸实践。

其实，变得更具创造力也就是这么回事。掌握了这些技巧，你也可以成为"金点子"大王。

"偷"来的财富

祝师基

曾经，拥有一身过硬电子技术的杨贵华遇到了一个自己难以破解的难题：女友患了眼角膜疾病，而手术费要4000元，这笔手术费让两个年轻人犯难了……

女友绝望的眼神，在杨贵华的脑海中怎么也抹不去，他感到无地自容。最终，他再也把持不住自己，决定为了爱情铤而走险。于是，在2004年12月11日凌晨2点多，他凭借一张银行卡打开了重庆某公司的房门，偷盗了价值近两万元的电脑配件。他被判了三年半有期徒刑。

在监狱里，因为懂电子技术，杨贵华被分到宝石加工车间。在这里，杨贵华觉得眼前的技术设备不够科学，就向管教提出了发明机械化打磨装置的想法，3个月后一台半自动宝石压膜机诞生了，这使得车间的工作效率提高了10倍，他受到了转运站的嘉奖。不仅如此，他还获得了在监狱里可以自由走动的权利。这项自由的权利，为他以后的辉煌奠定了基础。

2006年年初，杨贵华在豆腐干车间认识了一个汽车盗窃团伙。在与一个杨姓服刑人员交谈时得知，他们在作案时，主要靠解码技术盗取车辆。听着盗车贼的吹嘘，杨贵华忽然有了念头：利用反盗技术，发明反解码装置来破解盗车技术！

为此，杨贵华就和这些盗车高手不断套近乎，一有时间就虚心地向盗车贼"请教"技术。不久，令盗车贼杨某诧异的事出现了：杨贵华竟然把自己透露给他的看家本领当成了"敌人"——画出了好几种反解码图纸让他破解！杨某顿时被激怒，凡是杨贵华画出的反解码，他非破解不可。最终，经过90多次的"交锋"后，杨贵华的最后一张设计图纸交到杨某手中时，这个顶尖"盗车高手"再也没能解码！杨贵华成功了。

欣喜的杨贵华立即将反解码防盗装置发明材料寄往国家知识产权局申报了专利。

出狱后的杨贵华想把自己的技术转化为实际，通过和厂商交谈，杨贵华发现自己的想法在防盗门领域是很新颖的，而且市场前景很好。有意思的是，和他打赌比试的

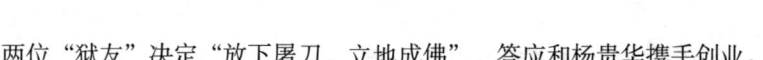

两位"狱友"决定"放下屠刀，立地成佛"，答应和杨贵华携手创业。

通过无数次的研发与测试，2008年5月，指纹开锁机器终于研制成功——将这种锁安装到门上，主人无须带钥匙，只要将手纹输入即可打开。但是，三个人很快了解到，单环节的指纹防盗不一定是最安全的，万一门锁传感器被破坏，还是无法保障住户的安全。

于是，三个人又开始玩命地研制起新型防盗锁来。终于，一个月后一种新型的指纹防盗门锁问世。那就是通过通信信号完成电话开锁或手机开锁，即便是身在万里之外也可以通过拨打室内电话，输入密码从而完成开锁。而且，市场上其他指纹加密码或指纹加机械钥匙的防盗门价格在2000元至8000元不等，而杨贵华他们发明的这种防盗锁每套售价只有1000元左右！

2008年8月10日，一件值得杨贵华他们纪念的事情诞生——三位昔日狱友共同出资成立了重庆亚宇科技有限公司，专门研发生产反解码防盗门锁。不久，公司接到第一笔大订单，一家智能锁公司与他们签下价值50多万元的接收电路板设备。这是杨贵华他们创业路上赚到的第一桶金。

2009年12月2日，他们的防盗公司与北京、安徽、渝东片区三个省市的销售代表签订了总经销合同。现在，他们又拿下了七个省市的总经销合同……

成功后的杨贵华激动地说："行窃让我失足，也让我获得新生。我最大的目标就是既要做老百姓的防盗专家，又要成为防盗行业的领头羊！"

在监狱里"巧"遇盗窃高手，使得自己成为财富赢家，杨贵华完成了人生的美丽嬗变。实际上，我们周围许多看起来不够"美丽"的事或人未必就无用，只要细心琢磨一下，信心百倍，一定也会有意想不到的收获。

起跑线是条什么线

刘世河

　　看新闻，武汉一名年轻母亲，5年来给8岁的儿子累计报各种特长培训班竟达26个之多，花费十几万元。我不禁愕然，除了惊叹于这位母亲的望子成龙之心切，更暗暗替那位小朋友捏了一把汗，如此稚嫩的年纪，整日被大人提溜着马不停蹄地学这学那，到底还有没有玩耍的时间？还有他那颗小脑袋又是否能够真正装得下这么多乱七八糟的玩意儿？

　　显然，这又是一个典型的不让孩子输在起跑线上的家庭案例。我百思不得其解，这所谓的起跑线究竟是一条什么样的线？它果然可以决定孩子人生的成败吗？假如有的家庭即使砸锅卖铁也难将自己的孩子送到这条所谓不输的线上，那这些孩子的人生就必输无疑吗？

　　当然，倘若各方面条件都挺具备，让孩子尽量接受好一点儿的教育，本无可厚非，但不可太过，更无须太在意形式上的一些攀比，尤其那些宁可打肿脸也要充一把胖子的家长们更是大可不必。我有一个邻居，是一对80后小夫妻。最近小两口时常吵架，原来是因为女儿入托的事。男的的意思是让女儿就近选一家公办的幼儿园，收费合理而且正规；但女的却执意坚持一定要让女儿进那家全市收费最高，号称什么明星摇篮的私立园，并铿锵有力地说，咱可不能让孩子输在起跑线上。小两口都很固执，但最后还是以女的取胜告终。男的在一家企业做工程师，女的好像没有什么固定的工作，有了孩子后便干脆回家当起了全职妈妈。养家的重担自然就由男的一个人来挑。房贷加上女儿的学费，几乎用光了他每个月的薪水，小两口只好省吃俭用，甚至举债度日。原本可以优哉游哉的小日子，却硬是被这该死的起跑线给整得捉襟见肘。男的越想越气，就开始责怪女的太虚荣，女的也不示弱，骂男的没有挣大钱的本事。针尖对麦芒，于是战火愈演愈烈，而至婚姻都亮起了红灯。

　　我想，如果小两口哪天真的气大了而愤然分手，别说孩子的那条起跑线不保，恐怕连原本天真快乐的童年也一并没了。再说你尽可以勒紧腰带凑够孩子的学费，

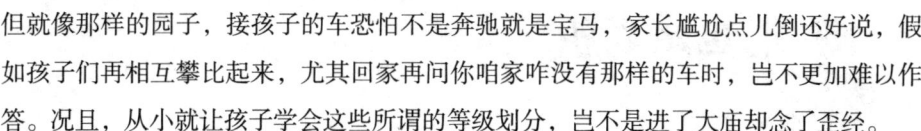

但就像那样的园子，接孩子的车恐怕不是奔驰就是宝马，家长尴尬点儿倒还好说，假如孩子们再相互攀比起来，尤其回家再问你咱家咋没有那样的车时，岂不更加难以作答。况且，从小就让孩子学会这些所谓的等级划分，岂不是进了大庙却念了歪经。

说到对孩子的早期教育，国外有一种类似蔬菜教育的说法。就是这孩子如果是茄子，就让他努力长成一个出色的茄子；如果是白菜就让他努力长成一棵结结实实的大白菜；而绝不能本来是茄子，却非要逼他长成豆角；本来是韭菜却非要让他长成名贵的兰花。是什么就是什么，这才叫因材施教，倘若作为家长你非得按你的意图硬去改变他，到头来无异于拔苗助长，更有甚者还极可能悲哀地长成一个畸形的怪胎。

其实，作为家长最起码应该明白一点，那就是孩子将来的人生跑道并不是短短的百米冲刺，而是漫长的马拉松。所以，起跑线上的早一步或迟一步，以及起跑阶段的快与慢，都是无关紧要的，最终决定比赛输赢的是看谁有足够持久的耐力，还有一点，就是个人后天的造化。

 # 也是老板

刘世河

不知从哪天起，单位楼下突然多了一个卖早点的小餐车。餐车的主人是一位阳光俊朗的小伙儿，白白净净，二十几岁的样子。所谓餐车就是那种极普通的自制铁皮小平板，早点的品种也是满大街都可以见到的煎饼馃子。最吸引我的是小餐车的正面，赫然写着五个鲜红透亮的大字：我也是老板。

几位同事分明也看到了这个新添的小餐车。有的捂嘴窃笑，有的嗤之以鼻："一个卖早点的，竟然也自称老板，真是滑稽！""大概受过什么刺激，脑子有点儿进水。"……而我对小伙子却顿生敬意，透过这五个苍劲有力的大字，我窥到的是他心底那份与脸上的阳光一样明媚的乐观和自信。

我想，小伙子也许来自郊区农村或者更遥远的偏僻山寨，为了追寻梦想来到这个城市；或者是一名刚刚走出校门的大学生，为历练自己，勇敢推起小车，走上街头……这些都不得而知，也无关紧要。我只是有理由相信，凭着这份乐观和自信，不久的将来，小伙子一定会亲手打造出一片更广阔的天地来。即便做不大，就这样摆个小摊卖早点，那又何妨，最起码在他的骨子里，自己就是一个底气十足的老板。

人生一世，草木一秋，各人有各人的活法，而职业不过是一个人生存的方式而已，本没有什么高低贵贱之分，所谓的三六九等，无非是人的潜意识在作祟罢了。很多时候，我们真的缺少这位卖早点的小伙儿身上那股子自信向上的劲儿，我想一旦具备了"我也是老板"这样的气场，不管做什么，你都已经拥有了一个有尊严的人生。

["逆"者生存]

  如今，克雷格达罗克城堡就像一座纪念碑，时刻提醒着活着的人们：财富原来如此沉重，如果一直把它背在身上，会把几代人都彻底压垮，会把人们对财富的想象力彻底压垮，更会把人的人品和人格彻底压垮。

瓦拉纳西小站的警示牌

菊韵香

地处瓦拉纳西东部的瓦拉纳西火车站，一直是一个没有什么名气的乡村小站，每天只有三四辆列车从此经过。而在1968年9月24日这天，这个小站却一夜成名，令整个印度为之震惊。

瓦拉纳西的"成名"源于一场惨烈的车祸。这天傍晚时分，一列火车缓缓驶来，即将进站。但就在这一刻，司机发现，指挥行车的信号机架上爬满了蜜蜂。为了看清显示的信号，司机便探身窗外，仔细观望。不料他刚睁大眼睛，一只蜜蜂突然飞了过来，盘旋几圈后落在了他的脸上。

可恶！也许当时司机心情很不爽，一边咒骂一边挥起了巴掌。这绝对是一个足以致命的错误。

司机毫不费力地拍死了蜜蜂。然而，不等死去的蜜蜂落地，司机已惊得目瞪口呆：只见成千上万的蜜蜂黑压压地扑来，争先恐后地飞进机车，疯狂地刺他的脸、脖子和手臂。顷刻间，他裸露在外的皮肤上爬满了复仇的蜜蜂。

司机疼痛难忍，视线也一片模糊。好在失去意识前，他拼命拉下了刹车杆。但强大的惯性仍然驱动列车闯入车站，撞上了停在同一条轨道上的列车。灾难就此发生，5节车厢倾覆，300多人非死即伤。

惨剧发生后，印度铁路部门马上组织专家，赶赴现场进行调查。结果很快出来了，这完全是那只被司机拍死的蜜蜂惹的祸。原来这种蜜蜂死亡时会发出一种具有特殊气味的激素信息，附近的蜜蜂接到信息，便会在最短的时间内，组织"战队"，以最快的速度发动猛攻。

得出结论不重要，重要的是避免悲剧再次发生。为此，铁路部门开始向社会上征集有效的补救措施。有人提出，将瓦拉纳西周边的树全部砍掉，清理出隔离带；也有人建议，调集大批消防人员，喷洒农药，剿灭蜜蜂，捣毁沿线树丛里的所有蜂集，永绝后患。但这些方案不仅耗时耗力，而且执行起来非常困难，还不一定能收

到预期效果。讨论来讨论去，相关部门始终没有敲定切实可行的方案。这件事，慢慢被搁置下来。

就在瓦拉纳西事件发生的第四年，一个小男孩的举动引起了人们的注意。每年春天，小男孩都会自信地背一书包花籽，撒种在离瓦拉纳西小站铁路线百米远处。每年夏天，花开缤纷，清香扑鼻，成群结队的蜂蝶都被吸引过去了，连蜂巢也搬到了那里。

更出人意料的是，在当年那个司机探出头观望的地方，小男孩还竖起了一块警示牌："嗨，不要打它。"

过往的司机都清楚，它指的是蜜蜂。

小男孩自信地说，蜜蜂只有在感觉受到威胁时才会攻击敌人。我们给它花蜜，爱护它，做它的朋友，它就不会攻击我们。小男孩还说，他的父亲也在那场车祸中遇难，永远离开了他。

与其剿杀，不如呵护；与其恨，不如爱。这个道理，我们都懂，但在很多时候，却往往被我们忽视。

家有小儿初长成

刘世河

儿子不足四个月大时，开始有了笑的表情。五个月时，已经可以连续笑出声来，而且只需轻轻一逗，立马乐得合不拢嘴儿。

"咦咦、咦咦"笑声清脆如山涧清澈的小溪，悦耳更悦心。于是，已而立之年的我，在那一刻才真正懂得了什么叫作"给点儿阳光就灿烂"，并恍然彻悟：原来，快乐可以如此简单，简单得唾手可得。

儿子四岁时，上幼儿园的中班。每天接他放学，都要经过一处大楼梯。每次抬头仰望那近百级台阶，我的心里无不顿生怯意和乏味。可儿子却看不出有半点怯意，反而蛮欢喜地左右转着圈儿往上攀爬，嘴里还断断续续地哼着儿歌。小书包随着儿子蹦跳的节奏，在他后背上欢快地跳跃。那一刻，望着儿子的小背影，我的心窗被豁然打开：原来人活一世，再单调、枯燥的日子，也可以过得多姿多彩，充满情趣。

儿子六岁那年，一次我和妻子领他上街，巧遇母亲的同事张姨。性格爽朗的张姨首先对儿子的长相大加赞赏了一番，什么小帅哥呀！什么专随你俩优点呀！云云。随后话锋一转，笑眯眯地给儿子出了道小难题："小帅哥，阿姨问你，是爸爸最疼你呀？还是妈妈最疼你？"儿子张了张嘴，欲言又止。怎奈张姨不依不饶。儿子想了想，只好挠着头皮回答："在家的时候妈妈最疼我，出来玩爸爸最疼我。"那一刻，我用很感激的目光望着儿子。虽说童言无忌，即便儿子只选一个，作为父母，落选的那个定也不会在意，但心里多多少少还是会有那么一丝不悦的。儿子如此智慧的回答，既巧妙地避开了张姨的"故意挑衅"，又消除了我和爱人的尴尬，而更令我欣慰的是，从儿子这句智慧的回答里，我突然明白了一个道理：幸福生活是需要一点儿智慧的，而且与人相处，不但要善解人意，更要巧解人意。

转眼儿子九岁。上个周末是儿子九岁的生日，读小学三年级的他，不但已初显小男子汉的"阳刚"，还常常语出惊人。那天，吃完蛋糕，我和儿子很随意地讨论起了关于理想的话题。我问他，长大后的理想是什么。不料儿子的表情瞬间凝重，接着很

认真地对我说："爸爸，我要当一名医生。"

"为什么呀？"我不解地问。

"那，我就能亲手把奶奶的病治好了呀！"儿子的眼里已盈满了泪花。

我鼻头一酸。半年前母亲患了老年痴呆，伴有轻微的偏瘫。神志恍惚，常把我们姐弟几个的名字、顺序弄颠倒了。动辄还大发脾气抑或破口大骂，唯独对孙子却思路清晰，且和颜悦色言听计从。祖孙俩的那股子黏糊劲儿，我甚至都有些醋意。

儿子的话让我百感交集。欣慰于自己几年的倾心引导，终使儿子幼小的心灵已开始闪现善念的光辉。更让我终于悟到：其实一个人的理想远可以不必那么高远，那么气吞山河，那些都太缥缈、太遥不可及。最好把理想尽量放低，低到能让自己最亲最爱的人触手可及。如此，理想才最接地气，也最容易照进现实。

从呱呱坠地到如今的小男子汉，我惊喜地发现，儿子九年的成长历程，居然也是作为一个父亲的我的成长。这个既顽皮又可爱，甚至时不时还惹我怒发冲冠的小东西，不但时常把我感动，还使我的心灵有幸得到一次次的清洗和自信，更让我一点儿一点儿品嚼出了生活乃至人生的许多真味。

财富的意义

俞敏洪

　　在加拿大的维多利亚岛上，有两个地方游客一般都会去参观，一个是世界著名的布查特花园，另一个地方是克雷格达罗克城堡。人们在参观完了这两个地方后，尤其知道了它们背后的故事后，都会生出很多感慨。

　　布查特花园原来只不过是一个水泥厂的废址，布查特夫妇在1904年建立了这个水泥厂。由于20世纪初北美工业建设的大规模发展，对水泥的需求量很大，布查特夫妇的水泥厂也就越开越大，因此积累的财富也越来越多。布查特夫人除了对水泥感兴趣以外，对园艺也特别感兴趣，在自己家前后都种满了鲜花。后来，采石场用来烧水泥的石灰石被开采完毕，被开采过的荒山寸草不生，和周围郁郁葱葱的群山形成了强烈对比。面对荒芜的山梁和凹陷的废矿，他们总觉得留下了太多的遗憾；面对大自然身上的道道伤痕，他们总觉得内心有愧。难道就给子孙留下一笔金钱，留下一片荒废的回忆，就算对得起这个世界了吗？

　　布查特夫妇有一天终于下定决心，要把开水泥厂挣的钱还给大自然。于是，一项新的工程开始了。水泥厂的工人变成了修建花园的园丁，他们用马车从很远的地方把肥沃的土运过来，铺在原本已经被挖得只剩下光秃秃的石头的矿场中。布查特夫妇走遍了世界的很多角落，几乎花光了自己所有的存款，只是为了寻找更多更美丽的鲜花，拿来种在他们的花园里。日复一日，凹陷的矿井变成了美丽的花园，他们给这个花园取了一个美丽的名字叫"幽深花园"。

　　他们的花园对所有的老百姓免费开放，让大家来感受鲜花的美丽以及比鲜花更美丽的心灵。人们被他们的事迹感动，从世界各地蜂拥而至，这个花园已经变成了全世界人民的花园。到今天，人们依然能够在高大的树木背后看见比树木还高大得多的废弃的烟囱，但人们再也不觉得烟囱难看了，静静耸立的烟囱在给人们讲述着一个无比美丽的故事，变成了无数人思考人生和财富意义的所在。但是，克雷格达罗克城堡的故事听起来就有点儿复杂和悲惨。克雷格达罗克城堡建成于1889年，是当时最富有的

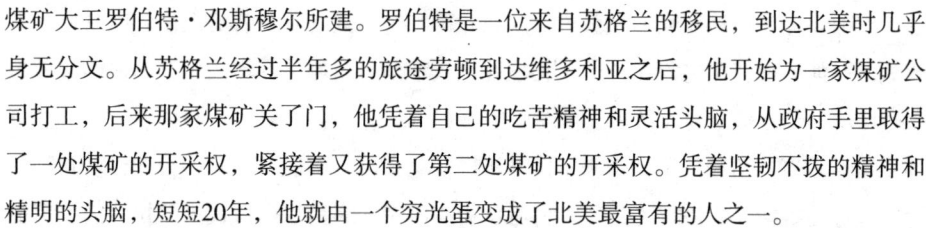

煤矿大王罗伯特·邓斯穆尔所建。罗伯特是一位来自苏格兰的移民，到达北美时几乎身无分文。从苏格兰经过半年多的旅途劳顿到达维多利亚之后，他开始为一家煤矿公司打工，后来那家煤矿关了门，他凭着自己的吃苦精神和灵活头脑，从政府手里取得了一处煤矿的开采权，紧接着又获得了第二处煤矿的开采权。凭着坚韧不拔的精神和精明的头脑，短短20年，他就由一个穷光蛋变成了北美最富有的人之一。

罗伯特觉得有了钱总要花出去，于是他决定在维多利亚最美丽的地区，造一座最壮观最美丽的城堡，城堡可以俯瞰整个维多利亚的美景，他可以和他的家人一起住在里面安享晚年。1887年，城堡开始建造，北美最好的设计师和建筑家都被请到了维多利亚，最好的石材和木材被源源不断地从世界各地运到工地，最好的家具从全世界订购，工匠们日夜奋战，马不停蹄，一座壮观的城堡终于耸立在了维多利亚，成了当时这一地区最高的建筑。1889年，正当他举家准备搬到城堡去居住的时候，罗伯特不幸去世，留下他的妻子琼和一大堆儿女。他的妻子搬进了城堡，他的大儿子詹姆斯继承了他的产业，母子俩为了财产开始闹矛盾，最后还进了法院，以至于当母亲在18年后去世时，詹姆斯差一点儿没有来参加母亲的葬礼。母亲去世后，家庭就变得四分五裂，女儿们都嫁出去了，另一个儿子很年轻就去世了，整座城堡以及里面的家具都被拍卖了出去。

后来城堡又被一个叫卡梅伦的人买走，结果这个人最后也破产了，于是城堡被抵押给了加拿大蒙特利尔银行，后来加拿大政府又从银行手里买回来，用来做军队医院，接着又成了维多利亚学院和维多利亚音乐学院的所在地。1959年，有一个也叫詹姆斯的人意识到了该城堡的历史价值，成立了一个叫克雷格达罗克城堡历史博物馆学会的非营利性学会，开始保护和维修已经十分破旧并被严重毁坏的城堡。

1979年，该协会开始正式接管城堡。到今天为止，城堡还在不断维修之中。每年有大概7万人到城堡去参观，整座城堡就靠参观者的门票收入来维持。很多人在参观时，除了欣赏城堡的宏伟和内部装潢的精美之外，面对罗伯特的家族史和城堡的历史，人们有一种几乎无法用语言来表达的复杂感情。

和布查特夫妇相比，罗伯特有更多的钱，但留给人们的回忆却黯淡许多，除了留下一座自己没能住进去的城堡外，人们能够想起来的就是有关他的有点儿悲惨凄凉的家族史。

　　如今，克雷格达罗克城堡就像一座纪念碑，时刻提醒着活着的人们：财富原来如此沉重，如果一直把它背在身上，会把几代人都彻底压垮，会把人们对财富的想象力彻底压垮，更会把人的人品和人格彻底压垮。

　　两个故事，两种结局，带来了两种不同的意义。说到底，布查特夫妇做着自己认为应该做的事情；罗伯特也在做着自己认为应该做的事情。但后代人是挑剔的，历史是挑剔的。我相信，当布查特夫妇在花园里种着各种鲜花的时候，他们一定知道，他们的后人会像他们一样快乐，同时他们也能给世界上所有的人都带来快乐。而罗伯特打算建城堡时，只想到了他和家人那狭小的快乐，结果谁也没得到真正的快乐。

大牙潜鱼的自信

陈亦权

在印度洋马达加斯加岛、斯里兰卡岛附近的海域里，生活着一种非常凶猛的鱼类，它拥有两排倒钩形的大牙，只要被它咬中，即使是鲨鱼也难逃一死。这个海洋霸主，就是大牙潜鱼。

大牙潜鱼的身长只有20厘米左右，与大多数海洋生物比起来，它的个子没什么优势，身体细长，体表也没有鳞片，就像是一条光溜溜的鳗鱼。但是，被它咬中的任何一种鱼都无法逃脱，因为猎物越是挣扎，它那对倒钩形的大牙就越是扎得深。然而就是这种所向无敌的海洋霸主，在岛上的居民眼里，却是最容易钓的一种鱼，就连小孩子也可以毫不费力地随时钓几条上来玩玩。

钓大牙潜鱼，只需要把一小块它最喜欢吃的鸡肉牢牢绑在鱼线上，然后抛入海中即可，只要大牙潜鱼咬上来，不需要任何技术，就可以直接把它拉上来。因为大牙潜鱼在平时的生活中已经培养了足够好的自信，它咬中任何一种鱼类，都可以化成一顿美餐，谁都躲不掉，所以任凭这块鸡肉如何"逃跑"，它都不会放在心上，更不会轻易松口，直到它被装进鱼篓，大牙潜鱼也没搞清楚为何陷入了绝境。大牙潜鱼似乎是一种很悲剧的鱼。

人类其实也经常犯类似的错误，栽在经验和自信上的人，古今中外都不少见。

拼死吃河豚

姜钦峰

朋友是大酒店的高级厨师，因为厨艺高超，深受老总器重。去年，他被派到日本深造，专门学习烹饪河豚。

"不食河豚，焉知鱼味，食了河豚百无味。"自古以来，河豚就是富商名流津津乐道的稀世美味。只不过，想要吃河豚，除了足够的财力之外，还必须有视死如归的胆量。河豚体内含有剧毒，只需0.5毫克河豚毒，就能置人于死地！拼死吃河豚，并非耸人听闻。

正因为人命关天，世界各地都对河豚食品严加管制，国内有经营资格的也为数不多，而且条件极其苛刻。物以稀为贵，精明的酒店老总看到了商机，才不惜重金，把朋友派到日本学习深造。日本向来是河豚消费大国，其烹饪工艺和安全措施自然走在前列。

到了日本之后，朋友才发现，原来日本人爱吃河豚，并非"怕死"。在当地，每位河豚厨师都必须接受专门培训，时间至少一年，只有考试合格后，才能发给执业资格证书，持证上岗。烹制河豚时，其严格程度更是超乎想象：每位厨师都有特制的垃圾筒，带锁的，开始加工河豚时，先将锁打开，把内脏全部装进垃圾筒，再锁上。仅仅是加工去毒环节，就至少要经过30道工序！

朋友大开眼界，仿佛武林高手突然见到了稀世的武功秘籍，一下就着了迷，好胜心大起。他学得很用心，从理论到实践，循序渐进，每道工序都用心揣摩，严格要求，丝毫不敢越雷池半步。朋友本来就是高级厨师，基本功扎实，加上刻苦用心，到了快结业的时候，他已经熟练掌握了烹制河豚的全套技术。

考试异常严格，学员必须现场操作，主考官站在身旁全程监视，如发现学员操作错误，有权当场淘汰。朋友信心十足，游刃有余。将整条河豚首先加工去毒，然后去皮去肉，鱼肉做成生鱼片；拆下的鱼头鱼骨，切好，放入油锅炸两遍，油温控制在170摄氏度，第一遍干炸，第二遍裹上面粉汁再炸。油锅嗞嗞作响，上下翻腾，如蛟

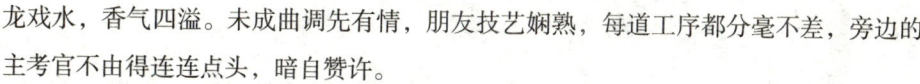

龙戏水，香气四溢。未成曲调先有情，朋友技艺娴熟，每道工序都分毫不差，旁边的主考官不由得连连点头，暗自赞许。

工夫不多，菜已做成。生鱼片薄如蝉翼，晶莹剔透，透过鱼片盘底的花纹清晰可辨；油炸鱼骨色泽金黄，外焦里嫩，状似虎纹，仍嗞嗞地向外冒出香气，活色生香。摆在主考官面前，仿佛两件精美的工艺品。朋友老老实实地站在旁边，像犯人正在等待法官最后的判决，心中不免有些惴惴。主考官尝遍天下美味，要过这关，绝非易事。

却没想到，最后的评审环节，竟出乎意料的简单。主考官告诉他，只要你把自己做的河豚吃了，就算合格，当场发证。朋友夹起一片河豚生鱼片，刚要往嘴里送，刹那间犹豫了，拿着筷子的手悬在半空中，表情凝固，一动不动，仿佛一尊雕塑。两分钟后，他放弃了。

回到国内，朋友辞职了。

如不出意外，他本已是全市最有名的河豚厨师，前途无量，可惜大好机遇擦肩而过。事后，朋友跟我谈起此事，依然沮丧万分，又忍不住抱怨："我做出来的河豚绝对安全，每一步都严格照章操作，主考官也都看见了，想不到他还故意刁难我，凭什么就不相信我呢？"我说："既然如此，那你当初为何不敢吃？"朋友张口结舌。

我没吃过河豚，关于河豚的吃法，多少还是有所耳闻。古往今来，都是主人或厨师当面先尝，然后客人才敢动筷子的。朋友显然误解了主考官，人家并非有意为难他，这本来就是行规。若要别人相信你，首先你要相信自己。

永远敞开的大门

张 前

2005年的一天，史迪威夫妇正在海边散步。突然，史迪威先生的脚步停了下来。他弯下身子，轻轻挖开脚下的沙子。这时，一只壁上结满了砂石和贝壳的瓶子赫然呈现在眼前。史迪威先生捡起瓶子摇了摇，瓶子似乎是空的。

"这瓶子应该有些年岁了，可是，瓶子里究竟装了什么东西呢？"史迪威先生的眉头拧了起来。

"天哪！这瓶子该不是所罗门丢到海里的那只魔瓶吧？千万不要打开它！"史迪威的妻子露莎女士假装惊恐地躲到一边。

"可惜我不是渔夫！"史迪威先生一面微笑着耸了耸肩，一面从口袋里拿出随身携带的小刀。他轻轻剥去瓶子的盖子，将瓶子倒过来使劲摇了摇。这时，一张泛黄的折成细长条的纸片从瓶子里掉了出来。

史迪威先生将纸条捡起来，小心翼翼地展开。这时，一段用法语写成的文字出现在他的眼前。

好心人：

明天我们就要开赴加莱作战了，本来我想给母亲报个平安，可是，家中的电话怎么也打不通，于是，我就做了这只漂流瓶。如果您有幸捡到这只瓶子，请您替我给居住在尼斯玛格丽特大街302号的母亲艾丽莎女士打个电话（电话号码：***），就说，我还活着，我很好，我会回家的。请您一定转告我的母亲，因为得不到我的消息，她会寝食不安的。

肖恩·克莱德曼

1943年4月8日

看完这段话，史迪威夫妇几乎惊呆了。肖恩·克莱德曼怎么样了？他的母亲现在还健在吗？这一系列问题开始萦绕在史迪威夫妇的头脑中。

史迪威夫妇是热心人，他们认为，这只瓶子辗转60多年，最后来到他们手里，是上帝对他们的信任。他们决定将这件事弄清楚。

时间已经过去了60多年，电话肯定是打不通了。史迪威夫妇首先来到图书馆，查阅了二战时期有关的历史资料。在《二战经典战役全记录》这本书中，露莎女士找到了法国残军在加莱泅渡英吉利海峡的一段记载，那段记载提到了1943年4月9日的战况。这段记载，让史迪威夫妇的心情沮丧到了极点，因为那上面赫然写着在战斗中，泅渡英吉利海峡的法国士兵遭遇了德国空军的轰炸，全军覆灭。也就是说，肖恩·克莱德曼早在1943年4月9日就牺牲了。这只漂流瓶里的消息是他写给母亲的最后的消息。而这个消息，在海上漂流了60多年，一直没有传递到他母亲的手中。

那么，肖恩·克莱德曼的母亲怎么样了呢？如果按时间推算，她至少应该是近百岁的老人了。

史迪威夫妇不敢怠慢，他们立即飞赴法国尼斯。尼斯是一个十分漂亮的城镇，可是史迪威夫妇没有闲暇欣赏旖旎的异国风光，他们来到这个小镇后，立即着手打听有关肖恩·克莱德曼母亲艾丽莎的消息。

史迪威夫妇先来到当地的市政厅。令他们十分意外的是，他们竟然不费吹灰之力就找到了线索。

"你们是说，你们有艾丽莎老人的儿子肖恩·克莱德曼的消息吗？天哪！60多年了，艾丽莎老人终于可以瞑目了！"在尼斯市政厅，史迪威夫妇刚讲完来意，一位官员紧紧拉住他们的手，再也不肯松开。这样一来，史迪威夫妇倒有些不知所措了。

"来，跟我走，艾丽莎老人的住宅就在附近。"一会儿后，这位官员邀请史迪威夫妇坐上他的车，向城郊缓缓驶去。

在车上，这位官员给史迪威夫妇讲了艾丽莎老人的故事。他说，艾丽莎早年丧夫，膝下就这么一个儿子。60年前，当纳粹的战火烧到法国之后，艾丽莎刚满20岁的儿子肖恩·克莱德曼就应征开赴前线了。在最初的一年里，肖恩·克莱德曼几乎每周给母亲写一封平安信。可是，不知什么缘故，从1943年春天开始，艾丽莎就再也没有得到儿子的任何消息。艾丽莎以为自己的儿子战死了，在接下来的近十年里，她辗转各地打听儿子的消息，并查阅了大量的战死者名单，但是都没有肖恩·克莱德曼的消息。不过，这也让艾丽莎感到欣慰，没有儿子阵亡的消息，就说明儿子还活着。从此以后，艾丽莎天天拽个小凳子在门口等儿子。到了夜晚，大门也不关闭，说是怕儿子回来听不到动静。

20世纪90年代后期，尼斯开始城市改造，艾丽莎老人的旧房子也被列入了改造范围。可是，老人始终不肯搬迁，说是怕自己的儿子回来找不到家。后来，这件事越闹越大，竟然引起了一批反战人士的关注。最后，政府只得答应保留艾丽莎老人的小房子。2000年，艾丽莎老人逝世了，弥留之际，老人仍旧不忘自己的儿子，她用颤抖的双手摸索着写下这样几句话：我死后，不要拆迁房子，不要关闭大门，直到我的儿子肖恩·克莱德曼回来。

说话间，他们一行已经来到了艾丽莎老人生前住过的房子。远远望去，这栋掩没在高楼大厦中的老宅就像一座孤岛，与城市的现代化气息格格不入。

下了车，史迪威夫妇看到了老宅敞开着的大门，他们的眼睛湿润了。透过朦胧的泪眼，他们仿佛看到白发苍苍的艾丽莎老人仍旧坐在门前望眼欲穿。

"这扇门已经敞五六十年了，现在，它终于可以关上了！"送史迪威夫妇来此地的那位政府官员动情地说。所有的人眼里都盈满了泪水。

"逆"者好生存

徐立新

1999年2月，捷蓝航空公司在美国正式注册成立，其定位是一家廉价航空公司，董事长为大卫·尼尔曼。当时美国所有的航空公司无一例外都提供一系列讨好乘客的免费服务，包括所有航班上都有免费餐和饮料，可以任意选择头等舱或商务舱，以及多套价格体系，如预订双程机票的费用就比只购买单程机票便宜很多。

在制定捷蓝服务项目的讨论大会上，当公司执行CEO（首席执行官）表示捷蓝也要推出类似的免费服务项目时，却遭到了大卫的强烈反对，他说："全部取消这些做法。"

执行CEO被大卫的话惊住，还以为自己听错了，要知道这是航空业的一贯做法，顾客早已习惯了。但大卫的解释却是："如果我们跟他们一样，做一只'跟屁虫'，那还有什么竞争力呢？作为一家后起的新秀，捷蓝必须走跟他们完全不同的'逆向'生存之路！"

最终，在大卫的坚持下，捷蓝取消了其他航空公司一贯的做法，飞机上没有任何一项免费服务。"这样他们就会来吗？一点儿好处都没有。"CEO满脸的困惑。大卫笑答："当然不会，如果我们只会做减法，那么顾客一定不会瞧上我们，捷蓝还要做加法——做竞争对手，包括西南航空都从未做过的奢华加法。"

大卫让捷蓝为顾客所做的奢华加法服务包括，豪华的真皮座椅、个人娱乐设施、无线上网和卫星电视，并且保证不会让所有的乘客在旅途中感到颠簸甚至是冲撞。这些奢华的免费服务让人们很难将它与一家廉价航空公司联系在一起。

"拿走顾客所希望得到的东西，然后提供一些他们意想不到的。"大卫自信满满地说道。事实证明，大卫的这套策略果然奏效，当其他航空公司竞争对手仍然在聚集成圈，互相厮杀时，捷蓝已经靠此策略成功地脱颖而出了，成为和美国西南航空公司不相上下，为数不多的持续盈利的航空公司之一。

捷径常常有，只需不走寻常路，不参与已有的竞争模式，这便是捷蓝航空的成功捷径。

我不愿坐在替补席

勒布朗·詹姆斯 译/十九恨

我兴冲冲报名参加篮球赛的时候，同学们都投来赞许的目光，为荣誉而战，这是我们文森特–圣玛丽高中提出的口号。

这让我有点儿惭愧，其实，我的动机并不是篮球精神，而是因为这次篮球赛贝蒂娜负责后勤工作，我不愿错过与她相处的任何机会。

当然，没有人知道这个秘密，包括贝蒂娜。我们训练的时候，她就站在几个女生中间，傻傻地看着篮球飞舞，一副痴迷的样子。

听学校的女生讲，贝蒂娜爱看NBA（美国职业篮球联赛），是个铁杆篮球迷，特喜欢约翰逊。这个消息让我很兴奋，约翰逊的三分是个传奇，也许我得向他学习。所以，再次训练，我的重点放在三分线上，希望将来在球场上用一记三分博得贝蒂娜的芳心。

我拼命地训练，为爱情而战。可惜，贝蒂娜，她没等我的三分跳进篮筐就走了，当然，不是离开球场，而是她的心有了归属。我下这个判断是有根据的，那次训练结束，她拿起一瓶水冲到我们队长面前，请允许我对队长的名字保密，贝蒂娜还在队长脸颊上轻轻吻了一下，你说，如果不是喜欢一个男生，女孩子会这么主动吗？

我突然有点儿后悔，如果不加入篮球队，眼不见为净，或许还快乐些！现如今，哑巴吃黄连。我只能拿篮球出气，站在三分线上，手中的篮球直射而出，打在队长头上，他当然不知道其中缘由，只是狠狠瞪我一眼，接着便喊："詹姆斯，你给我认真点儿。"

我有点儿后悔，觉得自己做得过了，可是，贝蒂娜的行为瞬间驱除了我仅存的那点儿内疚。她竟然还主动去队长卧室，至于做了什么，我不知道，但大家都说，队长对她爱答不理。

所有人都知道，队长有女朋友，人家可是天生一对，贝蒂娜硬要横插一足，别人真的无话可说。所以，我并不打算阻止什么，却不愿意让自己的心声埋藏一辈

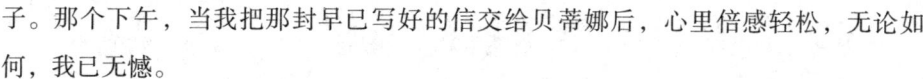

子。那个下午，当我把那封早已写好的信交给贝蒂娜后，心里倍感轻松，无论如何，我已无憾。

结果很快就出来了，第二天的球队训练，我清楚地看见贝蒂娜一如既往地走到队长身边，我没有再看下去。下周就要比赛了，或许，我的荒唐举动也应到此结束了，我把全部身心用在篮球训练上，只为争取一个首发名额，我突然觉得，这个时候我对得起我们文森特–圣玛丽高中，我要为荣誉而战。

队长是这么解释的，这次比赛的战略以内线为主，所以，我这样的外线球员顺理成章地被排除在首发之外。然而，两节比赛下来，我们却落后二十几分。队长下来时，贝蒂娜很及时地拿水递过去，却被队长摔在地上。"贝蒂娜，别烦我了！"队长怒斥。

我看见贝蒂娜伤心地躲到人群后，但是，我没有过去。因为队长说，调整战术，最后一节以外线为主，我是替补，但必须上。

我不知道贝蒂娜有没有看到我的表演，当最后一记三分落进篮筐，大家一片沸腾，我们赢了。没想到为了一个女孩，却为学校赢得了荣誉，那种感觉，我不知该怎么形容。

我是个成功的替补，但我更愿意做首发，不仅为荣誉，更为尊严而战。贝蒂娜再次碰到我时，在我脸上轻轻吻了一下。但是，我却突然没了那种感觉，或许，我只是不愿做一个替补罢了！

如今，在NBA这个战场上，很多球迷问我为什么不愿坐在替补席上，我想，当年在文森特–圣玛丽高中的那段经历或许可以拿出来讲讲，我们要善待爱情，但千万别忘了自信和尊严。

（文中的勒布朗·詹姆斯是NBA著名球星。）

美国卡车司机的理想

李良旭

一次，央视著名主持人崔永元在美国录制节目。在马路上，他看到一辆大卡车停在路边。他发现这辆卡车很大、很漂亮、很气派，车上装着满满的货物，但这辆卡车却很干净，车上还挂着许多小装饰，可以看出主人对这辆车十分爱惜。

卡车司机四十多岁的样子，身体很壮，戴着一顶棒球帽，穿着西装，胡子刮得很干净，刮过的皮肤泛着铁青色。他的这一身行头，如果不说，你无法想到他是一名重型卡车司机。

当他听说崔永元要采访他，便热情地拉着崔永元的手，让他上了他的这辆卡车。

这辆卡车驾驶室的后面，有一个书桌，书桌上有一台笔记本电脑和几本书，车壁上有书柜、液晶电视、电冰箱、沙发，里面甚至还有卫生间和洗澡间。

崔永元羡慕地说："这辆卡车简直就像一个流动的家。"

卡车司机说："对，它就是我流动的家，我人到哪儿，我的家就跟着我到哪儿，我已经快走遍全美洲了。"卡车司机一脸兴奋和自豪的神色。

崔永元被这位卡车司机的热情和开朗性格感染了，问道："你是什么时候开始萌发要开卡车的理想？"

卡车司机柔声地说道："在我6岁的时候，就有长大了要开大卡车的理想。那时，我常常遐想，开着大卡车跑遍全国各地，是一件多么令人高兴和幸福的事。"

崔永元大吃一惊，心想，他怎么没有将来当科学家、律师、医生、教师这些理想？而只有将来要开大卡车这样卑微的理想？

看到崔永元疑惑的目光，卡车司机笑道，在我6岁的时候，一天，爸爸给我买了一辆卡车玩具。我看到，那辆卡车很气派，又大又长，开关一开，它就非常灵活地在地上跑了起来，还会爬坡、拐弯。我兴奋地将这辆玩具卡车紧紧地抱在怀里，对爸爸说道，我长大了，也要开卡车，跑遍全国许多地方。爸爸高兴地将我紧紧地搂在怀里，说道："好儿子，有志气，只要好好努力，将来一定会开上大卡车的。"

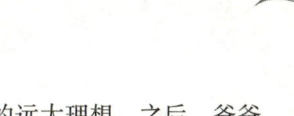

　　就这样，在我幼小的心灵里，就树立了将来要开大卡车的远大理想。之后，爸爸就给我买了许多玩具大卡车。这些玩具卡车，我会自己拆卸和安装。亲朋好友、左邻右舍，还有学校的老师们，听说我将来想开大卡车的理想后，都纷纷夸奖我，还要同学和他们家的孩子向我学习。

　　中学毕业后，我报考了汽车职业学校，父母都非常支持我。毕业后，我顺利地进了一家汽车运输公司，终于开上了梦寐以求的大卡车。当爸爸、妈妈看到我真开上了大卡车，激动得热泪盈眶。

　　说起开卡车的经历，这位卡车司机仿佛沉浸在一种巨大的幸福和喜悦之中。

　　崔永元不无感慨地说道，理想没有高低贵贱之分，能将卫星送上天的人，受到人们尊重；能将自己开的大卡车装扮成像一个流动的家的人，同样受到人们的尊重，这是一个社会文明自信和进步的生动体现。

是的，我能

[美]格雷·史列吉 译/庞启帆

如果你对自己不够自信，请看看他们的故事。

不会写作的经理

谭恩美开始写作的时候并不是一鸣惊人，而是根本不被人认可。谭恩美在出版《喜福会》《灶神之妻》《灵感女孩》等畅销书之前已是位作家，但她那时写的是财经类文章，并且是一份兼职的工作。她的正职是朋友经营的一家公司的财会经理，每天都需工作很长的时间。然而这个华裔移民的女儿想用英文尝试某种创造性的写作。于是她对她的老板朋友说了她的愿望："我想多写点儿东西。"朋友却认为她的才能是做财务预算和收取账单。"可这些工作太烦闷了。"这些都是谭恩美痛恨并且不是很擅长的事情。但是她的朋友坚持认为谭恩美没有写作天分。"我想，如果我相信他，我永远就只能做这个。于是我要求适当缩减工作时间。"谭恩美后来回忆道。朋友不肯让步。谭恩美无奈，只好说："好吧，那我放弃了。"可朋友却说："你不能放弃。你被解雇了。"还加了一句："你永远都写不出卖钱的东西！"谭恩美要证明他是错的，她找了尽可能多的活来做。

作为一位自由职业作家，有时候她一周要工作90个小时。那是一段艰难的日子。然而这样的工作却可以不让别人来定义她、限制她的才能，谭恩美觉得这一切都是值得的。而且在那段艰难的日子里，谭恩美开始尝试写小说。就这样，那本描写解放前夕从中国大陆移居美国的四位女性生活的小说《喜福会》问世了。这位不会写作的经理成了当代美国的畅销书作家。

从未被老师选上的孩子

因为矮胖、害羞，本·桑德斯从来没有被老师选进班里的体育队，同学也几乎不邀请他参加他们的体育活动。"足球、曲棍球、网球、板球，随便什么圆的球，都没我的份儿。我那时候真的很没用。"他大笑着说。在英格兰的那个叫德文镇的小学里，他是学校体育课上被大家拿来开玩笑、嘲讽的对象。

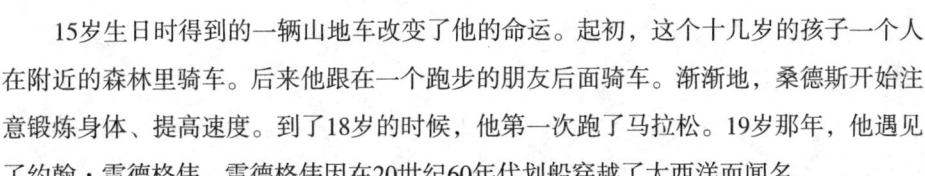

15岁生日时得到的一辆山地车改变了他的命运。起初，这个十几岁的孩子一个人在附近的森林里骑车。后来他跟在一个跑步的朋友后面骑车。渐渐地，桑德斯开始注意锻炼身体、提高速度。到了18岁的时候，他第一次跑了马拉松。19岁那年，他遇见了约翰·雷德格伟。雷德格伟因在20世纪60年代划船穿越了大西洋而闻名。

桑德斯被雷德格伟在苏格兰办的探险学校聘请做了一名教练。在那里他知道了这位长辈的水上探险故事。桑德斯深受鼓舞，他读了所有能读到的大西洋探险者和北极圈探险的故事，而后他坚定地认为，这就是他将来要做的事。

对一个来自英国乡下的男孩儿来说，去北极冒险可不是一件寻常的事。那些把他的这个梦想当玩笑的人怀疑他是否真的有那个本事。"雷德格伟是少数没说'我不行'的人中的一个。"桑德斯这样说。

2001年，在成为一名出色的滑雪者之后，桑德斯开始踏上了他漫长的南极探险的征途。这次探险付出了难以想象的艰辛。一路上，他经受了冻伤的痛苦，与北极熊为伍，身体多次达到极限，在风雪中拉着运载物资的雪橇在崎岖不平的冰路上艰难地行进。桑德斯从此成为到北极独自滑雪最年轻的人，他小时候的同学一定不会相信他这一惊人的壮举。2005年10月，27岁的桑德斯从大西洋海岸往南滑行到南极洲，然后返回。这900千米的路程还没有人用滑雪的方式完成过。

不能跳舞的矮女孩

"我就不能笑一笑吗？"成名前的特怀拉·萨普经常问自己这个问题。就像成千上万来纽约寻梦的女孩一样，特怀拉·萨普也怀揣着一个美好的梦想。这个来自印第安纳州乡下的女孩进了巴纳德大学进修艺术史，想获得一个学位。但是她真正痴迷的是舞蹈。为了达到学校体育课上的体能要求，她跟着当时的传奇舞蹈家马萨·格兰姆和莫斯·堪宁姆学习舞蹈。很快，她就开始每天上两三节舞蹈课。就这样，一个梦想诞生了。然而她的梦想之路充满了坎坷。

20世纪60年代中期毕业时，萨普到一些广告公司试镜，希望获得一些角色。但是她似乎到哪儿都不适合。跳芭蕾，她缺乏技巧。而且在一次大公司试镜的时候，她发现自己太矮了。"他们喜欢我踢腿的动作和踮起脚尖的样子，但最终他们都没有录用我。"她在后来的自传中写道。她也认识到"如果去跳拉丁舞，怎么看都觉得自己太矮，可是我仍然在尝试"。于是，萨普不断地问自己："我能不能做一个舞者呢？我有舞蹈的天赋吗？"在一番苦苦的追寻后，她成立了自己的团体，并且创造出自己的舞蹈风格。

在整整5年的时间里，萨普和她的舞蹈团几乎每天都在一个叫格林威治村的教堂地下室里训练。有的时候，同情他们的牧师不得不在周日早上把他们"赶出去"。他们为了少得可怜的报酬而工作，而且没有任何名声。五年间，萨普不断地问自己："真的要做这个吗？还要不要再坚持呢？"

40年之后，萨普已经为百老汇编导了100场的舞蹈表演，在获得2004年的国家艺术奖章之后还参加了一些影片的艺术指导。现在萨普仍然问自己那个问题。她的答案仍然是：是的，我能！

朋友，相信自己吧，你也能！

伟业是如何建立的

沈岳明

最近，美国一家网站调查了1000位成功人士，其中包括已经做出重大贡献的科学家和作家、拥有庞大产业的企业家和商人、家喻户晓的超级体育明星和影视明星以及其他拥有巨大成就的成功人士。

这些成功人士中，有99％说不清楚自己为什么能成功。在成功之前，也没有一套完整的实现成功的计划书。他们有的是凭着感觉，有的是因为勤奋，有的是因为爱好，所以一直没有放弃对成功的追求，最终成就了人生的伟业。

接着，那家网站又向公众征集了1000份最完美的成功计划书。其中包括如何成为一位伟大的科学家和作家、如何成为一位成功的企业家和商人、如何成为一位超级体育明星和影视明星等。经过层层筛选，1000份最完美的成功计划书在专家们反复讨论后终于评选出来了。这些计划书之所以完美，不仅因为它极具诱惑力，而且具有可操作性，还因为它详尽的介绍，比如说每小时应该做的事情、每天应该做的事情、每年应该做的事情，具体到休息多少个小时，工作多少个小时，还列出了启动资金和最终达到成功后的费用。

这1000份完美的成功计划书，让人看后就有想实现成功梦想的冲动，并且坚信自己能够成功。随后，网站又对这1000份完美计划书的拟订者进行了采访。结果发现，这1000个人全是失败者，或者说是正在努力追求成功梦想，但还未成功的人。

为什么那些手握完美计划书的人不能成功，而那些完全不懂如何成功，从没做过任何计划书的人却成功了呢？最后，网站得出结论：人生伟业的建立，不在能知，乃在能行！

 # "逼"出来的自信

詹妮弗是英国沃灵顿的居民，大学毕业后在一家公司做文员，但两年后由于经济衰退，公司裁员，詹妮弗失业了。

失业后的詹妮弗很郁闷，她感觉自己被这个社会淘汰了，自己一无是处，每天在家里睡觉，看电视，或者上网，即使上网她也是只看一些孩子们才看的动画片，或者去动画论坛。偶尔她还用一些漫画记录自己的生活，来发泄一下自己的情绪。

为了生存詹妮弗申请了失业救助，这样每周就能得到56英镑的救济金。

这时候她的男朋友也失业了，虽说她的男朋友也可以领到每周60英镑的救济金，但詹妮弗感觉很糟糕。心情烦躁忧郁的詹妮弗从不注意饮食，每天都会吃很多高热量的食物，比如油炸食物和快餐类食物，很快她的体重也迅速增加，半年体重增加了20磅，她的男朋友一再警告她要运动，控制饮食，并没有引起她的重视。

这时候政府通过一些培训给失业者再次就业的机会，但詹妮弗已经适应了在家无所事事的生活，她感觉自己一无是处，即使参加了培训也不会有公司来聘用她，她拒绝任何培训。而她的男朋友参加了培训，很快得到了去外地工作的一个职位，离开了沃灵顿。

詹妮弗的生活一下子被抽空了，所有这一切使詹妮弗感觉世界末日来临了，她失去了生活的意义，她无所事事，每天用那些儿童们看的动画片来麻醉自己，烦闷至极就用漫画记下自己糟糕的心情，她在漫画里说："又是糟糕的一天，明天也会是这样吧！"就这样一年的时间很快就过去了，詹妮弗拒绝了政府给她的五次培训的机会和三次就业机会。

2012年7月詹妮弗就失业整整两年了，政府发布福利制度改革方案，承诺帮助失业者再就业，同时警告失业者如果拒绝工作、靠领取救济金过日子就将面临处罚。

詹妮弗很快就接到通知，去做一家小公司的文员。面临处罚，她只有接受工作，詹妮弗的体重现在已经有150多斤了，她的职业装不能用了，没办法她就穿着休闲装去上班。看着自己格格不入的样子，感受到来自同事陌生的眼神，詹妮弗很沮丧，第

二天就再也没去公司，尽管公司一再邀请她去上班。

两周后詹妮弗又接到了另一家公司的邀请，但她还是没有勇气去上班，第三周政府通知她如果再不去公司上班就要去社区参加义务工作，如果不去的话就不会得到救济金。

在这种重压之下，詹妮弗几乎失去了生活的勇气，甚至想结束自己的生命。这时候政府派了一位心理咨询师找到詹妮弗，和她沟通就业情况，那位咨询师看到她的漫画说："詹妮弗，你看你的漫画画得多么好啊，我就很喜欢你的漫画，就像这些漫画一样，我看不到它们，当然不知道它们的存在，也说不上喜欢不喜欢。你不出去工作，能知道自己是不是有能力工作吗？一个人的能力只有通过工作才能展示给别人。走出去试试！就会知道自己是一个有用的人。"

于是詹妮弗接受了一家超市的邀请，去一个玩具柜台整理玩具。看着货架上那些玩具有很多卡通片里熟悉的形象，她不再那么烦闷了，通过自己的手整理出那些玩具让她很有成就感，有时间她还给这些玩具配上一些文字或者一幅幽默画。细心的小顾客看到了都很喜欢，有时候就是为了要她的漫画而买那些玩具。

詹妮弗慢慢快乐起来了，回到家里她依然用漫画记录自己的生活，那些漫画开始有了阳光，不再是阴沉沉的了。

有一天詹妮弗正在整理那些玩具，听到一个孩子大声和爸爸争辩："我就要那个玩具，家里的玩具没有这个希曼的头像，我要佩戴着希曼头像的玩具。"詹妮弗走过去说："我可以给你一个同样的希曼，这样就不用浪费钱再买相同的玩具了。"孩子有些不相信的问："真的吗？真的可以？"詹妮弗拿起一个精美的纸片，画下了那个卡通人物，送给了他，那个孩子高兴地被大人带走了。

过了几天，那个孩子的妈妈来了，询问漫画的作者，她是一家报社的编辑，想请作者投稿。休息日，詹妮弗如约拿着自己的漫画到了报社，很快就被采用几幅。

詹妮弗利用业余时间给报纸投稿，再也不用去领取救济金了。她开始注意自己的饮食，并且加强锻炼，恢复了苗条的体型，不久有一位帅气的小伙子开始追求她。

詹妮弗用漫画表达了自己的经历，她说："救济金是天上掉下来的馅饼，会使人丢弃自尊，自暴自弃。自己是被政府'逼'着出来工作，找到了自信。"

是啊，人只有通过自己的劳动获得生存的意义，才能获得自信，也才能得到他人的尊重。

你凭什么自信

芮成钢

有一次，一所大学请我去演讲，我问了所有在场的大学生一个问题："作为中国人，你有自豪感吗？"大家一致回答："有！"我接着问："那到底是什么让你产生这种自豪感呢？"有人说是长江、黄河、长城、泰山；也有人说是经济的高速发展、五千年的文明、中国文字、世界闻名的祖先、四大发明、北京奥运、"神七"升空……

我接着又问了一个问题："假如清晨醒来，你突然发现自己变成了一个菲律宾人，你还会为自己感到自豪吗？或者你变成了一个卢旺达人，生活在非洲，经历过种族屠杀，营养不良，经常处于饥饿状态，此时，你还能够自信地面对全世界吗？"

在我把第二个问题抛出去的那一刻，整个会场变得鸦雀无声。我能够体会到，学生们从来没有从这个角度思考过自信的含义。大多数大学生都不能从自我中寻求自信；但如果自信只能从自身以外的事物来获得，那么你就无法从容地去理解世界问题、民族问题和关于自我的问题。

一个人的自信、自豪到底来源于什么？又依靠什么而存在？

2007年的新年，我参加了北京"宏志班"的联欢会。那些高中生们各有各的苦难，说出来让人潸然泪下。然而经济上的困难不但没能带走他们的笑容和快乐，反而造就了他们超人的毅力与勤奋、朴素的态度和性格，经历过磨难的他们更懂得珍惜自己的乐观心态。

如果你像他们一样，来自月平均收入低于300元的家庭，丢了一块橡皮都不敢对父母讲，请问，你还能够在其他同学面前保持自信吗？

在他们教室的墙角，小山似的堆满了空的可乐瓶和饮料罐，这些都是从不喝饮料的他们大大方方地到其他班级和学校捡来的。正是这些废品，让他们攒出了几百块钱的班费。他们是经济上的弱者，却是品德与能力上的强者。客观条件的限制没有阻止他们努力学习，在那天的联欢会上，很多同学在我面前自如地表演书法、弹起了琵

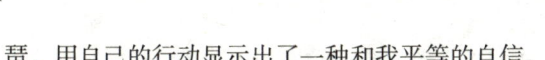

琶，用自己的行动显示出了一种和我平等的自信。

在他们身上我看不到独生子女的娇浮，却能看到很多我所采访过的世界各地的成功者们的生活习惯，这让我无比惊讶，又异常感动。他们用实际行动向我传达了这样的信息：我们都是平等的人，都有追求幸福的权利。差异既然是客观存在的，我们就应该坦然面对。

每个人都有独立的人格，每个人都具有不可替代的自我价值。在这个地球上，"我"只有一个，"我"和所有人都是平等的。如果你的自尊和自信建立在这个基础上，即使你是一个乞丐，也可以坦然面对一个亿万富翁，这样的自信和自尊才是真正坚实的精神基础。

我很感谢我的父母，他们从小就把我当平等的朋友来对待，培养我的自信。有时候，与朋友在一起聊天，我的父母忽然打来了电话。电话交谈结束后，我的朋友特别奇怪地问我："你怎么与父母说话这么客气呢？"没错，我在跟父母的沟通中经常会说的话是"爸爸你好""妈妈晚安"。这是客气吗？对父母难道不需要随时随地地表达起码的感谢吗？要知道一个人真正的成长，首先是来自家庭，从家庭中学会成员之间互相尊重，才能建立起发自内心的自信。

我们不用光依赖历史的传承，不用光依赖多么惊人的GDP（国内生产总值）增长速度，我们完全可以追求能让自己幸福的目标，只要你有一个坚定的信念：世界上的人不会因为背景的不同、文化的不同、是否有悠久的历史、人口多少、国土面积的大小而在自信上有所差异。每个人都有平等地追求自己目标的权利，都不应该因为财富的多寡或肤色的差异而被歧视。

自信是成功的第一秘诀

朱吉红

　　美国前总统林肯出身贫贱，父亲是一名鞋匠。为竞选总统，这天，他刚刚站到参议院演讲台上时，一位态度傲慢的参议员站起来说："林肯先生，在你开始演讲之前，我希望你记住，你是一个鞋匠的儿子。"

　　参议员的话引起在场众多参议员的哄堂大笑。面对如此羞辱，林肯始终保持平静，等大家笑声停止，他用平静的语气告诉大家："我非常感谢你使我想起我的父亲，他已经过世了，我一定会永远记住你的忠告，我永远是鞋匠的儿子，我知道我做总统永远不会像我父亲做鞋匠做得那么好。"随后，林肯转头对那位傲慢的参议员说："据我所知，我的父亲也为你的家人做过鞋子，如果它们不合脚，我可以用我从父亲那里学过的技术为你修补。"

　　接着，林肯又面向会场上的所有参议员动情地说："如果在场的哪位所穿的鞋子也是由我父亲做的，假如它们不合适，我也可以帮助修改。但是有一件事我敢肯定，我永远无法像他做得那么好，他的手艺是无人能比的。"话说到此，林肯流下了眼泪。

　　林肯真诚的话语打动了在场的每一个人，所有的嘲笑全都变成了钦佩的掌声。后来，林肯终于如愿以偿地赢得了大选的胜利，成为美国历史上一位最伟大的总统。

　　林肯面对议员的羞辱义正词严、永不忘本的态度，体现出他对自己强大的自信心。正是这种自信心使他能够坦然面对羞辱，将嘲笑转变成掌声，最终赢得了大选。

　　有句俗语："知人者智，自知者明。"对于凌驾于命运之上的人来说，信心就是生命的主宰。拥有了自信，就掌握了成功的钥匙，能使一个平凡的人做出惊人的事业。

　　现任海地总统米歇尔·马尔泰利从小喜欢音乐，高中毕业后他进入海地军事学院学习，却因违反校纪被开除。接着，他前往美国淘金，当过售货员，干过建筑工。回国后，他一直没有放弃自己痴迷的音乐事业，但直到37岁，他推出了自己的首支单曲《欧拉拉》，终于使他一曲成名。

　　此后，马尔泰利先后录制了14张专辑，将素有"海地的弗拉门戈"之称的国宝级传统艺术的"康帕斯",融入加勒比索克、爵士乐等音乐形式,开创了节奏明快、充满激情的康帕斯音乐的新风格,使康帕斯音乐成为海地的流行音乐。同时,他还以奇异的舞台形象表演闻名,往往男扮女装,大胆使用夸张的假发、苏格兰呢裙,甚至穿婴儿尿布,走红歌坛,逐渐成为海地家喻户晓的流行歌手,被歌迷们称为"甜米基",被誉为"歌坛总统"。

但是,自20世纪80年代杜瓦利埃家族对海地结束独裁统治以来,一直政局动荡,各类犯罪事件层出不穷,经济状况持续恶化。为了改变这一现状,2010年7月,歌坛上获得巨大成功的马尔泰利决定参加总统竞选,化弊为利,与传统政治切割,充当改革的急先锋。在总统竞选期间,马尔泰利果断地打出"变革牌",响亮地提出了自己的竞选总统口号——改变,将"改变"作为自己的口头禅。首先,他对自己进行改头换面,脱下了奇装异服,换上了笔挺的西装。利用各类媒体主动向公众承认,自己在出道之初的演唱会上穿过裙装、脱过上衣,还曾经吸食过大麻等毒品,说明自己当时的道德观念确有问题,鼓励自己和人们拿出重新开始的勇气,让他的反对者根本无法抓到攻击他的把柄。

马尔泰利不怕揭短,毫不掩饰地向公众说明自己是政坛新人,从政经验不足,是政治圈的"门外汉",但同时又承诺自己将依靠有才干的专家治理好国家。这样,起初不少怀疑他从政能力的企业家,看到他亲手组建的竞选专业团队,逐渐放下心,也成为他的支持者。改变是一种自信,一种心态,一种通向成功的必由之路。最终,马尔泰利以67.57%的支持率战胜民主进步联盟候选人、前"第一夫人"米朗德·马尼加,赢得选举,成为海地第56届总统。

马尔泰利,一个从未涉足过政坛的流行歌手,一下子执掌了一个国家的命运,完成了从流行歌手到一国之尊的华丽转身,靠的是对自己充满自信,对个人前途充满自信。现实生活中,每个人都可能遇到身体缺陷、家庭变故、疾病折磨、事业挫折等各种障碍,如果因此患得患失、顾虑重重,只会妨碍自己向着既定目标迈进。如果充满自信,战胜自我,将烦恼、顾虑抛置于脑后,勇往直前,获得事业的成功。

美国思想家爱默生有句话:"自信是成功的第一秘诀。"不是因为做不到而没有信心,而是因为没有信心所以才做不到。自信是成功的动力,让我们拥有自信,不畏艰难,一路前行,赢得人生的辉煌。

失去自信，失去一切

林华玉

　　雄狮巴克有着漂亮的外形、威武的身姿、王者般的力量和梦幻般的速度，所以他长大之后，就击退了非洲沼泽狮群的老首领，成为这个拥有十五头母狮、六头幼狮的庞大狮群的王者。

　　不知不觉，巴克已经做首领统治沼泽狮群五年了，这五年中巴克接受了无数后起之秀的挑战。最惨烈的一次，有两头体格健壮的雄狮突然向他发动袭击，巴克靠着过人的体力与胆量，毫不畏惧地与他们战斗，最后他咬伤了一头雄狮的前腿，抓瞎了一头雄狮的眼睛，使他们落荒而逃。这一战使得巴克威名远扬，一年多都没有雄狮胆敢挑战他的权威。

　　巴克已经十二岁了，这对于寿命只有17岁左右的狮子来说，已经过了壮年，步入老年，虽然巴克还牢牢地统治着这个狮群，但自从那次与外来雄狮黄毛的战斗后，族群内发生的一些反常的现象使得巴克忧心忡忡。

　　这天，巴克狮群的母狮子齐心协力地捉住了一头大羚羊，要是在以前，她们要等巴克前来，待他吃饱后，她们才能进食，这是狮群的规矩。但这次出了意外，母狮子们一拥而上，大口吃着羚羊肉，巴克从远处跑来了，看到这个情景，他极为愤怒，大声吼叫着让母狮们滚开，但母狮们却好像没有听到，已经在那里大快朵颐。巴克气急败坏地上前，咬了一头母狮，那母狮虽然很不情愿地躲开了，却朝着他龇了龇尖利的牙齿，很不服气的样子。

　　这是一个很危险的信号，说明自己在母狮眼中再也不是雄壮威武的守护神，而成了一个吃闲饭的家伙，而这件事情发生在自己与黄毛战斗之后。

　　黄毛是外来的一头雄狮，他的体格与巴克相差无几，但他只有七岁，正是年轻力壮的年纪，他觊觎沼泽狮群所处位置的富庶，在做了一番准备之后，就向巴克发动了袭击，巴克毫不示弱，与黄毛厮打在一起。

　　黄毛虽然年轻健壮，但战斗经验不足，几个回合下来，他的身上鲜血淋淋，不得

不向远处而逃。巴克虽然胜利了，但身上也被黄毛抓伤多处，臀部还被黄毛咬去了一块皮，这在任何一场战斗中都是没有的事。

而他和黄毛战斗的时候，他的母狮们和往常一样，就站在不远处静静地看着，或许她们已经感觉出了自己的首领已经廉颇老矣，风光不再，所以心生不屑之情，这次直接不给巴克让食了。

巴克心中涌起了一股淡淡的忧伤，他在心里问自己：难道，我真的老了？

巴克想证明一下自己是不是真的老了，他看到不远处有一群野牛，他就想捕获一头。巴克慢慢地靠近了野牛，突然发动袭击，野牛们四散而逃，巴克看中了一头半大的野牛，就一直追着他。眼看就要得手了，突然，一头成年公牛径直朝巴克冲过来，用尖利的牛角抵向巴克，巴克差一点儿就被野牛挑开肚子，吓出了一头冷汗，赶紧跳到了一边。

看着远去的野牛，悲凉感涌上了巴克的心头，他觉得自己真的成了一个无用的老人。此后，母狮子们捕猎到食物再也不等巴克先吃，巴克也没有勇气再与她们争执，只是在一边远远地看着，他们吃完之后，他再上前，吃一点儿残渣剩饭。

过了一些时日，上次挑战自己的黄毛养好了伤，又来挑战巴克了。看着黄毛杀气腾腾的眼神，又想起上次自己受的伤，再看看一边冷眼旁观的母狮子们，巴克不由自主地打了一个冷战。

战斗没持续几分钟，丧失了信心的巴克就被气势如虹的黄毛抓瞎了一只眼睛，惨叫着退出战斗。黄毛一口气追了他好远才停住脚步，他回过头，朝着巴克昔日的领地怒吼三声，宣示着一个新王者诞生了。

三天后，伤痕累累的巴克死在了一条小河旁边。

并不是黄毛杀死了狮王巴克，巴克之死主要源于自信心的丧失。

自信第一课

毕淑敏

1972年的一天，领导通知我速去乌鲁木齐报到，新疆军区军医学校在停顿若干年后这年第一次招生，只分给阿里军分区一个名额，首长经过研究讨论，决定让我去。

按理说，我听到这个消息应该喜出望外才是。且不说我能回到平地，吸足充分的氧气，让自己被紫外线晒成棕褐色的脸庞得到"休养生息"，就是从学习的角度讲，在重男轻女的部队能够把这样宝贵的唯一的名额分到我头上，也是天大的恩惠了。但是在记忆中，我似乎对此无动于衷，也许是雪山缺氧把大脑纤维冻得迟钝了。我收拾起自己简单的行李，从雪山上走下来，奔赴乌鲁木齐。

1969年，我从北京到西藏当兵，那种中心和边陲的、文明和旷野的、优裕和茹毛饮血的、高地和凹地的、温暖和酷寒的、五颜六色和纯白的……一系列巨大反差，就在我的心底搅起了沧海桑田般的变化。面临死亡咫尺之遥，面对冰雪整整三年，我再也不是当初那个天真烂漫的城市女孩，内心已变得如同喜马拉雅山万古不化的寒冰般苍老。我不会为了什么事件的突发和变革的急剧而大喜大悲，只会淡然承受。

入学后，从基础课讲起，用的是第二军医大学的教材，教员由本校的老师和新疆军区总医院临床各科的主任、新疆医学院的教授担任。记得有一次，考临床病例的诊断和分析，要学员提出相应的治疗方案。那是一个不复杂的病案，大致的病情是由病毒引起重度上呼吸道感染，病人发烧、流涕、咳嗽、血象低，还伴有一些阳性体征。我提出方案的时候，除了采用常规的治疗外，还加用了抗菌素。

讲评的时候，执教的老先生说："凡是在治疗方案里使用了抗菌素的同学都要扣分。因为这是一个病毒感染的病例，抗菌素是无效的。如果使用了，一是浪费，二是造成抗药，三是无指征滥用，四是表明医生对自己的诊断不自信，一味追求保险系数……"老先生发了一通火，走了。

后来，我找到负责教务的老师，讲了课上的情况，对他说："我就是在方案中用了抗菌素的学员。我认为那位老先生的讲评有不完全的地方。我觉得冤枉。"教务老

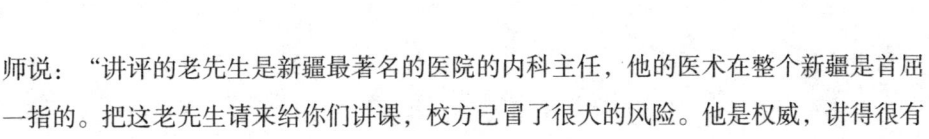

师说："讲评的老先生是新疆最著名的医院的内科主任，他的医术在整个新疆是首屈一指的。把这老先生请来给你们讲课，校方已冒了很大的风险。他是权威，讲得很有道理。你有什么不服的呢？"

我说："我知道老先生很棒。但是具体问题要具体分析。他提出的这个病例并没有说出就诊所在的地理位置。比如要是在我的部队，在海拔5000米以上的高原，病员出现高烧等一系列症状，明知是病毒感染，一般的抗菌素无效，我也要大剂量使用。因为高原气候恶劣，病员的抵抗力大幅度下降，很可能合并细菌感染。如果到了临床上出现明确的感染征象时才开始使用抗菌素的话，那就晚了，来不及了。病员的生命已受到严重威胁……"

教务老师沉默不语。最后，他说："我可以把你的意见转告给老先生，但是，你的分数不能改。"

我说："分数并不重要。您听我讲完了看法，我已知足了。"

教室的门开了，校工闪了进来，搬进来一把木椅子摆在讲案旁，且侧放。我们知道，老先生又要来了。也许是年事已高，也许是习惯，总之，老先生讲课的时候是坐着的，而且要侧着坐，面孔永远不面向学生，只是对着有门或有窗的墙壁。不知道他这是积习，还是不屑于面对我们，或是有什么难言之隐。

这次，老先生反常地站着。他满头白发，面容黢黑如铁，身板挺直如笔管，让我笃信了他曾是著名的医生一说。

老先生目光如锥，直视大家，音量不大，但在江南口音中运了力道，话语中就有种清晰的硬度了。他说："听说有人对我的讲评有意见，好像是一个叫毕淑敏的同学。这位同学，你能不能站起来，让我这个当老师的也认识你一下？"

我只有站起来。

老先生很注意地看了我一眼，说："好。毕淑敏，我认识你了，你可以坐下了。"

说实话，那几秒钟，真把我吓坏了。不过，有什么办法呢？说出的话就像注射到肌肉里的药水一样，你是没办法抠出来的。

全班寂静无声。

老先生说："毕淑敏，谢谢你。你是好学生，你讲得很好。你的话里有一部分不

241

是从我这儿学到的，因为我还没有来得及教给你那么多。是的，作为一位好的医生，一定不能全搬书本，一定不能教条，要根据具体的情况决定治疗方案。在这一点上，你们要记住，无论多么好的老师，也不可能把所有的规则都教给你们。我没有去过毕淑敏所在的那个5000米高的阿里，但是我知道缺氧对人的影响。在那种情况下，她主张使用抗菌素是完全正确的。我要把她的分数改过来……"

老先生紧接着说："但在全班，我只改毕淑敏一个人的分数。你们有人和她写的一样，还是要被扣分。因为你们没有说出她那番道理，是知其然而不知其所以然。你现在再找我说也不管事了，即使你是冤枉的也不能改。因为就算你原来想到了，但对上级医生的错误没敢指出来。对年轻的医生来说，忠诚于病情和病人，比忠实于导师要重要得多。必要的时候，你宁可得罪你的上司，也万万不能得罪你的病人……"

这席话掷地有声。事过这么多年，我仍旧能够清晰地记得老先生如锥的目光和舒缓但铿锵有力的语调。平心而论，他出的那道题目是要求给出在常规情形下的治疗方案，而我竟从某个特殊的地理环境出发，并苛求于他。对一个初出茅庐的年轻人的不全面的异议，老先生表现出虚怀若谷的气量和真正医生应有的磊落品格。

真的，那个分数对我来说完全不重要，重要的是我在此番高屋建瓴的话语中悟察到了一位优等医生的拳拳之心。

我甚至有时想，班上同学应该很感激我的挑战才对。因为没过多长时间，老先生就因为身体的关系不再给我们讲课了。如果不是我无意中创造了这个机会，我和同学们的人生就会残缺一段非常凝重宝贵的教诲。

我的三年习医生涯，在我的生命中是一个重大的转折。我从生理上明了了人体，也从精神上对自己有了更多的信任。我知道了我们的灵魂居住在怎样的一团组织之中，也知道了它们的寿命和限制。如果说在阿里的时候我对生命还是模模糊糊的敬畏，那么，教师的教诲使我确立了这样的观念：一生珍爱自身，并把他人的生命看得如珠似宝，全力保卫这宝贵而脆弱的珍品。

走钢索与空中飞人

林清玄

看俄罗斯马戏团，正在看空中飞人的时候，主持人突然宣布：

"主角为了答谢观众，将特别表演在空中三十米的凌空飞跃，这个动作太困难了，不一定会成功。"

满场六千多名观众屏息以待，连原来喧腾的音乐也静止了。

空中飞人凌空飞跃，突然一个闪失，从高空笔直地落了下来。

哗……

观众一起失声叹息，正为自己没有眼福欣赏高难度的飞跃而议论纷纷。

"为了不辜负观众的期待，我们的主角愿意再试一次。"主持人说。

观众意外惊喜，全拍红手掌，再度屏息、等待。

空中飞人凌空飞越，姿势美如一只巨鹰，精准地落在三十米外的秋千上。

全场响起如雷的掌声，音乐配的是贝多芬的《英雄交响曲》，英雄落在安全网上，翻了一圈，以最灿烂的微笑，迎接观众的掌声。

后来听在马戏团打临时工的学生说，那第一次试飞的失败是刻意安排的，以便引发观众的情绪。我知道了并没有受骗的感觉，反而觉得这失败的安排是符合人性的，那第一次的失败与第二次的成功，虽然只是表演，却是等值的。

失败，使成功显得更珍贵。

我们在实际的人生中亦然如此，许多屏息以待，只等到了失败，但有过失败的成功更值得喝彩与掌声。

在马戏团里走钢索的人和空中飞人，在上台表演之前，必然都有许多的失败，才会使他们设计出这样的表演吧！

他们的成就正是建立在"危险"和"失败"上，如果是在平地上表演就没有人要看了。生命也像是在走钢索或凌空飞跃，在危险中锻炼了勇气，在失败中确立了坚强。

会走路的梦

铁　凝

　　有一次在邮局寄书，碰见从前的一位同学。多年不见了，她说咱们俩到街上走走好不好？于是我们漫无目的地走起来。她之所以希望我和她在大街上走，是想告诉我，她曾经遭遇过一次不幸：

　　她的儿子患白喉死了，死时还不到4岁。没有了孩子的维系，又使本来就不爱她的丈夫很快离开了她。这使她觉得羞辱，觉得日子是再无什么指望。她想到了死。她乘火车跑到一座靠海的城市，在这座城市的一个邮局里，她坐下来给父母写诀别信。

　　这时有一位拿着邮包的老人走过来对她说："姑娘，你的眼好，你帮我纫上这针。"她抬起头来，跟前的老人白发苍苍，他那苍老的手上，颤颤巍巍地捏着一枚小针。

　　我的同学突然在那位老人面前哭了。她突然不再去想死和写诀别的信。她说，就因为那老人称她"姑娘"，就因为她其实永远是这世上所有老人的"姑娘"，生活还需要她，而眼前最具体的需要便是帮助这老人纫上针。

　　她纫了针，并且替老人缝好邮包。她离开邮局，离开那靠海的城市回到自己的家。她开始了新的生活，还找到了新的爱情。她说她终生感激邮局里遇到的那位老人，不是她帮助了老人，那实在是老人帮助了她，帮助她把即将断掉的生命续接了起来，如同针与线的连接才完整了绽裂的邮包。

　　她还说从此日子里有了什么不愉快，她总是想起老人那句话："姑娘，你的眼好，你帮我纫上这针。"她常常在上下班的路上想着这话，在街上，路过一些熟悉或者不熟悉的邮局。有时候这话如同梦一样不真实，却又真实得不像梦。然而什么都可能在梦中的街上或者街上的梦中发生，即使你的脚下是一条烂熟的马路，即使你的眼前是一条几百年的老街，即使你认定在这老路旧街上不再会有新奇，但该发生的一切还会发生，因为这街和路的生命其实远远地长于我们。

　　我曾经在公共汽车上与人争吵，为了座位，为了拥挤的碰撞。但是永远也记不住

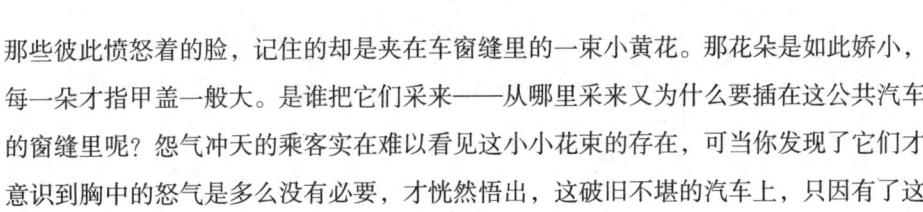

那些彼此愤怒着的脸，记住的却是夹在车窗缝里的一束小黄花。那花朵是如此娇小，每一朵才指甲盖一般大。是谁把它们采来——从哪里采来又为什么要插在这公共汽车的窗缝里呢？怨气冲天的乘客实在难以看见这小小花束的存在，可当你发现了它们才意识到胸中的怒气是多么没有必要，才恍然悟出，这破旧不堪的汽车上，只因有了这微小的花束，它行驶过的街道便足可称为花的街了。

假若人生如一条长街，我就不愿意错过街上每一处细小的风景。假若人生是长街的一个短梦，我愿意把这短梦做得生机盎然。

在死亡的刀尖上翩翩起舞

马晓伟

20世纪70年代，孙祥明出生在东北的一个小县城。念三年级时，在一次放学途中，他毫无知觉地摔了一跤。顿时，双腿疼痛难忍。家人急忙把他背到医院，拍了片子后发现，左腿骨折。但医生隐隐有种不祥的预感，让他做进一步的检查。

经过抽血化验、磁共振等一系列诊察后，结果出来了：全身性骨纤维异样增生症。这是一种极其罕见的疾病。患者的头部将会无限制地长大，全身骨骼也会变得如玻璃般脆弱。目前，此病全世界只有数十例，并且至今仍未研究出任何治疗方法。

当时，祥明年仅10岁，他还没意识到病魔的可怕。在接下来的六年里，糟糕的事接二连三地发生了：小祥明的脑袋不断地膨胀，手臂、肋骨、腰椎等多处经历了20余次骨折。而到后来，病情的日益恶化使他只能在床和轮椅上活动。

然而，最令他痛心的是，原先一副俊朗的面孔，如今也被扭曲得近乎狰狞。从此，祥明不敢面对镜子中的自己。他更害怕别人的目光，走在街上，无数好奇的眼神就像利箭般穿透他那薄薄的心叶。回到家中，他把东西摔得七零八落，然后趴在床上"呜呜"地哭。父母眼睁睁地看着一切，却只能一次又一次地默默抹眼泪。然而，担心的事还是发生了：那天，祥明趁他们不注意，独自跑到了小河边。当母亲伤心欲绝地赶来时，他却兴奋地告诉她：从明天起，我要勇敢、坚强！因为鲁迅先生曾说过："真的猛士，敢于直面惨淡的人生，敢于正视淋漓的鲜血！"那一刻，母子俩紧紧地搂在了一起。

此后，祥明每天刻苦读书，不断给自己充电。眨眼间，他已到弱冠之年。他发誓不再做家人的累赘。当时，年轻人中十分流行"金庸琼瑶"。他瞅准了这个商机，在县城开了一家书摊，用来租借武侠、言情书。开业后，生意好得不得了。一个月算下来，他竟能赚2000多元！欣喜若狂的他对天狂呼：我终于可以不依赖爸妈了！我终于能自己养活自己了！几年后，武侠言情风刮过，音像业逐渐红火起来。他果断地收起了书摊。买来上万盘录像带和光盘，专营影碟的出租和零售。这回，

他又大赚了一把。

但祥明没有满足于这丁点儿成就。他又买了一台二手电脑，从自学打字、上网开始，慢慢地，他学会了平面设计。紧接着，他筹集两万多元开了一家婚纱摄影店。后来，他还把业务发展到了婚礼主持、摄像和婚礼专题片后期制作。随着生意越做越大，他陆续雇佣了十多个员工。而身在床和轮椅上的他，就像个运筹帷幄的军师，指点着千军万马。通过十多年的拼搏，如今的他已拥有一家音像社、一家婚纱影楼和一家婚庆店。面对如此"辉煌"的事业，许多正常人都自叹弗如！

然而，据以往的病例报告，骨纤维异样增生症患者的存活期最多为40年，而他已经是39岁了。对此，他坦然而平静。他自信地说："我现在的处境就像是死神手举利刃，一步步地逼近。"面临绝境，人人都贪生畏死。但我想，既然无路可逃，那索性就勇猛地跃上它的刀尖吧！因为，在血和泪的残酷中，你还可以舞出一段生命最极致的豪情与壮美！

过山车上的勇猛人生

韩松落

　　保罗·奥斯特的小说《幻影书》的卷首，引了夏多布里昂的一段话："人不只有一次生命。人会活很多次，周而复始。"咀嚼了很久之后，我才明白了这段话的含意：人生不是太短了，而是太长了；人生没有一劳永逸，必须经历无数次的重新开始。

　　我的朋友M女士的生平，似乎可以作为这段话的注解。20年前，她从一所很普通的大学的美术系毕业，毕业前的聚餐中，这些豪情万丈的年轻人说，为什么不开家公司？大家立刻攒了一家设计公司，选她做头。公司刚建起来，就听说有一项工程即将开始招标。她年轻、胆气豪，怕对方质疑公司的资历，谎称自己35岁，和业主大谈育儿心得。招标那天，她发烧，还是强撑着去了会场。出场是经过精心设计的：她穿着一身华丽的旗袍，戴着一副嫩黄的眼镜，故意去晚了一点儿，在全场到齐后推门进来，旋风般地走到自己的座位上，胳膊上还扎着针，身后跟着一名神情冷漠的护士举着吊瓶。这苦心经营出的强悍、嚣张、怪异的气场，让她赢得了这项工程，赚到第一桶金。

　　第二项工程是城市沿河大道的景观设计，但因为合同的疏忽，让公司赔得血本无归，伙伴们四散而去。她振作精神，重新开始，和同样学美术的妹妹在繁华路段租了一间十平方米的小铺面卖服装。她在短期内学会了踏缝纫机，所有的衣服一律重新改造，铺子里经常被女人们挤满，每上新货，大客户会激动得要求关店服务。她又胜了。

　　有了资金在手，文艺青年的细胞开始蠢蠢欲动，她决定开一家可以放电影的咖啡馆。选地方，投巨资装修，就要开业的时候，住在楼上的一位女高官嫌吵怕乱，出面阻挠，咖啡馆开不了，但租约已经签了三年，只好把豪华装修的咖啡馆改做超市。一家超市里有多少件商品？四万件。每天盘货都让人精疲力竭，还要和门口占道的摊贩恶斗，和城管智斗，还得睡在超市值班，婚姻差点儿出现危机。一年之后，超市关

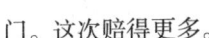

门。这次赔得更多。

她重新开始接设计的活，挺过艰难时期，听说母校有意开设分校，上门商谈，遭拒，反而激发出她的斗志。她的信念是，层次更高的人，更宽容，也更容易沟通，于是她直接去某所著名的学府谈分校事宜，一举成功。

学校开在市中心一座四面都是玻璃窗的大楼里，孩子们笑颜纯真，她度过了两年最美好的时光。就在所有人都以为这是一桩万年基业的时候，业主违约，决定拆楼，她往返奔波，找新的校址，重新开始。

青年时代，我在面对那些得意者时，唯有羡慕和谦卑。多年以后，我才豁然明白，先发制人者未必占尽先机，后起之秀也不必含恨吞声，人生原来会不断地重新开始，只要你有信心，有信念。

不断地重新开始，是生命最基本的规律。

不会让你第二次吃生鸡蛋

孙君飞

　　有朋友从日本归来，给我们讲了在那里的见闻。朋友住在日本的酒店，第一天，在这家酒店用日式早餐，朋友很想尝尝鲜。当日本酒店女服务员将朋友的早餐送过来时，他不由心里赞叹：日本菜果真是用眼睛协助吃的菜肴，简直是精美的艺术品，让人不忍下筷。

　　朋友最终还是津津有味地品尝起来，可是很快，他遇到了一个难题。日本人吃早餐有个习惯，就是将生鸡蛋混入酱油拌饭吃，据说这样吃可以增强肌肉的力量。朋友却很难接受这种吃法，当女服务生将生鸡蛋端到他的面前时，他不知道怎么拒绝才好。对方那种礼仪至上的服务方式让他深受感动，如果谢绝，他定会感到十分过意不去。他将其他菜一一吃完后，独独留下了那枚生鸡蛋，默默离开的时候还觉得有点儿愧疚呢，但愿不要让人觉得自己挑剔和在浪费食物。

　　第二天，朋友还在这家酒店用早餐，毕竟除了生鸡蛋，其他的菜肴都称得上难以遇到的美味佳肴。唯一让他觉得无奈的是，他的早餐盘中再次出现了一枚"生鸡蛋"，看着周围的客人都显出很享受的样子，他还是禁不住皱起了眉头。吃还是不吃？他左右为难。他随手摸了一下那枚鸡蛋，突然感觉到一种温热，从沸水里煮熟后又凉到恰到好处的那种温度。今天的鸡蛋并非生的，而是熟的！朋友又看看周围，其他的客人吃的应该都是生鸡蛋，全场也许只有他一个人的鸡蛋是熟的、有温度的！

　　朋友努力地回忆，昨天他确实不曾向任何人提起过他不吃生鸡蛋，他所做的仅仅是原封不动地保留了那枚生鸡蛋。他无法想明白，酒店的服务员是怎样将他从众多客人中牢牢记住的，并将他的好恶告诉给了其他服务员，而且一眼认出他就是那个不吃生鸡蛋的客人，准确无误将唯一一个熟鸡蛋送到他的面前。

　　一切尽在不言中，"润物细无声"般的自信般的关怀，在心灵受到极大震撼的同时，令一个异国的客人刹那间体味到另一种温热，我想，这种温热不仅温暖朋友的手，更温暖了朋友的心。